D1585937

Du monde entier

OCEAN VUONG

UN BREF INSTANT
DE SPLENDEUR

roman

Traduit de l'anglais (États-Unis)
par Marguerite Capelle

GALLIMARD

Titre original :

ON EARTH WE'RE BRIEFLY GORGEOUS

© *Ocean Vuong, 2019. Tous droits réservés.*
© *Éditions Gallimard, 2021, pour la traduction française.*

Pour ma mère

« Mais permets-moi de te bâtir un petit territoire de mots, dont mon existence serait le socle, un endroit où te recentrer, tu veux bien ? »

Qiu Miaojin

« Je veux vous dire la vérité, et déjà je vous ai parlé des larges rivières. »

Joan Didion

I

Je recommence.

Chère Maman,
J'écris pour me rapprocher de toi – même si chaque mot sur la page m'éloigne davantage de là où tu es. J'écris pour revenir au jour où, sur cette aire de repos de Virginie, tu as fixé, horrifiée, le chevreuil empaillé suspendu au-dessus du distributeur de sodas à côté des toilettes, tandis que l'ombre de ses bois s'étendait sur ton visage. Dans la voiture, tu n'arrêtais pas de secouer la tête. « Je ne comprends pas pourquoi ils font ça. Ils ne voient pas que c'est un cadavre ? Un cadavre, ça doit s'en aller, pas rester coincé comme ça pour toujours. »
Je repense aujourd'hui à ce chevreuil, à la façon dont tu as plongé ton regard dans ses yeux de verre noir et vu ton reflet, tout ton corps, déformé dans ce miroir sans vie. Et que ce n'était pas la mise en scène grotesque d'un animal décapité qui te bouleversait, mais cette mort sans fin incarnée par la taxidermie, une mort perpétuellement en train de mourir tandis que nous passons devant pour nous soulager.

13

J'écris parce qu'ils m'ont dit de ne jamais commencer une phrase par *parce que*. Mais je n'essayais pas de faire une phrase – j'essayais de me libérer. Parce que la liberté, paraît-il, n'est rien d'autre que la distance entre le chasseur et sa proie.

L'automne. Quelque part au-dessus du Michigan, une colonie de papillons monarques, qui compte plus de quinze mille individus, commence sa migration annuelle vers le sud. En l'espace de deux mois, de septembre à novembre, ils se déplaceront, un battement d'ailes à la fois, depuis le sud du Canada et les États-Unis jusqu'à certaines régions du centre du Mexique, où ils passeront l'hiver.

Ils se posent parmi nous, juchés sur les rebords de fenêtre et les grillages, les fils à linge encore flous sous le poids des vêtements tout juste pendus, le capot d'une Chevrolet bleu délavé, et leurs ailes se replient lentement, comme s'ils les rangeaient, avant de claquer une fois pour l'envol.

Une seule nuit de gel suffit pour éliminer toute une génération. Vivre, alors, est une question de temps, de tempo.

La fois où j'avais cinq ou six ans et où, pour faire une blague, je t'ai sauté dessus de derrière la porte du couloir, en criant « Boum ! ». Tu as hurlé, le visage ravagé, déformé, et puis tu as éclaté en sanglots et agrippé ta poitrine en t'appuyant contre la porte, le souffle coupé. Je suis resté là, déconcerté, avec mon petit casque de soldat de guingois. J'étais un petit garçon américain qui répétait bêtement ce qu'il avait vu à la télé. Je ne savais pas que la guerre était toujours en toi, ni même qu'il y en avait eu une, de guerre, et qu'une fois que ça pénètre en vous ça ne vous quitte jamais – mais ne fait que résonner, un écho qui dessine le visage de votre propre fils. Boum. La fois où, en CE2, avec l'aide de Mme Callahan, ma professeure d'anglais langue étrangère, j'ai lu le premier livre que j'aie aimé, un bouquin pour enfant intitulé *Thunder Cake*, le gâteau de tonnerre, de Patricia Polacco. Dans l'histoire, une petite fille et sa grand-mère repèrent à l'horizon verdoyant un orage qui se prépare, et au lieu de fermer les volets et de clouer des planches aux portes, elles se lancent dans la confection d'un gâteau. J'ai perdu pied devant ce geste, son refus aussi dangereux qu'audacieux du bon sens. Tandis que Mme Callahan se tenait derrière moi, sa bouche contre mon oreille, le courant de la langue m'a entraîné plus profond. L'histoire s'est déployée, l'orage a déferlé pendant qu'elle parlait, et puis encore une fois quand j'ai répété les mots. Préparer un gâteau dans l'œil du cyclone ; se gaver de sucre alors que le danger est imminent.

La première fois que tu m'as frappé, je devais avoir quatre ans. Une main, un éclair, une minute de vérité. Ma bouche embrasée sous tes doigts.
La fois où j'ai essayé de t'apprendre à lire comme Mme Callahan me l'avait enseigné, mes lèvres contre ton oreille, ma main sur la tienne, les mots qui bougeaient sous les ombres que nous faisions. Mais cet acte (un fils qui enseigne à sa mère) renversait nos

hiérarchies, et avec elles nos identités, qui dans ce pays étaient déjà précaires, captives. Après les bégaiements et les faux départs, les phrases déformées ou coincées dans ta gorge, après l'embarras de l'échec, tu as refermé le livre d'un geste brusque. « Je n'ai pas besoin de lire, as-tu dit, la mine froissée, et tu as repoussé la table. Je *vois*... ça m'a suffi jusqu'à présent, pas vrai ? »

Et puis la fois avec la télécommande. Une ecchymose zébrée sur mon avant-bras, qui me ferait mentir à mes enseignants. « Je suis tombé en jouant à chat. »

La fois où, à quarante-six ans, tu as eu une brusque envie de colorier. « Allons chez Walmart, as-tu dit un matin. J'ai besoin de cahiers de coloriage. » Pendant des mois, tu as rempli l'espace entre tes bras de toutes les nuances que tu n'étais pas capable de prononcer. *Magenta, vermillon, safran, bronze, tilleul, cannelle.* Chaque jour, pendant des heures, tu te vautrais sur des paysages de fermes, de prairies, de Paris, deux chevaux dans une plaine battue par les vents, le visage d'une fille avec des cheveux noirs et une peau que tu as laissée vierge, laissée blanche. Tu les accrochais partout dans la maison, qui commençait à ressembler à une salle de classe d'école élémentaire. Quand je t'ai demandé : « Pourquoi le coloriage, pourquoi maintenant ? », tu as posé le crayon bleu saphir et tu as contemplé, rêveuse, un jardin inachevé. « Je m'y évade juste un petit moment, as-tu répondu, mais je ressens tout. Comme si j'étais toujours là, dans cette pièce. »

La fois où tu m'as jeté la boîte de Lego à la tête. Le sang en pointillé sur le parquet.

« Ça t'est déjà arrivé de faire un décor, as-tu demandé

en remplissant une maison à la Thomas Kinkade, et après tu te mets dedans ? Ça t'est déjà arrivé de rester en arrière et de te regarder t'enfoncer plus loin, plus profond dans ce paysage, t'éloigner de toi ? »

Comment aurais-je pu te dire que ce que tu décrivais, c'était l'écriture ? Comment aurais-je pu dire que nous sommes, en fin de compte, si proches que les ombres de nos mains, sans être sur la même page, se confondent ?

« Je suis désolée, as-tu dit, en mettant un pansement sur la coupure de mon front. Prends ton manteau. Je vais te payer un McDo. » La tête bourdonnante, j'ai trempé des nuggets de poulet dans le ketchup tandis que tu me regardais. « Il faut que tu deviennes plus grand, plus fort, O.K. ? »

J'ai relu le *Journal de deuil* de Roland Barthes hier, le livre qu'il a écrit chaque jour pendant un an après la mort de sa mère. *J'ai connu le corps de ma mère malade*, écrit-il, *puis mourant*. Et c'est là que je me suis arrêté. Là que j'ai décidé de t'écrire. À toi qui es toujours en vie.

Ces samedis de fin de mois où, s'il te restait de l'argent après les factures, nous allions à la galerie marchande. Certaines personnes s'habillaient pour aller à l'église, ou dîner chez quelqu'un : nous nous mettions sur notre trente-et-un pour nous rendre dans un centre commercial en bordure de l'autoroute 91. Tu te réveillais tôt, passais une heure à te maquiller, enfilais ta plus belle robe noire à paillettes, ton unique paire de créoles en or, des chaussures lamées noires. Et puis tu t'agenouillais

17

et tu frottais ta main pleine de brillantine dans mes cheveux, et les rabattais d'un coup de peigne.

En nous voyant là, un inconnu aurait été incapable de dire que nous faisions nos courses à l'épicerie du coin sur Franklin Avenue, dont l'entrée était jonchée de vieux reçus de bons alimentaires, où les denrées de base comme le lait et les œufs coûtaient trois fois plus cher qu'en banlieue, et où les pommes, flétries et talées, traînaient dans une boîte en carton au fond détrempé par le sang de cochon qui avait coulé de la caisse de côtes de porc en vrac, la glace ayant fondu depuis longtemps.

« Viens on se prend de ces chocolats de luxe », disais-tu en désignant le chocolatier Godiva. Tu prenais un petit sac en papier contenant peut-être cinq ou six carrés de chocolat que nous choisissions au hasard. C'était souvent tout ce que nous achetions au centre commercial. Et puis nous nous promenions, nous partageant un chocolat jusqu'à ce que nos doigts soient luisants de sucre et couleur d'encre. « C'est comme ça qu'il faut profiter de la vie », disais-tu en suçant tes doigts au vernis rose écaillé par une semaine de pédicures.

La fois avec tes poings, hurlant dans le parking, tes cheveux ciselés en rouge par le soleil de la fin d'après-midi. Mes bras qui protégeaient ma tête tandis que tes doigts repliés s'abattaient autour de moi.

Ces samedis-là, nous flânions dans les allées, jusqu'à ce que, l'une après l'autre, les boutiques baissent leur rideau métallique. Et puis nous prenions le chemin de l'arrêt de bus au bout de la rue, nos souffles flottant au-dessus de nous, et le maquillage qui séchait sur ton visage. Rien d'autre en main que nos mains.

Par ma fenêtre ce matin, juste avant le lever du soleil, un cerf se dressait dans un brouillard si dense et lumineux que le deuxième, pas très loin, ressemblait à l'ombre inachevée du premier.

Tu peux colorier ça. Tu peux l'appeler : « Histoire de la mémoire ».

La migration peut être déclenchée par l'angle des rayons du soleil, qui indique un changement de saison, de température, de végétation et de ressources alimentaires. Les femelles monarques pondent des œufs en cours de route. Toute histoire possède plus d'un fil, et chaque fil est une histoire de division. Le voyage fait sept mille sept cent soixante-dix kilomètres, davantage que ce pays dans sa longueur. Les monarques qui s'envolent vers le sud ne reverront pas le nord. Chaque départ est donc définitif. Seuls leurs enfants reviennent : seul l'avenir revisite le passé.

Qu'est-ce qu'un pays, sinon une sentence sans frontières, une vie ?

La fois où chez le boucher chinois, tu as pointé du doigt le cochon rôti pendu à son crochet. « Ses côtes sont exactement comme celles d'un humain une fois qu'elles ont brûlé. » Tu as laissé échapper un petit rire sec, puis tu t'es interrompue, tu as sorti ton portefeuille, le visage pincé, et tu as recompté notre argent.

Qu'est-ce qu'un pays sinon la phrase qui vous condamne à vie ?

La fois avec le bidon de lait. Le récipient qui explose sur l'os de mon épaule, et puis la pluie blanche et drue sur le carrelage de la cuisine.

La fois au parc d'attractions, où tu es montée dans le grand huit Superman avec moi parce que j'avais trop peur d'y aller seul. Et où tu as vomi après, ta tête plongée tout entière dans la poubelle. Et moi qui, dans ma joie stridente, ai oublié de dire : *Merci*.

La fois où nous sommes allés chez Goodwill et avons rempli le caddie d'articles avec une étiquette jaune, parce que ce jour-là l'étiquette jaune signifiait cinquante pour cent de réduction supplémentaire. J'ai poussé le caddie et sauté à l'arrière, j'ai plané, notre butin de trésors au rebut me donnant l'impression d'être riche. C'était ton anniversaire. Nous faisions des folies. « Est-ce que j'ai l'air d'une vraie Américaine ? » as-tu demandé, pressant une robe blanche le long de ton corps. Elle était légèrement trop habillée pour que tu aies jamais l'occasion de la porter, mais quand même assez décontractée pour promettre la *possibilité* de servir un jour. Une chance. J'ai acquiescé, tout sourire. Le caddie était tellement plein à ce moment-là que je ne voyais même plus où j'allais.

La fois avec le couteau de cuisine – celui que tu as pris, puis reposé, tremblante, en disant à voix basse : « Va-t'en. Va-t'en. » Et j'ai couru dehors, dans les rues noires de l'été. J'ai couru jusqu'à ce que j'oublie que j'avais dix ans, jusqu'à être réduit aux seuls bruits des battements de mon cœur.

La fois où, à New York, une semaine après la mort du cousin Phuong dans l'accident de voiture, j'ai pris la ligne 2 vers le nord et j'ai vu son visage, net et rond alors que les portes s'ouvraient, le regard braqué sur moi, vivant. J'en ai eu le souffle coupé – mais j'avais assez de jugeote pour savoir que c'était seulement un homme qui lui ressemblait. Pourtant, j'ai été bouleversé de contempler ce que je pensais ne jamais revoir : les traits à l'identique, la mâchoire lourde, le front dégagé. Son nom s'est précipité vers mes lèvres avant que je m'en souvienne. De retour en surface, je me suis assis sur une bouche d'incendie et je t'ai appelée. « Maman, je l'ai vu, ai-je soufflé. Maman, je te jure que je l'ai vu. Je sais que c'est idiot, mais j'ai vu Phuong dans le métro. » J'étais en train de faire une crise de panique. Et tu le savais. Pendant un moment tu n'as rien dit, puis tu t'es mise à fredonner la mélodie de *Joyeux anniversaire*. Ce n'était pas mon anniversaire, mais c'était la seule chanson que tu connaissais en anglais, et tu as continué. Et j'ai écouté, le téléphone pressé si fort contre mon oreille que, tout le reste de la soirée, j'ai eu un rectangle rose imprimé sur la joue.

J'ai vingt-huit ans, je fais 1,63 m, 51 kg. Je suis beau vu sous trois angles exactement, et sinistre de partout ailleurs. Je t'écris de l'intérieur d'un corps qui autrefois t'appartenait. Autrement dit, je t'écris en tant que fils.

Si nous avons de la chance, le dernier mot de la sentence peut devenir notre commencement. Si nous avons de la chance, quelque chose se transmet, un

21

autre alphabet inscrit dans le sang, les tendons et les neurones : des ancêtres chargeant les membres de leur espèce de cet élan silencieux qui les propulse vers le sud, vers l'endroit du récit auquel personne n'était censé survivre.

La fois où, au salon de manucure, je t'ai entendue consoler une cliente récemment endeuillée. Pendant que tu lui vernissais les ongles, elle parlait, entre ses larmes. « J'ai perdu mon bébé, ma petite fille, Julie. Je n'arrive pas à y croire, c'était ma plus forte, ma plus âgée. »

Tu as hoché la tête, le regard sérieux derrière ton masque. « Ça va aller, ça va aller, as-tu dit, ne pleurez pas. Votre Julie, as-tu continué, morte comment ?

— Cancer, a répondu la dame. Et dans le jardin, en plus ! Elle est morte juste là dans le jardin, bon sang. »

Tu as reposé sa main, enlevé ton masque. Cancer. Tu t'es penchée en avant. « Ma mère aussi, elle meurt à cause le cancer. » La pièce est devenue silencieuse. Tes collègues se sont tortillées sur leur siège. « Mais qu'est-ce qui se passe dans jardin ? Pourquoi elle meurt là ? »

La femme s'est essuyé les yeux. « C'est là qu'elle vit. Julie est mon cheval. »

Tu as hoché la tête, remonté ton masque, et tu t'es remise à lui vernir les ongles. Après le départ de la femme, tu as balancé la protection à travers la pièce. « Une saloperie de cheval ? Merde alors, j'étais prête à aller sur la tombe de sa fille avec des fleurs ! » as-tu dit en vietnamien. Pendant le restant de la journée, tandis que tu travaillais sur une main ou une autre, tu levais parfois

les yeux et gueulais : « C'était une saloperie de cheval ! »
et nous éclations tous de rire.

La fois où, à treize ans, j'ai fini par dire stop. Ta main
en l'air, ma pommette brûlante du premier coup. « Stop,
Maman. Arrête de faire ça. S'il te plaît. » Je t'ai toisée
fixement, comme j'avais alors appris à regarder dans les
yeux les brutes qui s'en prenaient à moi. Tu t'es détour-
née et, sans rien dire, tu as enfilé ton manteau en laine
marron et tu es partie faire des courses. « Je vais acheter
des œufs », as-tu dit par-dessus ton épaule, comme s'il
ne s'était rien passé. Mais nous savions tous les deux
que c'était terminé. Tu ne me frapperais plus jamais.
Les monarques qui ont survécu à la migration ont
transmis ce message à leurs enfants. Le souvenir des
membres de leur famille perdus lors du premier hiver
était tissé dans leurs gènes.
À quel moment une guerre prend-elle fin ? À quel
moment puis-je prononcer ton nom et ne lui faire dire
que ton nom, et pas ce que tu as laissé derrière toi ?
La fois où j'ai ouvert les yeux sur une heure bleue
d'encre, ma tête – non, la maison – emplie d'une
musique douce. Mes pieds sur le parquet froid, je suis
allé dans ta chambre. Ton lit était vide. « Maman », ai-je
dit, aussi immobile qu'une fleur coupée sur la musique.
C'était du Chopin, et ça sortait de la penderie. La porte
se découpant sur fond de lumière rougeâtre, comme
l'entrée d'un bâtiment en feu. Je me suis assis devant,
j'ai écouté les premières notes et, dessous, ton souffle
régulier. Je ne sais pas combien de temps je suis resté

là. Mais à un moment je suis retourné au lit, j'ai tiré les couvertures sur mon menton jusqu'à ce que ça s'arrête, non pas le morceau mais mes tremblements. « Maman, ai-je répété dans le vide, reviens. Sors de là et reviens. »

Tu m'as dit une fois que l'œil humain était la plus solitaire des créations divines. Que tant de choses de ce monde traversent la pupille, et que pourtant elle ne retient rien. L'œil, isolé dans son orbite, ne sait même pas qu'il y en a un autre, exactement pareil, à quelques centimètres de lui, tout aussi avide, tout aussi vide. En ouvrant la porte d'entrée sur la première neige de ma vie, tu as murmuré : « Regarde. »

La fois où, tout en éboutant un panier de haricots verts au-dessus de l'évier, tu as dit de but en blanc : « Je ne suis pas un monstre. Je suis une mère. »

Qu'entendons-nous par le mot survivant? Un survivant, c'est peut-être le dernier qui rentre chez lui, l'ultime monarque qui se pose sur une branche déjà lourde de fantômes.

Le matin s'est refermé sur nous.

J'ai posé le livre. Les têtes des haricots verts continuaient à se briser net. Ils tambourinaient dans l'évier comme des doigts. « Tu n'es pas un monstre », ai-je dit.

Mais je mentais.

Ce que je voulais dire en réalité, c'est qu'être un monstre ce n'est pas si terrible. De la racine latine *monstrum*, messager divin des catastrophes, qui a évolué en ancien français pour désigner un animal aux innombrables origines : centaure, griffon, satyre. Être un monstre, c'est être un signal hybride, un phare : à la fois refuge et avertissement.

J'ai lu que les parents qui souffrent du syndrome de stress post-traumatique sont plus susceptibles de frapper leurs enfants. Peut-être y a-t-il une origine monstrueuse à cela, en fin de compte. Peut-être que lever la main sur son enfant, c'est le préparer à la guerre. Affirmer qu'avoir un cœur qui bat n'est jamais aussi simple que la tâche dévolue à ce dernier : dire *oui oui oui* au corps.

Je ne sais pas.

Ce que je sais, c'est que cette fois-là chez Goodwill, tu m'as tendu la robe blanche, les yeux vitreux et écarquillés. « Tu peux lire ça, as-tu demandé, et me dire si ça résiste au feu ? » J'ai examiné l'ourlet, étudié les caractères imprimés sur l'étiquette et, encore incapable de lire moi-même, j'ai répondu : « Ouais. » Je l'ai dit quand même. « Ouais, ai-je menti, brandissant la robe sous ton menton. Ça résiste au feu. »

Des jours plus tard, un garçon du quartier, passant à vélo, me verrait porter cette même robe – je l'avais enfilée en pensant te ressembler davantage – dans le jardinet devant la maison, pendant que tu étais au travail. À la récré le lendemain, les gosses m'appelleraient *taré*, *tapette*, *tarlouze*. J'apprendrais, bien plus tard, que ces mots étaient également des itérations de *monstre*.

Parfois, j'imagine que les monarques fuient non seulement l'hiver mais aussi les nuages de napalm de ta jeunesse au Vietnam. Je les imagine s'envoler indemnes au-dessus des brasiers brûlants, leurs minuscules ailes noir et rouge dansant comme des débris soufflés sur des milliers de kilomètres à travers le ciel, de sorte qu'en levant les yeux, il est impossible désormais de deviner l'explosion qui les a fait naître, c'est juste une famille de papillons qui planent dans l'air pur et frais, leurs ailes enfin capables, après tant d'incendies, de résister au feu.

« Tant mieux, mon bébé. » Ton regard s'est perdu par-dessus mon épaule et, le visage de marbre, tu as pressé la robe contre ta poitrine. « Tant mieux. »

Tu es une mère, Maman. Tu es également un monstre. Mais j'en suis un aussi – et c'est pour ça que je ne peux me détourner de toi. C'est pour ça que j'ai choisi la plus solitaire des créations divines et t'ai placée à l'intérieur.

Regarde.

Dans une version précédente de cette lettre, que j'ai supprimée depuis, je te racontais comment je suis devenu écrivain. Comment, premier membre de notre famille à aller à l'université, j'ai gaspillé cette chance en étudiant l'anglais. Comment je fuyais mon lycée pourri pour passer mes journées à New York, perdu dans les rayonnages des bibliothèques, à lire des textes obscurs écrits par des gens morts, dont la plupart n'auraient jamais imaginé voir un jour un visage comme le mien se pencher sur leurs phrases – et encore moins que ces phrases me sauveraient. Mais désormais tout cela n'a pas d'importance. Ce qui compte, c'est que, même si je l'ignorais alors, tout cela m'a amené ici, à cette page, à te raconter tout ce que tu ne sauras jamais.

Ce qui s'est passé, c'est qu'autrefois j'ai été un enfant, intact. J'avais huit ans le jour où j'ai contemplé le visage endormi de Grand-mère Lan, dans le deux-pièces de Hartford. Bien qu'elle soit ta mère, elle ne te ressemble en rien ; la peau trois tons plus sombre, de la couleur de la terre après l'orage, drapée sur un visage squelettique dont les yeux brillaient comme du verre pilé. J'ignore ce qui m'a fait quitter mon petit tas vert de soldats pour m'approcher d'elle, couchée sous une couverture sur le plancher, les bras croisés sur la poitrine. Ses yeux bougeaient derrière leurs paupières tandis qu'elle dormait. Son front, lacéré de rides profondes, trahissait ses cinquante-six ans. Une mouche a atterri au coin de sa bouche, puis rampé vers le bord de ses lèvres violacées. Un spasme s'est emparé quelques secondes de sa joue gauche. La peau, grêlée de larges pores noirs, s'est plissée au soleil. Je n'avais jamais vu autant de mouvement dans le sommeil – à part chez les chiens, qui courent dans des rêves qu'aucun d'entre nous ne connaîtra jamais.

Mais je me rends compte à présent que ce que je cherchais, c'était l'immobilité, non de son corps qui continuait son tic-tac pendant qu'elle dormait, mais de son esprit. Ce n'est que dans ce calme tressaillant que son cerveau, agité et tempétueux pendant les heures d'éveil, s'apaisait pour atteindre une forme de quiétude. C'est une inconnue que je contemple, ai-je pensé, une inconnue aux lèvres contractées dans une expression de contentement étrangère à la Lan que je connaissais éveillée, celle qui se répandait en divagations débitées à toute allure, la guerre n'ayant fait qu'aggraver sa schizophrénie. Dans l'agitation, c'est ainsi que je l'avais toujours connue. Du plus loin que je me souvienne, elle vacillait sous mes yeux, tanguait au bord de la raison. C'est pourquoi l'étudier ainsi, paisible dans la lumière de l'après-midi, était comme contempler le passé.

L'œil s'est ouvert. Vitreux sous son voile de sommeil laiteux, il s'est écarquillé pour embrasser mon image.

Je me suis ramassé sur moi-même, épinglé par le rai de lumière qui filtrait à travers la fenêtre. Puis le deuxième œil s'est ouvert, légèrement rose mais plus clair. « T'as faim, Little Dog ? » a-t-elle demandé, le visage sans expression, comme si elle dormait encore.

J'ai hoché la tête.

« Qu'est-ce qu'on mange, dans un moment comme celui-là ? » Elle a fait un geste embrassant la pièce.

Question rhétorique, ai-je décidé, et je me suis mordu la lèvre.

Mais j'avais tort. « J'ai dit *qu'est-ce* qu'on mange ? » Elle s'est redressée, ses cheveux mi-longs déployés derrière elle comme ceux d'un personnage de dessin animé soufflé par une explosion de TNT. Elle s'est approchée à quatre pattes, s'est accroupie devant les petits soldats, en a ramassé un dans le tas et l'a pincé entre deux doigts pour l'étudier. Ses ongles, parfaitement vernis et manucurés par tes soins avec ta précision habituelle, étaient l'unique chose sans défauts chez elle. Soignés, laqués de vermeil, ils juraient avec ses articulations calleuses et gercées tandis qu'elle tenait le soldat, un opérateur radio, et l'examinait comme un artefact ancien tout juste déterré.

Une radio fixée au dos, le soldat a un genou à terre et hurle pour l'éternité dans le récepteur. Sa tenue évoque un combattant de la Seconde Guerre mondiale. « Qui êêtes vousse, missteur ? » a demandé Lan à l'homme de plastique dans un mélange d'anglais et de français approximatifs. D'un geste brusque, elle a plaqué la radio contre son oreille et écouté attentivement, le regard rivé sur moi. « Tu sais ce qu'ils me disent, Little

Dog ? » a-t-elle chuchoté en vietnamien. « Ils disent... »
Elle a incliné la tête de côté, s'est penchée vers moi,
les pastilles Ricola pour la toux et les effluves chargés
du sommeil se mêlant dans son haleine, la tête du petit
homme vert engloutie dans son oreille. « Ils disent que
les bons soldats ne gagnent que si leur grand-mère leur
fait à manger. » Elle a laissé échapper un unique gloussement sec... et puis elle s'est arrêtée, l'expression soudain
vide, et a placé l'opérateur radio dans ma main, l'a refer-
mée pour former un poing. Et puis elle s'est levée, pour
gagner la cuisine d'un pas traînant, suivie par le claquement de ses sandales. Je me suis cramponné au message,
l'antenne en plastique plantée dans ma paume comme
un poignard, tandis que le son du reggae étouffé par le
mur d'un voisin s'insinuait dans la pièce.

J'ai et j'ai eu beaucoup de noms. Little Dog, c'est celui
que Lan me donnait. Pour quelle raison une femme qui
avait choisi des noms de fleurs pour elle et pour sa fille
traitait-elle son petit-fils de chien ? C'était une femme
qui veillait sur les siens, voilà tout. Comme tu le sais,
au village où Lan avait grandi, on nomme les enfants
– souvent les plus petits ou les plus faibles du cheptel,
comme moi – d'après ce qu'il existe de plus méprisable :
démon, enfant fantôme, groin de cochon, fils de singe,
crâne de buffle, bâtard... petit chien étant la version la
plus tendre. Car lorsque les esprits malins qui rôdent en
quête d'enfants beaux et sains entendent appeler à table
une créature affreuse, hideuse, ils passent leur chemin,
et épargnent l'enfant. Aimer une chose, c'est donc lui

donner le nom d'une autre qui vaut si peu qu'elle aura des chances de rester intacte – et en vie. Un nom, aussi léger que l'air, peut aussi être un bouclier. Un bouclier Little Dog.

Je me suis assis sur le carrelage de la cuisine et j'ai regardé Lan servir deux monticules de riz fumant dans un bol en porcelaine au rebord peint de feuilles de vigne indigo. Elle s'est emparée d'une théière et a versé un filet de thé au jasmin sur le riz, juste assez pour faire flotter quelques grains dans le liquide pâle et ambré. Assis par terre, nous nous sommes passé le bol odorant et fumant. Imaginez un goût de fleurs réduites en purée : amer et sec, avec un arrière-goût vif et sucré. « Un vrai plat de paysan, a souri Lan. C'est notre fast-food, ça, Little Dog. Notre McDonald's ! » Elle a basculé sur le côté et laissé échapper un énorme pet. Suivant son exemple, j'en ai lâché un à mon tour, déclenchant notre hilarité à tous les deux, les yeux fermés. Puis elle a cessé de rire. « Termine-le. » Elle désignait le bol du menton. « Chaque grain de riz que tu laisses, c'est un asticot que tu mangeras en enfer. » Elle a ôté l'élastique de son poignet et noué ses cheveux en chignon.

Il paraît que le traumatisme n'affecte pas uniquement le cerveau, mais aussi le corps, sa musculature, ses articulations, sa posture. Le dos de Lan était perpétuellement courbé – à tel point que je voyais à peine sa tête quand elle s'est mise à l'évier. Seul le nœud de ses cheveux relevés était visible, dansant au gré de ses coups d'éponge.

Elle a jeté un œil dans le placard à provisions, vide à l'exception d'un bocal solitaire et à demi entamé de beurre de cacahuète. « Il faut que je rachète du pain. »

Un soir, un ou deux jours avant la fête nationale, les voisins tiraient des feux d'artifice depuis un toit, plus loin dans la rue. Le ciel mauve envahi de pollution lumineuse était ratissé de traînées phosphorescentes pulvérisées par des explosions massives, dont l'écho résonnait à travers notre appartement. Je dormais par terre dans le salon, coincé entre toi et Lan, quand j'ai senti la chaleur de son corps, collé à mon dos toute la nuit, s'évanouir. Je me suis retourné pour la découvrir à genoux, en train de griffer frénétiquement les couvertures. Avant que je n'aie le temps de demander ce qui n'allait pas, sa main, froide et humide, m'a agrippé la bouche. Elle a posé un doigt sur ses lèvres.

« Chut. Si tu cries, les mortiers sauront où on est », l'ai-je entendue dire.

Le réverbère qui éclairait ses yeux projetait des flaques jaunâtres sur son visage sombre. Elle m'a saisi le poignet et entraîné vers la fenêtre, où nous sommes restés tapis, blottis sous le rebord, à écouter les détonations ricocher au-dessus de nos têtes. Doucement, elle m'a attiré entre ses genoux, et nous avons attendu.

Elle continuait à parler des mortiers en lâchant des rafales de chuchotements, me plaquait sa main sur le bas du visage par intermittence – le parfum vif de l'ail et du baume du tigre pénétrait mes narines. Nous avons dû rester assis là deux heures, son cœur battant dans mon dos avec régularité tandis que la pièce commençait à grisailler avant d'être baignée d'indigo, révélant deux formes endormies emmaillotées dans les couvertures et étendues par terre devant nous : toi et ta sœur, Mai. Vous ressembliez à des chaînes de montagnes au doux relief au milieu d'une toundra enneigée. Ma famille, ai-je pensé, c'était ce paysage arctique et silencieux, enfin tranquille après une nuit à essuyer les tirs d'artillerie. Quand le menton de Lan s'est alourdi sur mon épaule, son souffle plus régulier dans mon oreille, j'ai su qu'elle avait enfin rejoint ses filles dans le sommeil, et je ne voyais plus qu'une chose – lisse, totale, et sans nom – : de la neige en juillet.

Avant d'être Little Dog, j'avais un autre nom – le nom avec lequel je suis né. Un après-midi d'octobre dans une hutte au toit en feuilles de bananiers des environs de Saïgon, dans cette même rizière où tu as grandi, je suis devenu ton fils. Selon le récit de Lan, un chaman local et ses deux assistants guettaient les premiers cris, accroupis devant la hutte. Une fois le cordon ombilical coupé par Lan et les sages-femmes, le chaman et ses aides se précipitèrent à l'intérieur, m'enveloppèrent dans un tissu blanc, encore tout collant de la naissance, et coururent à la rivière voisine, où je fus baigné sous des voiles de fumée d'encens et de sauge.

Hurlant, le front taché de cendre, je fus placé dans les bras de mon père et le chaman murmura le nom qu'il m'avait donné. Celui-ci signifiait : Chef patriotique de la Nation, expliqua l'homme. Il avait été engagé par mon père et, remarquant l'attitude bourrue du paternel, sa façon de bomber le torse pour gonfler son mètre cinquante-sept quand il marchait et de s'exprimer en gesticulant comme s'il distribuait les coups, le chaman choisit un nom susceptible, j'imagine, de satisfaire l'homme qui le payait. Et il avait raison. Mon père arbora un large sourire, racontait Lan, et me souleva au-dessus de sa tête au seuil de la hutte. « Mon fils dirigera le Vietnam », cria-t-il. Mais en deux ans, la situation du pays – toujours en ruine, treize ans après la guerre – deviendrait si désespérée que nous fuirions le sol même sur lequel il se tenait, cette terre où, à quelques pas de là, ton sang avait formé un cercle rouge sombre entre tes jambes, changeant la poussière qui s'y trouvait en boue fraîche... et j'étais en vie.

D'autres fois, Lan semblait avoir un rapport ambivalent au bruit. Te souviens-tu du soir où, alors que nous étions rassemblés autour d'elle pour écouter une histoire après le dîner, on a commencé à tirer des coups de feu de l'autre côté de la rue ? Même si les détonations n'étaient pas rares à Hartford, je n'étais jamais préparé à ce bruit – perçant, et pourtant plus banal que je ne l'aurais imaginé, comme une série de home runs marqués les uns après les autres par des gamins dans le stade de la nuit. Nous avons tous hurlé – Tante Mai, toi et moi – les joues et le nez plaqués contre le plancher. « Éteignez les lumières », as-tu crié.

Après quelques secondes d'obscurité, Lan a dit : « Quoi ? C'est juste trois coups de feu. » Sa voix venait de l'endroit exact où elle était assise. Elle n'avait même pas bronché. «Allez, quoi? Vous êtes morts ou vous respirez?» Ses vêtements ont bruissé contre sa peau comme elle nous faisait signe d'approcher. «Pendant la guerre, des villages entiers partaient en fumée et personne n'avait le temps de se demander où étaient ses couilles.» Elle se moucha. «Maintenant rallumez la lumière avant que j'oublie où j'en étais.»

Avec Lan, l'une de mes missions était de prendre une pince à épiler pour arracher, un par un, les cheveux gris de son crâne. «La neige dans mes cheveux, expliquait-elle, ça me gratte la tête. Tu veux bien m'enlever mes cheveux qui grattent, Little Dog? Je sens que la neige est en train de prendre racine.» Elle glissait une pince entre mes doigts : «Aujourd'hui tu rajeunis Grand-mère, d'accord?» disait-elle tout doucement, avec un grand sourire.

Pour ce travail, j'étais payé en histoires. Après avoir positionné sa tête à la lumière de la fenêtre, je m'agenouillais sur un coussin derrière elle, pince à la main. Elle se mettait à parler, sa voix chutait d'une octave, emportée au plus profond d'un récit. La plupart du temps, comme à son habitude, elle radotait, les récits se succédaient en boucle. Ils jaillissaient en tourbillons de son esprit, pour mieux revenir la semaine suivante, introduits de la même façon : «Et maintenant celle-là, Little Dog, celle-là elle va *vraiment* t'en boucher un coin. T'es prêt? Est-ce que ça t'intéresse au moins ce que je raconte? Bien. Parce que je ne mens jamais.» Une histoire familière suivait, ponctuée des mêmes pauses et inflexions dramatiques dans les moments de suspense ou les tournants décisifs. Je bougeais silencieusement les lèvres, comme si je regardais un film pour la énième fois – un film créé par les mots de Lan et animé par mon imagination. Ainsi, on collaborait tous les deux.

Tandis que je maniais la pince, les murs blancs autour de nous se couvraient de paysages fantastiques, ou plutôt s'ouvraient sur eux, le plâtre se désintégrant pour révéler le passé qui se trouvait derrière. Des scènes de la guerre, des mythes au sujet de singes à l'apparence humaine ou d'antiques chasseurs de fantômes des collines de Da Lat, qu'on payait en cruches d'alcool de riz et qui allaient de village en village, avec des bandes de chiens sauvages et des sorts inscrits sur des feuilles de palme pour chasser les esprits malins.

Mais il y avait aussi des histoires personnelles. Comme la fois où elle m'a raconté comment tu étais née, de ce militaire américain blanc en poste sur un destroyer de la marine dans la baie de Cam Ranh. Comment Lan l'avait rencontré, vêtue de son áo dài violet, dont les pans ondulaient derrière elle sous les lumières du bar, au rythme de ses pas. Comment, à l'époque, elle avait déjà quitté son premier époux, après un mariage arrangé. Comment, jeune femme dans une ville en guerre pour la première fois sans famille, c'étaient son corps, sa robe violette, qui la maintenaient en vie. Pendant qu'elle parlait, ma main a ralenti puis s'est figée. J'étais fasciné par le film projeté sur les murs de l'appartement. Je m'étais oublié dans son histoire, je m'étais égaré, volontairement, jusqu'au moment où, derrière son dos, elle m'a donné une tape sur la cuisse. « Hé, t'as pas intérêt à t'endormir ! » Mais je ne dormais pas. J'étais à ses côtés alors que sa robe violette dansait dans le bar enfumé, et que les verres tintaient dans l'odeur d'huile de moteur et de cigares, de vodka et de poudre qu'exhalaient les uniformes des soldats.

« Aide-moi, Little Dog. » Elle a plaqué mes mains sur sa poitrine. « Aide-moi à rester jeune, chasse cette neige de ma vie... chasse tout ça de ma vie. » J'ai appris peu à peu, ces après-midi-là, que la folie mène parfois à la découverte, que l'esprit, fracturé et court-circuité, ne se trompe pas totalement. Nos voix remplissaient la pièce encore et encore tandis que la neige tombait de sa tête, le plancher autour de mes genoux blanchissant à mesure que le passé se déployait autour de nous.

Et puis il y avait le bus scolaire. Ce matin-là, comme tous les matins, personne ne s'est assis à côté de moi. Je me suis collé à la fenêtre et me suis rempli les yeux du dehors, mauve dans l'obscurité de l'aube : le Motel 6, le lavomatique Kline, pas encore ouvert, une Toyota beige sans capot abandonnée dans un jardinet avec une vieille balançoire en pneu à moitié enfoncée dans la terre. À mesure que le bus prenait de la vitesse, des fragments de la ville tourbillonnaient au passage comme des objets dans une machine à laver. Tout autour de moi, les garçons chahutaient. Je sentais dans mon cou le souffle produit par leurs gesticulations brutales, leurs bras qui s'abattaient et leurs poings qui déplaçaient l'air. Parce que je sais quel visage j'ai, des traits rares dans ces parages, je me suis encore plus collé à la fenêtre pour les éviter. C'est là que j'ai vu une étincelle au milieu d'un parking, dehors. C'est seulement en entendant leurs voix dans mon dos que j'ai compris que l'étincelle venait de l'intérieur de mon crâne. Quelqu'un m'avait écrasé la tête contre la vitre.

« Parle anglais », a fait le garçon aux cheveux jaunes coupés au bol, avec ses bajoues rougeaudes et frémissantes.

Les murs les plus cruels sont faits de verre, Maman. J'ai ressenti l'envie irrépressible de briser le carreau et de sauter par la fenêtre.

« Hé. » Le garçon aux bajoues s'est penché, sa bouche vinaigrée tout contre mon visage. « Jamais tu dis un truc ? Tu parles pas anglais ? » Il m'a attrapé par l'épaule pour me faire pivoter face à lui. « Regarde-moi quand je te parle. »

Il n'avait que neuf ans, mais il maîtrisait déjà le dialecte des pères détraqués de l'Amérique. Les garçons se sont massés autour de moi, sentant venir le divertissement. Je percevais l'odeur de leurs vêtements fraîchement passés à la lessive, la lavande et le lilas des adoucissants.

Ils attendaient de voir ce qui allait se passer. Je n'ai rien fait à part fermer les yeux, alors le garçon m'a giflé.

« Dis un truc. » Il a planté son nez charnu dans ma joue en feu. « T'es même pas cap' de dire un seul truc ? »

La deuxième gifle est venue d'en haut, d'un autre garçon.

Coupe au bol m'a attrapé le menton pour tourner ma tête face à lui.

« Dis mon nom alors. » Il a cligné des yeux, ses cils, longs et blonds, presque absents, ont frémi. « Comme ta mère la nuit dernière. »

Dehors, les feuilles tombaient, grasses et humides comme de l'argent sale, de l'autre côté des vitres. Je me suis contraint à une obéissance extrême, et j'ai prononcé son nom.

J'ai laissé leurs rires me pénétrer.

« Encore, a-t-il dit.

— Kyle.

— Plus fort.

— Kyle. (Mes yeux toujours clos.)

— C'est bien ma petite salope. »

Puis, comme une accalmie soudaine, une chanson est passée à la radio. « Hé, mon cousin vient d'aller à leur concert ! » Et voilà, c'était fini. Leurs ombres se sont évanouies au-dessus de moi. J'ai laissé la morve goutter de mon nez. J'ai fixé mes pieds, les chaussures que tu m'avais achetées, celles avec les lumières rouges qui clignotaient sur les semelles quand je marchais.

Le front plaqué contre le siège devant moi, j'ai donné des coups de chaussures, doucement d'abord, puis plus vite. Des éclairs silencieux jaillissaient de mes baskets : les plus petites ambulances du monde, en route vers nulle part.

Ce soir-là tu étais assise sur le canapé, la tête enveloppée d'une serviette après la douche, une Marlboro rouge se consumant dans ta main. J'étais planté là, les bras passés autour du corps.

« Pourquoi ? » Ton regard était vissé sur la télé.

Tu as planté la cigarette dans ta tasse de thé et j'ai immédiatement regretté d'avoir dit quelque chose. « Pourquoi tu les as laissés faire ça ? Ne ferme pas les yeux. Tu n'as pas sommeil. »

Tu as braqué ton regard sur moi, des volutes de fumée bleue entre nous.

« Quel genre de garçon les laisserait faire ça ? » De la fumée s'échappait des coins de ta bouche. « Tu n'as pas réagi. » Tu as haussé les épaules. « Tu les as laissés faire. » J'ai repensé à la fenêtre, comme tout ressemblait à une fenêtre, même l'air qui nous séparait.

Tu m'as attrapé les épaules, collant brusquement ton front au mien. « Arrête de pleurer. T'es toujours en train de pleurer ! »

Tu étais tellement proche que je sentais l'odeur des cendres et du dentifrice entre tes dents. « Personne ne t'a encore touché. Arrête de pleurer... j'ai dit arrête, merde ! »

La troisième gifle de la journée a fait valser ma tête, et j'ai aperçu l'écran de télé comme un flash avant que mon regard ne revienne brutalement sur toi. Tes yeux ont hâtivement parcouru mon visage.

Et puis tu m'as attiré contre toi, plaquant mon menton contre ton épaule.

« Il faut que tu trouves un moyen, Little Dog, as-tu dit dans mes cheveux. Il le faut parce que je n'ai pas l'anglais pour t'aider. Je ne peux rien dire pour les arrêter. Toi, trouve un moyen. Trouve un moyen ou bien ne me parle plus jamais de ça, compris ? » Tu t'es dégagée. « Il faut que tu sois un vrai garçon, que tu sois fort. Il faut que tu t'imposes sinon ils vont continuer. T'en as plein le bide, de l'anglais. » Tu as posé ta paume sur mon ventre, murmurant presque : « Faut que tu l'utilises, O.K. ?

— Oui, Maman. »

40

Tu as repoussé mes cheveux et m'as embrassé le front. Tu m'as étudié, un peu trop longtemps, avant de retomber sur le sofa en agitant la main. « Va me chercher une autre cigarette. »

Quand je suis revenu avec la Marlboro et le briquet Zippo, la télé était éteinte. Tu étais simplement assise là, regardant fixement à travers la fenêtre bleue.

Le lendemain matin, dans la cuisine, je t'ai regardée verser le lait dans un verre aussi grand que ma tête.

« Bois, as-tu dit avec une moue de fierté. C'est du lait américain alors tu vas beaucoup grandir. Sûr et certain. »

J'ai bu tellement de ce lait froid que ma langue engourdie n'en sentait plus le goût. Tous les matins suivants, nous avons répété ce rituel : l'épais ruban blanc du lait versé, moi qui le buvais à grandes gorgées, m'assurant que tu étais témoin, et notre espoir à tous les deux de voir un garçon jaune prendre de la valeur grâce à la blancheur qui disparaissait en moi.

Je bois de la lumière, me disais-je. Je me remplis de lumière. Le lait allait effacer tout le noir en moi, l'inonder de clarté. « Encore un peu, disais-tu, tapotant le plan de travail. Je sais que ça fait beaucoup. Mais ça vaut le coup. »

Je faisais tinter le verre sur le plan de travail, rayonnant. « Tu vois ? disais-tu, les bras croisés. Tu ressembles déjà à Superman ! »

Je souriais, des bulles de lait entre les lèvres.

Certains prétendent que l'histoire progresse en spirale, plutôt que de la façon linéaire qui nous est familière. Nous voyageons dans le temps suivant une trajectoire circulaire, ne nous éloignant de l'épicentre que pour mieux revenir, un cercle plus loin. Lan, à travers ses histoires, suivait elle aussi sa propre spirale. Tandis que je l'écoutais, il y avait des moments où l'histoire changeait – pas grand-chose, juste un détail minuscule, le moment de la journée, la couleur de la chemise de quelqu'un, deux raids aériens au lieu de trois, un AK-47 au lieu d'un 9 mm, sa fille qui rit au lieu de pleurer. Il se produisait des glissements dans la narration – le passé n'était jamais un paysage figé et en sommeil, mais quelque chose que l'on voit à nouveau. Que nous le voulions ou non, nous progressons en spirale, nous créons quelque chose de neuf à partir de ce qui n'est plus. « Rajeunis-moi, disait Lan. Rends-moi de nouveau brune, pas neige comme ça, Little Dog. Pas neige. »

Mais la vérité c'est que je ne sais pas, Maman. J'ai des théories que je note et puis je les efface et je quitte le bureau. J'allume la bouilloire et laisse le bruit de l'eau qui bout me changer les idées. Quelle est ta théorie – sur n'importe quel sujet ? Je sais que si je te posais la question, tu rirais, la main devant la bouche, un geste répandu chez les filles du village de ton enfance et que tu as conservé toute ta vie, même avec tes dents naturellement bien alignées. Tu dirais non, les théories c'est pour les gens qui ont trop de temps et pas assez de détermination. Mais j'en connais une.

Nous étions à bord d'un avion vers la Californie – tu

te souviens de ça ? Tu lui donnais une nouvelle chance, à lui, mon père, malgré ton nez encore de travers à cause des innombrables revers qu'il t'avait assénés. J'avais six ans et nous avions laissé Lan à Hartford avec Mai. À un moment pendant le vol, les turbulences sont devenues si fortes que j'ai rebondi sur le siège, tout mon être minuscule proprement soulevé de l'assise, avant d'être à nouveau plaqué brutalement par la ceinture. Je me suis mis à pleurer. Tu as passé un bras autour de mes épaules, tu t'es rapprochée, ton poids absorbant les hoquets de l'avion. Et puis tu as désigné les épaisses bandes nuageuses de l'autre côté du hublot, et tu as dit : « Quand on monte aussi haut, les nuages se changent en énormes pierres – des rochers durs –, c'est ça que tu sens. » Tandis que tes lèvres effleuraient mon oreille, que ta voix m'apaisait, j'ai étudié les énormes montagnes couleur de granit qui barraient l'horizon du ciel. Oui, bien sûr que l'avion tremblait. Nous progressions à travers les rochers, notre vol se frayant un passage avec une persévérance surnaturelle. Parce que pour revenir vers cet homme, il fallait ce genre de magie. Il était *normal* que l'avion fasse un bruit de ferraille, qu'il se brise presque. Les lois de l'univers ainsi redéfinies, je me suis renfoncé dans mon siège pour nous regarder transpercer une montagne après l'autre.

Pour ce qui est des mots, tu en possèdes moins que de pièces économisées sur les pourboires du salon de manucure, que tu gardes dans le bidon de lait sous le placard de la cuisine. Parfois tu désignes d'un geste un oiseau, une fleur ou une paire de rideaux en dentelle chez Walmart et tu dis seulement que c'est beau – quel que soit l'objet. « Đẹp quá ! » t'es-tu exclamée un jour, désignant le colibri qui vrombissait au-dessus de l'orchidée couleur crème dans le jardin du voisin. « C'est beau ! » Tu m'as demandé comment ça s'appelait et je t'ai répondu en anglais – la seule langue dont je disposais pour le nommer. Tu as opiné, le regard vide.

Le lendemain, tu avais déjà oublié le nom, les syllabes s'étaient immédiatement échappées de ta bouche. Mais en rentrant du centre-ville, j'ai repéré la mangeoire pour colibris dans notre jardinet, le globe de verre rempli de nectar sucré et transparent, cerné de fleurs en plastique coloré avec des trous d'épingle pour leurs becs. Quand je t'ai interrogée à ce sujet, tu as sorti l'emballage en carton plié du garage, et désigné le colibri, ses ailes floues et son bec en aiguille – un oiseau que tu ne pouvais nommer mais que tu reconnaissais néanmoins. « Đẹp quá, as-tu souri. Đẹp quá. »

Quand tu es rentrée ce soir-là, alors que Lan et moi avions déjà mangé notre part de riz au thé, nous avons marché ensemble les quarante minutes nécessaires pour nous rendre au supermarché C-Town, près de New Britain Avenue. Il allait bientôt fermer et les rayons étaient vides. Nous voulions acheter de la queue de bœuf, pour faire du bún bò huế en prévision de la semaine d'hiver glacial qui nous attendait.

Lan et moi étions derrière toi au rayon boucherie, main dans la main, tandis que tu cherchais parmi les blocs de chair marbrée dans la vitrine en verre. Ne voyant pas les queues, tu as fait signe de la main à l'homme derrière le comptoir. Quand il t'a demandé ce que tu désirais, tu as marqué une pause trop longue avant de répondre, en vietnamien : « Đuôi bò. Anh có đuôi bò không? » Son regard est passé brièvement sur nos visages à tous les trois, et il a reposé sa question, en se penchant vers nous. La main de Lan a tressailli entre mes doigts. Comme tu pataugeais, tu as posé ton index au creux de tes reins, tu t'es tournée un peu pour que l'homme puisse voir ton dos, et puis tu as frétillé du doigt en imitant des mugissements. De l'autre main, tu t'es fait une paire de cornes au-dessus de la tête. Tu avançais, veillant à te tortiller et tourner sur toi-même, de sorte qu'il puisse reconnaître chaque élément de cette interprétation : cornes, queue, bœuf. Mais il s'est contenté de s'esclaffer, d'abord en mettant la main devant sa bouche, puis plus fort, un rire retentissant. La sueur sur ton front reflétait l'éclairage au néon. Une femme d'âge mûr qui tenait une boîte de céréales Lucky Charms est passée en traînant des pieds, réprimant un sourire. Tu te triturais une molaire du bout de la langue, la joue gonflée. On aurait dit que tu te noyais dans l'air. Tu as essayé le français, dont il te restait des fragments datant de ton enfance. « *Derrière de vache*[1] ! » as-tu crié, faisant ressortir les veines de ton cou. En guise de réponse, l'homme a lancé un appel vers l'arrière-boutique, d'où est sorti un homme moins grand à la peau plus foncée, qui s'est

---

1. Les mots ou expressions en italique et suivis d'un astérisque sont en français dans le texte. *(Note de la traductrice.)*

adressé à toi en espagnol. Lan a lâché ma main et t'a rejointe – mère et fille tourbillonnant et meuglant en rond, et Lan qui gloussait sans s'arrêter. Les hommes riaient à gorge déployée, assénant des claques sur le comptoir et découvrant d'énormes dents blanches. Tu t'es tournée vers moi, le visage moite, suppliante. « Dis-leur. Vas-y, dis-leur ce qu'il nous faut. » Je ne savais pas que la queue de bœuf s'appelait *queue de bœuf*. J'ai secoué la tête, débordant de honte. Les hommes nous regardaient fixement, leurs gloussements se bornant désormais à exprimer une inquiétude perplexe. Le magasin fermait. L'un des deux a reposé la question, baissant la tête, sincère. Mais nous leur avons tourné le dos. Nous avons abandonné la queue de bœuf, le bún bò huế. Tu as attrapé un paquet de pain de mie Wonder Bread et un pot de mayonnaise. À la caisse, aucun de nous ne parlait, car soudain nos mots sonnaient faux partout, même dans nos bouches.

Le long de la file, parmi les barres de friandises et les magazines, il y avait un présentoir de ces bagues qui changent au gré des humeurs. Tu en as attrapé une entre tes doigts, et après avoir regardé le prix, tu en as pris trois – une pour chacun de nous. « Đẹp quá, as-tu dit au bout d'un moment, à peine audible. Đẹp quá. »

Nul objet n'est dans un rapport constant avec le plaisir, écrivait Barthes. *Cependant, pour l'écrivain, c'est la langue maternelle.* Mais que se passe-t-il quand la langue maternelle est atrophiée ? Que se passe-t-il quand cette langue est non seulement le symbole d'un vide, mais un vide elle-même, quand cette langue a été coupée ? Est-il possible de prendre plaisir à la perte, sans se perdre totalement soi-même ? Le vietnamien que je possède est celui que tu m'as transmis, celui dont la diction et la syntaxe ne dépassent pas le niveau élémentaire.

Petite fille, tu as regardé, depuis une bananeraie, ton école s'écrouler après une attaque américaine au napalm. À cinq ans, tu n'as plus jamais remis les pieds dans une salle de classe. Notre langue maternelle n'a donc rien d'une mère : c'est une orpheline. Notre vietnamien est une capsule temporelle, qui marque la fin de ton éducation, réduite en cendres. Maman, s'exprimer dans notre langue maternelle, c'est parler seulement partiellement en vietnamien, mais entièrement en guerre.

Ce soir-là je me suis promis que les mots ne me manqueraient plus jamais quand tu aurais besoin que je parle pour toi. C'est ainsi qu'a commencé ma carrière d'interprète officiel de la famille. À compter de ce jour, à chaque fois que je le pourrais, je comblerais nos blancs, nos silences, nos bégaiements. Je me suis reprogrammé. J'ai retiré notre langue et arboré mon anglais comme un masque, afin que les autres voient mon visage, et par conséquent, le tien.

L'année où tu travaillais à l'usine d'horlogerie, j'ai appelé ton chef pour expliquer, dans mon anglais le plus courtois, que ma mère souhaiterait faire moins d'heures. Pourquoi ? Parce qu'elle était épuisée, parce qu'elle s'endormait dans la baignoire au retour du travail, et que j'avais peur qu'elle se noie. Une semaine plus tard, on réduisait tes horaires. Ou encore ces fois, toutes ces fois où j'appelais le catalogue Victoria's Secret, pour te commander des soutiens-gorge, des sous-vêtements, des leggings. Et les opératrices qui, passé la confusion suscitée par la voix prépubère à l'autre bout du fil, se délectaient de ce garçon qui achetait de la lingerie pour sa mère. Elles poussaient des oh et des ah dans le combiné, nous faisaient régulièrement cadeau des frais de port. Et elles me posaient des questions sur l'école, les dessins animés que je regardais, elles me parlaient de leurs propres fils, me disaient que toi, ma mère, tu devais être tellement heureuse.

Je ne sais pas si tu es heureuse, Maman. Je ne t'ai jamais demandé.

De retour à l'appartement, nous n'avions pas de queue de bœuf. Ce que nous avions par contre, c'étaient trois bagues d'humeur, une chacun, scintillant à nos doigts. Tu étais couchée à plat ventre sur une couverture étendue sur le sol, tandis que Lan, à califourchon sur ton dos, te débarrassait des nœuds et des nerfs crispés en pétrissant tes épaules. La lumière verdâtre de la télé semblait nous plonger tous dans un monde sous-marin. Lan était encore en train de marmonner un monologue hérité d'une de ses vies, chaque phrase étant un remix de la précédente, et ne s'interrompait que pour te demander où tu avais mal.

Deux langues s'annulent entre elles, suggère Barthes, ce qui en appelle une troisième. Parfois nos mots sont clairsemés, ou juste fantômes. Dans ce cas la main, bien que limitée par les frontières de la peau et du cartilage, peut devenir ce troisième langage qui donne vie quand la langue défaille.

Il est vrai qu'en vietnamien, nous disons rarement *Je*

t'aime, et quand nous le faisons, c'est presque toujours en anglais. La manière la plus claire de déclarer son attachement et son amour, pour nous, c'est de rendre service : moi qui arrache des cheveux blancs, toi qui te colles contre ton fils pour absorber les turbulences d'un avion, et donc sa peur. Ou encore ce moment-là – Lan était en train de m'appeler : « Little Dog, viens ici et aide-moi à aider ta mère. » Alors nous nous sommes agenouillés chacun d'un côté pour faire rouler les ligaments durcis de tes bras, de haut en bas jusqu'aux poignets, aux doigts. Pendant un moment presque trop bref pour avoir de l'importance, cela avait du sens – que trois personnes par terre, connectées l'une à l'autre par le toucher, forment quelque chose comme le mot *famille*.

Tu as grogné de soulagement tandis que nous forcions tes muscles à se relâcher, te dénouant rien qu'avec notre poids. Tu as levé le doigt et tu as dit dans la couverture : « Est-ce que je suis heureuse ? »

C'est seulement en voyant la bague d'humeur que j'ai compris que tu me demandais, une fois de plus, d'interpréter un bout d'Amérique. Avant que j'aie pu répondre, Lan m'a collé sa main sous le nez. « Regarde pour moi aussi, Little Dog... est-ce que je suis heureuse ? » Il est possible qu'en t'écrivant ici, j'écrive à tout le monde – car comment peut-il y avoir un lieu privé s'il n'y a pas de lieu sûr, si le nom d'un garçon est capable simultanément de le protéger et de faire de lui un animal ?

« Oui. Vous êtes heureuses toutes les deux, ai-je répondu sans rien savoir. Vous êtes heureuses toutes les deux, Maman. Oui », ai-je répété. Parce que les coups de feu, les mensonges et la queue de bœuf – ou peu importe le nom que vous voulez donner à votre dieu – devraient encore et toujours dire *Oui*, en cycles, en spirales, sans autre raison que de s'entendre exister. Parce que l'amour, quand il atteint des sommets, se répète. Il le faut, n'est-ce pas?

« Je suis heureuse! » Lan a levé les bras au ciel. « Je suis heureuse sur mon bateau. Mon bateau, vous voyez? » Elle a désigné tes bras, déployés comme des rames, elle et moi de chaque côté. J'ai baissé les yeux et j'ai vu, vu les lames du plancher marron jauni tourbillonner dans les courants boueux. J'ai vu le faible jusant charriant de la graisse et des herbes mortes. On ne ramait pas, on dérivait. On s'accrochait à une mère de la taille d'un radeau, jusqu'à ce que la mère sous nos corps se raidisse de sommeil. Et bien vite nous nous sommes tus, tandis que le radeau nous entraînait au fil de cette formidable rivière brune nommée Amérique, enfin heureux.

C'est un beau pays, tout dépend où vous regardez. Tout dépend où vous regardez : peut-être verrez-vous la femme qui attend sur le bord de la route non goudronnée, une petite fille enveloppée d'un châle bleu ciel dans les bras. Elle balance ses hanches, tient la tête du bébé au creux de sa main. *Tu es née,* pense la femme, *parce que personne d'autre n'allait venir.* Parce que personne d'autre ne va venir, se met-elle à chantonner.

Une femme, qui n'a pas encore trente ans, étreint sa fille sur le bord d'une route dans un beau pays où deux hommes, M16 en main, avancent vers elle. Elle se trouve à un check-point, une barrière faite de rouleaux de barbelés et de laissez-passer utilisés comme des armes. Derrière elle, les champs ont commencé à prendre feu. Un ruban de fumée traverse un ciel semblable à une page blanche. L'un des hommes a les cheveux noirs, l'autre une moustache jaune comme la cicatrice d'un rayon de soleil. De leur treillis émane une puanteur d'essence. Les fusils se balancent au rythme de leurs pas, les culasses métalliques scintillent dans le soleil de l'après-midi.

Une femme, une fillette, un fusil. C'est une vieille histoire, n'importe qui pourrait la raconter. Un trope de cinéma, facile à ignorer s'il n'était pas déjà là, déjà écrit.

Il s'est mis à pleuvoir; la terre autour des pieds nus de la femme est mouchetée de guillemets brun-rouge – son corps : un moyen d'expression. La sueur plaque sa chemise blanche sur ses épaules osseuses. L'herbe autour d'elle est aplatie, comme si Dieu avait appuyé sa main là, réservant de la place pour un huitième jour. C'est un beau pays, lui a-t-on dit, tout dépend qui vous êtes.

Ce n'est pas un dieu – bien sûr que non – mais un hélicoptère, un Huey, autre seigneur au souffle si puissant qu'à quelques pas de là, un pouillot d'un gris pelucheux se débat dans les hautes herbes, incapable de se rétablir.

L'hélico dans le ciel occupe tout l'œil de la petite, son visage : une pêche dégringolée. L'encre noire rend enfin visible son châle bleu : comme ceci.

Quelque part, au plus profond de ce beau pays, à l'arrière d'un garage éclairé par une rangée de néons, la légende raconte que cinq hommes sont rassemblés autour d'une table. Sous leurs pieds chaussés de sandales, les flaques d'huile ne reflètent rien. À une extrémité de la table, un amas de bouteilles de verre. La vodka à l'intérieur miroite sous la lumière crue tandis que les hommes discutent et que les coudes s'agitent avec impatience. Le silence se fait chaque fois que l'un d'entre eux jette un coup d'œil vers la porte. Elle devrait s'ouvrir d'un instant à l'autre. La lumière vacille une fois, et tient bon.

On verse la vodka dans des verres à shot, certains cernés de rouille d'avoir été stockés dans une cartouchière en métal qui date de la guerre précédente. *Blam* font les verres lourds sur la table, la brûlure engloutie dans une obscurité inventée par la soif.

Si je vous dis : la femme. Si je vous dis que la femme est en train de s'arc-bouter, le dos courbé sous cette tempête déclenchée par l'homme, vous la voyez? De là où vous vous tenez, à quelques centimètres, c'est-à-dire à des années de cette page, vous voyez le lambeau de châle bleu qui claque sur ses clavicules, le grain de beauté au coin externe de son œil gauche, alors qu'elle lance un regard oblique aux hommes, désormais assez proches pour qu'elle puisse se rendre compte que ce ne sont pas du tout des hommes, mais des garçons – dix-huit ans, vingt tout au plus? Entendez-vous le bruit de l'hélico, ce démembrement de l'air si bruyant qu'il noie tous les cris? Le vent épaissi par la fumée – et par quelque chose d'autre, un résidu carbonisé imbibé de sueur, dont la saveur étrange et âcre s'échappe d'une hutte à la lisière du champ. Une hutte qui, il y a quelques instants, était pleine de voix humaines.

La petite, l'oreille plaquée contre la poitrine de la femme, écoute comme si elle espionnait derrière une porte. Quelque chose circule à l'intérieur de la femme, un début, ou plutôt un réagencement syntaxique. Les yeux clos, elle cherche, sa langue effleure le bord escarpé d'une phrase.

Les poignets parcourus de veines vertes, le garçon brandit le M16, ses poils blonds brunis par la sueur le long de ses bras. Les hommes sont en train de boire et de rire, avec leur denture irrégulière comme une poignée de dés dans leur bouche. Ce garçon, ses lèvres de travers, des yeux verts voilés de rose. Ce soldat de première classe. Les hommes sont prompts à oublier, quelques-uns ont encore l'odeur du maquillage de leur femme sur les doigts. Sa bouche s'ouvre et se referme rapidement. Il pose une question, ou des questions, ses paroles chargent l'air de tempête. Quels mots pour dire que les mots se dérobent sous vos pieds? Des dents se découvrent, un doigt sur la détente, le garçon qui dit : « Non. Non, reculez. »

L'étiquette olive cousue à la poitrine du garçon encadre un mot. Même si la femme ne peut le lire, elle sait que cela indique un nom, quelque chose qu'une mère ou un père a donné, quelque chose qui ne pèse rien mais qu'on porte pour l'éternité, comme un battement de cœur. Elle sait que la première lettre de ce nom est C. Comme dans Go Cong, le nom du marché en plein air où elle s'était rendue deux jours avant, avec son enseigne en néon qui grésillait à l'entrée. Elle était venue acheter un nouveau châle pour la petite. Le tissu avait coûté plus cher que ce qu'elle avait prévu de dépenser, mais quand elle l'avait vu, clair comme le jour au milieu des rouleaux gris et bruns, elle avait jeté un coup d'œil au ciel, même si c'était déjà la tombée de la nuit, et payé en sachant qu'il ne resterait pas de quoi manger. Bleu ciel.

Quand la porte s'ouvre, les hommes posent leur verre, certains après avoir promptement éclusé les dernières gouttes. Un macaque de la taille d'un chien est mené avec laisse et collier par un homme voûté aux cheveux blancs peignés. Personne ne parle. Dix yeux sont braqués sur le mammifère qui pénètre en chancelant dans la pièce. Ses poils couleur brique empestent l'alcool et les excréments, après qu'on l'a forcé à ingurgiter de la vodka et de la morphine dans sa cage toute la matinée.

Le néon émet un bourdonnement continu au-dessus de leurs têtes, comme si la lumière était en train de rêver toute la scène.

Une femme sur le bord d'une route supplie, dans une langue rendue obsolète par les coups de feu, qu'on la laisse entrer dans le village où se trouve sa maison, où elle se trouve depuis des décennies. C'est une histoire humaine. N'importe qui pourrait la raconter. Et vous, vous pouvez? Vous pouvez raconter la pluie qui s'est intensifiée et pianote sur le châle bleu, l'émaillant de touches noires?

La force de la voix du soldat fait reculer la femme. Elle vacille, agite un bras, puis se rétablit, pressant la fillette contre elle.

Une mère et une petite fille. Un moi et un toi. C'est une vieille histoire.

L'homme voûté conduit le singe sous la table, fait passer sa tête dans un trou découpé en son centre. On ouvre une autre bouteille. La capsule émet un bruit sec tandis que les hommes s'emparent de leurs verres.

Le singe est attaché à une poutre sous la table. Il se débat dans tous les sens. La gueule étouffée par une lanière en cuir, ses hurlements ressemblent plutôt au bruit de moulinet d'une ligne lancée à travers un étang.

À la vue des lettres sur la poitrine du garçon, la femme se souvient de son propre nom. La possession d'un nom, après tout, est la seule chose qu'ils ont en commun. « Lan, dit-elle. Tên tôi là Lan. » Je m'appelle Lan.

Lan qui signifie orchidée. Lan, le prénom qu'elle s'est donné à elle-même, puisqu'elle était née sans nom. Parce que sa mère l'appelait simplement *Sept*, selon l'ordre de sa venue au monde après ses frères et sœurs.

C'est seulement après avoir fui, à dix-sept ans, son mariage arrangé avec un homme qui avait le triple de son âge, que Lan se donna un nom. Un soir, elle prépara du thé à son mari, ajouta une pincée de racine de lotus pour que son sommeil soit plus profond, et puis elle attendit que les murs en palmes se mettent à trembler sous ses ronflements. Elle se fraya un chemin dans la nuit d'un noir mat, progressant à tâtons d'une branche basse à l'autre.

Des heures plus tard, elle frappait chez sa mère. « Sept, dit celle-ci à travers une fente dans la porte, une fille qui quitte son mari fait pourrir la récolte. Tu le sais. Comment peux-tu l'ignorer ? » Et puis la porte se ferma, mais pas avant qu'une main, noueuse comme du bois, n'ait fourré une paire de boucles d'oreilles en perles entre les doigts serrés de Lan. Le visage pâle de la mère effacé par la porte qui pivote, le clic du verrou.

Les criquets faisaient trop de bruit au moment où Lan titubait vers le lampadaire le plus proche, avant de suivre l'un après l'autre les poteaux faiblement éclairés, jusqu'à ce qu'à l'aube la ville apparaisse, badigeonnée de brouillard.

Un homme qui vendait des gâteaux de riz la repéra,

dans sa chemise de nuit souillée au col déchiré, et lui offrit une cuillerée de riz sucré fumant sur une feuille de bananier. Elle s'effondra dans la poussière et mastiqua, les yeux rivés au sol entre ses pieds couleur charbon.

« D'où tu viens ? demanda l'homme, une jeune fille comme toi, traîner à une heure pareille ? Comment tu t'appelles ? »

Le son opulent lui monta à la bouche, le ton naissant à travers le riz qu'elle mâchait avant que la voyelle ne s'élève, avec son ah prolongé, prononcé Laang. Orchidée, décida-t-elle, sans raison particulière. « Lan, répondit-elle, et des grains de riz lui tombèrent des lèvres comme des copeaux de lumière. Tên tôi là Lan. »

Le garçon soldat, la femme et la petite fille sont cernés par l'insistance verdoyante de la terre. Mais quelle terre ? Quelle frontière franchie puis effacée, divisée et recomposée ?

Désormais âgée de vingt-huit ans, elle a donné naissance à une fille qu'elle enveloppe dans un morceau de ciel volé à une belle journée.

Quelquefois, la nuit, quand la petite dort, le regard perdu dans le noir, Lan pense à un autre monde, un monde où une femme tient sa fille dans ses bras au bord d'une route, une lune miniature suspendue dans l'air pur. Un monde où il n'y a pas de soldats, de Hueys, et où la femme sort simplement se promener dans la tiédeur d'une soirée printanière, parle tout doucement à son enfant, lui raconte l'histoire d'une fille qui a fui sa jeunesse sans visage, pour finir par se donner le nom d'une fleur qui s'ouvre comme si on l'avait écartelée.

Parce qu'ils sont omniprésents et de petite taille, les macaques sont les primates les plus chassés en Asie du Sud-Est.

L'homme aux cheveux blancs lève son verre et porte un toast, il sourit. Cinq autres shots se lèvent à la rencontre du sien, la lumière éclaire chaque verre d'alcool, comme le veut la loi. Les shots sont brandis par des bras appartenant à des hommes qui découperont bientôt le crâne du macaque avec un scalpel, l'ouvriront comme le couvercle d'un bocal. Les hommes consommeront le cerveau à tour de rôle, trempé dans l'alcool ou avalé avec les gousses d'ail présentées sur une assiette en porcelaine, tout cela pendant que le singe se débat en dessous d'eux. Des lancers de canne à pêche à n'en plus finir, sans jamais toucher l'eau. Les hommes pensent que ce repas les débarrassera de l'impuissance, que plus le singe se déchaîne, plus le remède est efficace. Ils font cela pour l'avenir de leurs gènes – pour le bien de fils et de filles.

Ils s'essuient la bouche avec des serviettes imprimées de tournesols qui brunissent rapidement, puis commencent à se déchirer – complètement trempées.

Après, le soir, les hommes rentreront chez eux revivifiés, l'estomac plein, et se colleront à leurs femmes et leurs maîtresses. Le parfum d'un maquillage floral – joue contre joue.

Un bruit de goutte à goutte, maintenant. Un liquide chaud dégouline le long de l'ourlet du pantalon noir de la femme. L'odeur âcre de l'ammoniaque. Lan se pisse dessus devant les deux garçons – et serre plus fort la

58

petite. Autour de ses pieds, un cercle de chaleur humide. De tous les mammifères, le cerveau du macaque est le plus proche de celui d'un humain.

Les gouttes de pluie noircissent en glissant le long des joues couvertes de poussière du soldat blond, avant de s'accumuler en formant des ellipses le long de sa mâchoire.

« Yoo Et Aye numbuh won », dit-elle, l'urine dégoulinant toujours sur ses chevilles. Puis à nouveau, plus fort. « Yoo Et Aye numbuh won. No bang bang. » Elle lève haut sa main libre, comme pour permettre à quelqu'un de la hisser tout droit dans le ciel. « No bang bang. Yoo Et Aye numbuh won. »

Un tic dans l'œil gauche du garçon. Une feuille verte tombe dans une mare verte.

Il fixe la fillette, sa peau trop rose. La fillette qui s'appelle Hong, ou Rose. Car pourquoi pas une autre fleur? Hong – une syllabe que la bouche doit avaler d'un coup. Orchidée et Rose, côte à côte sur cette route blanche comme l'haleine. Une mère qui tient sa fille. Une rose qui pousse sur la tige d'une orchidée.

Il remarque les cheveux de Rose, leur teinte cannelle incongrue frangée de blond sur les tempes. Voyant le regard du soldat sur sa fille, Lan presse le visage de la petite contre sa poitrine pour la protéger. Le garçon contemple cette enfant, la blancheur qui émane de son corps jaune. Il pourrait être son père, se dit-il, comprend-il. Quelqu'un qu'il connaît pourrait être son père – son sergent, son chef d'escouade, son camarade de

59

section, Michael, George, Thomas, Raymond, Jackson. Il les passe en revue, fermement agrippé à son arme, les yeux sur la petite qui a du sang américain, au bout du fusil américain.

« No bang bang... Yoo Et Aye... murmure désormais Lan. Yoo Et Aye... »

Les macaques sont capables de douter d'eux-mêmes, capables d'introspection, des traits de caractère qu'on croyait autrefois exclusivement réservés aux humains. Certaines espèces ont montré des comportements indiquant le recours au jugement, à la créativité, et même au langage. Ils sont capables de se remémorer des images du passé et de les appliquer à un problème actuel à résoudre. En d'autres termes, les macaques se servent de la mémoire pour survivre.

Les hommes continueront à manger jusqu'à ce que l'animal soit vide, le singe ralentissant à mesure qu'ils se repaissent, ses membres lourds, léthargiques. Quand il ne reste plus rien, quand tous ses souvenirs se dissolvent dans le système sanguin des hommes, le singe meurt. On s'apprête à ouvrir une autre bouteille.

Qui finira perdu dans l'histoire que nous nous racontons ? Qui finira perdu en nous ? Une histoire, après tout, c'est une façon d'absorber. Ouvrir la bouche, pour raconter, c'est ne laisser que les os, qui demeurent non dits. C'est un beau pays, parce que tu respires encore.

Yoo Et Aye numbuh won. Mains en l'air. Ne tirez pas. Yoo Et Aye numbuh won. Mains en l'air. No bang bang.

La pluie continue parce que ce qui nourrit est aussi

une force. Le premier soldat recule. Le second déplace la barrière en bois, fait signe à la femme d'avancer. Les maisons dans son dos désormais réduites à des feux de joie. Alors que le Huey regagne le ciel, les plants de riz se redressent, à peine ébouriffés. Le châle trempé de sueur et de pluie a viré à l'indigo.

Dans le garage, sur un mur à la peinture décapée révélant des briques pleines de taches, une étagère est accrochée, tel un autel de fortune. Dessus se trouvent des cadres où des saints, des dictateurs, des martyrs, et les morts – une mère et un père – affichent un regard fixe, imperturbable. Dans le verre des cadres : le reflet de fils avachis sur leurs chaises. L'un d'eux verse ce qui reste de la bouteille sur la table collante, la nettoie. Un tissu blanc est placé sur l'esprit évidé du macaque. La lumière du garage vacille une fois, et tient bon.

La femme est debout au milieu du cercle formé par sa propre pisse. Non, elle se tient sur le point grandeur nature de sa propre phrase, vivante. Le garçon fait volte-face, retourne à son poste au checkpoint. L'autre garçon tapote son casque et lui fait un signe de tête, le doigt, remarque-t-elle, toujours sur la détente. C'est un beau pays parce que tu y es toujours. Parce que ton nom est Rose, et que tu es ma mère et qu'on est en 1968 – l'année du Singe.

La femme avance. Passant devant le garde, elle jette un dernier coup d'œil au fusil. Le canon, remarque-t-elle, n'est pas plus foncé que la bouche de sa fille. La lumière vacille une fois, et tient bon.

Je m'éveille au bruit d'un animal en détresse. Il fait si noir dans la pièce que je ne sais même pas si j'ai les yeux ouverts. Une brise pénètre par la fenêtre entrebâillée, et avec elle la nuit d'août, dont la douceur est rompue par l'odeur de javel des produits chimiques pour pelouses – le parfum des jardins impeccablement entretenus de la banlieue – et je me rends compte que je ne suis pas chez moi.

Je me redresse au bord du lit, et j'écoute. C'est peut-être un chat blessé après une escarmouche avec un raton laveur. Je trouve mon équilibre dans l'atmosphère obscure et me dirige vers le couloir. Une lame de lumière rouge filtre à travers la porte entrouverte, à l'autre bout. L'animal est dans la maison. Ma paume tâte le mur, semblable à de la peau moite dans cette humidité. Je progresse vers la porte et j'entends, entre deux gémissements, le souffle de l'animal – plus lourd à présent, quelque chose avec des poumons énormes, bien plus gros qu'un chat. Je jette un œil à travers la fente rouge de la porte – et c'est là que je le vois : l'homme voûté dans un fauteuil de lecture, sa peau blanche et ses cheveux plus blancs encore teintés de rose, à vif sous une lampe à l'abat-jour cramoisi. Et ça me revient : je suis en Virginie, en vacances pour l'été. J'ai neuf ans. L'homme s'appelle Paul. C'est mon grand-père... et il pleure. Un polaroïd gondolé tremble entre ses doigts. Je pousse la porte. La lame rouge s'élargit. Il lève les yeux sur moi, perdu, cet homme blanc aux yeux larmoyants. Il n'y a pas d'animaux ici, à part nous.

Paul avait rencontré Lan en 1967 alors qu'il était en poste dans la baie de Cam Ranh, au sein de la marine des États-Unis. Ils se sont croisés dans un bar de Saïgon, se sont fréquentés, sont tombés amoureux et, un an plus tard, ils se sont mariés sur place, au tribunal central de la ville. Pendant toute mon enfance, leur photo de mariage était accrochée au mur du salon. On y voit un jeune paysan maigrichon de Virginie, d'allure enfantine, avec des yeux bruns de biche, qui n'a pas encore vingt-trois ans et domine avec un large sourire sa nouvelle femme, de cinq ans son aînée – une jeune paysanne, justement, originaire de Go Cong, et maman d'une petite Mai de douze ans, née de son mariage arrangé. Pendant que je jouais avec mes poupées et mes petits soldats, cette photo planait au-dessus de ma tête, icône d'un épicentre qui devait conduire à ma propre existence. Dans les sourires pleins d'espoir du couple, il est difficile d'imaginer que cette photo date de l'une des années les plus brutales de la guerre. Au moment où le cliché a été pris, la main de Lan posée sur la poitrine de Paul, son alliance ornée d'une perle comme une goutte de lumière, tu avais déjà un an – tu patientais dans une poussette à quelques pas derrière le photographe tandis que le flash crépitait.

Lan m'a raconté un jour, pendant que je lui arrachais ses cheveux blancs, qu'à son arrivée à Saïgon après avoir fui ce premier mariage voué à l'échec, n'étant pas parvenue à trouver du travail, elle avait fini par se prostituer auprès des GI américains en permission. Elle m'a dit, avec une fierté tranchante, comme si elle se défendait devant un jury : « J'ai fait ce qu'aurait fait n'importe quelle mère, j'ai trouvé un moyen de manger. Qui peut me juger, hein ? Qui ? » Le menton en avant, la tête bien haute, comme à l'adresse d'une personne invisible à l'autre bout de la pièce. C'est seulement quand je l'ai entendue divaguer que j'ai compris qu'elle parlait effectivement à quelqu'un : sa mère. « Je n'ai jamais voulu ça, Maman. Je voulais rentrer à la maison auprès de toi... » Elle a fait un mouvement brusque en avant. La pince m'a échappé, un bruit métallique sur le plancher. « Je n'ai jamais demandé à être une pute, a-t-elle sangloté. Une fille qui quitte son mari fait pourrir la récolte. » Elle répétait le proverbe que sa mère lui avait dit. « Une fille qui quitte... » Elle se balançait d'un pied sur l'autre, les yeux clos, le visage tendu vers le plafond, comme si elle avait de nouveau dix-sept ans.

Au début, j'ai cru qu'elle racontait encore une de ses histoires à moitié inventées, mais les détails se précisaient à mesure que sa voix balbutiante se focalisait sur des moments décousus mais néanmoins caractéristiques de son récit. L'odeur des soldats : un mélange de goudron, de fumée et de chewing-gums à la menthe – les effluves du combat avaient pénétré si profondément leur

chair qu'ils s'attardaient même après une douche rigoureuse. Ayant laissé Mai aux soins de sa sœur, au village,
Lan louait une chambre sans fenêtre à un pêcheur près
de la rivière, et y emmenait les soldats. Et le pêcheur, qui
vivait en dessous, et qui l'épiait à travers une fente dans
le mur. Et les bottes des soldats qui étaient si lourdes :
quand ils s'en débarrassaient pour se mettre au lit, on
aurait dit le bruit de cadavres qui tombaient, et elle tres-
saillait sous leurs mains inquisitrices.

Lan se tendait à mesure qu'elle parlait, la voix éprou-
vée par cette plongée dans le royaume de son autre
esprit. Puis elle s'est tournée vers moi, agitant un doigt
flou devant ses lèvres. « Chut. Ne dis rien à ta mère. »
Alors elle m'a donné une pichenette sur le nez, les yeux
brillants, en arborant un sourire de démente.

Mais Paul, timide et penaud, qui gardait souvent les
mains sur ses genoux quand il parlait, n'était pas un
client – et c'est pour ça que le courant est passé entre
eux. D'après Lan, ils s'étaient en fait rencontrés dans un
bar. Il était tard, près de minuit, quand Lan est arrivée.
Elle venait de terminer sa journée de travail et comman-
dait un dernier verre quand elle a vu le « gamin paumé »,
comme elle l'appelait, installé seul au comptoir. Un des
hôtels chics accueillait ce soir-là une réception pour les
militaires, et Paul avait rendez-vous avec une femme qui
ne devait jamais arriver.

Ils ont discuté autour de quelques verres, et se sont
découvert un terrain d'entente dans leur expérience
commune d'une enfance rurale, tous deux ayant grandi
dans la « cambrousse » de leurs pays respectifs. Ces deux
improbables culs-terreux ont dû trouver un dialecte

familier, capable de combler la distance entre leurs lointains idiomes. Malgré des trajectoires infiniment différentes, ils se retrouvaient tous deux transplantés dans une ville décadente et déroutante assiégée par les bombes. C'est dans cette familiarité fortuite que chacun trouva en l'autre un refuge.

Un soir, deux mois après leur rencontre, Lan et Paul allaient se terrer dans un deux-pièces de Saïgon. Le Nord Vietnam était en train d'infiltrer la ville, une énorme percée qui resterait par la suite tristement célèbre sous le nom d'offensive du Têt. Lan passerait toute la nuit couchée en position fœtale, dos au mur, Paul à ses côtés avec son pistolet 9 mm de service pointé sur la porte, tandis que les sirènes et les tirs de mortiers déchiraient la ville.

Bien qu'il ne soit que 3 heures du matin, l'abat-jour baigne la pièce dans ce qui ressemble aux ultimes instants d'un coucher de soleil sinistre. Sous le grésillement de l'ampoule électrique, Paul et moi nous découvrons de part et d'autre de l'embrasure de la porte. Il s'essuie les yeux avec sa paume, et me fait signe d'approcher de l'autre main. Il glisse la photo dans sa poche de poitrine et met ses lunettes, cligne fort des yeux. Je m'assieds à ses côtés sur le fauteuil en merisier.

« Tout va bien, Grand-père ? » dis-je, encore embrumé de sommeil. Son sourire masque une grimace. Je suggère d'aller me recoucher, qu'il est encore tôt quand même, mais il secoue la tête.

« Ça va. » Il renifle et se redresse dans le fauteuil, l'air grave. « C'est seulement... eh bien, je n'arrêtais pas de penser à cette chanson que tu as chantée tout à l'heure, la chanson euh..., dit-il en fixant le sol, les yeux plissés.

— Le Ca trù, je suggère, les chants traditionnels... ceux que Grand-mère chantait.

— Voilà, opine-t-il vigoureusement. Le Ca trù. J'étais couché là dans le noir, bon sang, et je jure que je continuais à l'entendre. Ça fait tellement longtemps que je n'avais pas entendu ce son-là. » Il me scrute d'un œil interrogatif, puis fixe de nouveau le sol. « Je dois être en train de devenir fou. »

Plus tôt ce soir-là, après le dîner, j'avais chanté quelques chansons traditionnelles pour Paul. Il avait voulu savoir ce que j'avais appris pendant l'année scolaire et, comme j'étais déjà plongé dans l'été jusqu'au cou et que rien ne me venait, j'avais sorti quelques chansons apprises par cœur auprès de Lan. J'avais fredonné, du mieux que je le pouvais, une berceuse classique que Lan chantait souvent. Interprétée à l'origine par la célèbre Khánh Ly, elle parle d'une femme qui chante au milieu des cadavres jonchant les pentes boisées des collines. Parcourant les visages des morts, la chanteuse s'interroge dans le refrain : *Et parmi vous, parmi vous, qui est ma sœur ?*

Tu te souviens, Maman, comme Lan se mettait à chanter cet air sans prévenir ? Et qu'une fois, elle l'a chanté à l'anniversaire de mon copain Junior, le visage de la couleur d'un steak haché cru après une unique Heineken ? Tu l'as secouée par l'épaule, tu lui as demandé d'arrêter, mais elle continuait, les yeux clos, se balançant tout en chantant. Junior et sa famille ne comprenaient pas le vietnamien – Dieu merci. À leurs yeux, c'était juste ma folle de grand-mère encore partie dans ses marmonnements. Mais toi et moi, nous entendions. Tu as fini par reposer ta tranche de gâteau à l'ananas – intacte –, et les verres tintaient tandis que les cadavres qui prenaient chair dans la voix de Lan s'amoncelaient autour de nous.

Au milieu des assiettes vides et tachées par les ziti à la napolitaine, j'ai chanté cette même chanson pour Paul. Ensuite, il a simplement applaudi, et puis nous avons fait la vaisselle. J'avais oublié que Paul aussi comprend le vietnamien, pour l'avoir appris pendant la guerre.

« Pardon, dis-je à présent, observant la flaque de lumière rouge qui se forme sous ses yeux. Et puis de toute façon c'est une chanson idiote. »

Dehors, le vent souffle fort dans les érables, dont les feuilles rincées claquent contre le bardage en bois. « On n'a qu'à faire du café ou autre chose, Grand-père. »

— Ah oui. » Il s'interrompt, ruminant une idée, et puis se dresse sur ses pieds. « Laisse-moi juste mettre mes pantoufles. Il fait toujours froid le matin. Il y a un truc qui ne va pas chez moi, je te jure. C'est ça vieillir. La chaleur de ton corps se réfugie au centre jusqu'au jour où tu as de la glace à la place des pieds. » Il est sur le point de rire, mais se frotte plutôt le menton et puis lève le bras, comme pour frapper quelqu'un devant lui – et puis le clic, la lampe s'éteint, un calme violet s'empare à présent de la pièce. Émergeant de l'obscurité, sa voix : « Je suis content que tu sois là, Little Dog. »

« Pourquoi ils disent noir ? » as-tu demandé il y a des semaines, là-bas à Hartford, désignant Tiger Woods sur l'écran de télé. Tu louchais sur la balle blanche posée sur le tee. « Sa mère est taïwanaise, j'ai vu sa tête, mais ils disent toujours noir. Ils devraient dire au moins à moitié jaune, non ? » Tu as plié ton paquet de Doritos, tu l'as fourré sous ton bras. « Comment ça se fait ? » Tu as penché la tête, attendant ma réponse.

Quand j'ai dit que je ne savais pas, tu as haussé les sourcils. « Comment ça ? » Tu as attrapé la télécommande et augmenté le volume. « Écoute bien, et dis-nous pourquoi cet homme n'est pas taïwanais », as-tu insisté en te passant la main dans les cheveux. Tu suivais Tiger Woods des yeux tandis qu'il arpentait l'écran de long en large, s'accroupissant régulièrement pour jauger ses coups. Il n'était pas question, à ce moment-là, de ses origines ethniques, et la réponse que tu voulais n'est jamais venue. Tu as tiré une mèche de cheveux devant ton visage pour l'examiner. « Il faut que je me rachète des bigoudis. »

Lan, assise par terre entre nous, a dit, sans détacher les yeux de la pomme qu'elle était en train de peler : « Je ne trouve pas qu'il a l'air taïwanais, ce garçon. Il a l'air portoricain. »

Tu m'as adressé une grimace, tu t'es renfoncée dans le canapé et tu as soupiré. « Les bonnes choses sont toujours ailleurs », as-tu lâché au bout d'un moment, et tu as changé de chaîne.

À notre arrivée en Amérique en 1990, la couleur de peau est l'une des premières choses dont nous avons entendu parler, sans rien y comprendre. Dès que nous avons mis le pied dans notre deux-pièces de ce quartier majoritairement hispanique sur Franklin Avenue cet hiver-là, les normes de couleur ont changé, et nos visages avec. Lan, dont le teint était considéré comme foncé au Vietnam, était désormais plus claire. Et toi, Maman... ta peau était si claire que tu « passais » pour blanche, comme cette fois où nous étions dans un grand magasin, chez Sears, et où la vendeuse blonde, se penchant pour me caresser les cheveux, t'a demandé : « Il est de vous ou adopté ? » C'est seulement quand tu t'es mise à bégayer, honteuse, dans ton anglais qui s'embrouillait et t'échappait, qu'elle a compris son erreur. Même quand tu avais la tête de l'emploi, ta langue te trahissait.

On ne « passe » pas en Amérique, apparemment, sans l'anglais.

« Non, madame, ai-je répondu à la femme dans mon anglais langue étrangère. C'est ma maman. Je suis sorti de son trou du cul et je l'aime très fort. J'ai sept ans. L'année prochaine j'aurai huit ans. Je vais bien. Je me sens bien et vous ? Joyeux Noël Bonne année. » Ce déluge représentait exactement quatre-vingts pour cent du vocabulaire que je connaissais à l'époque, et j'ai frissonné de pur délice tandis que les mots jaillissaient de ma bouche.

Tu pensais, comme tant de mères vietnamiennes, qu'évoquer les organes génitaux féminins, en particulier entre mères et fils, est un tabou – alors, quand on parlait de naissance, tu mentionnais toujours que j'étais sorti de ton anus. Tu m'assénais une claque malicieuse sur le crâne, et tu disais : « Cette grosse caboche a failli me déchirer le trou du cul ! »

Secouée, la permanente palpitante, la vendeuse a tourné les talons et s'est éloignée en faisant claquer ses escarpins. Tu as baissé les yeux sur moi : « Mais bon sang qu'est-ce que t'as dit ? »

En 1966, entre ses deux campagnes au Vietnam, Earl Dennison Woods, lieutenant-colonel de l'armée des États-Unis, fut affecté en Thaïlande. Là-bas, il rencontra Kultida Punsawad, thaïlandaise de naissance et secrétaire au bureau de l'armée américaine de Bangkok. Après s'être fréquentés pendant un an, Earl et Kultida déménagèrent à Brooklyn, New York, où ils se marièrent en 1969. Earl retournerait au Vietnam pour une dernière campagne, de 1970 à 1971, juste avant le début du déclin de l'engagement américain dans ce conflit. Au moment de la chute de Saïgon, Earl avait officiellement pris sa retraite de militaire pour commencer sa nouvelle vie et, le plus important, pour élever son nouveau fils – né seulement six mois après que le dernier hélicoptère américain eut décollé de l'ambassade des États-Unis à Saïgon.

Le nom de naissance du garçon, selon un portrait que j'ai lu il y a longtemps dans le magazine sportif *ESPN*, était Eldrick Tont Woods. Son prénom était une création unique à partir du E de « Earl », et se terminant sur le K de « Kultida ». Ses parents, dont la maison à Brooklyn était souvent vandalisée à cause de leur mariage mixte, avaient décidé de se dresser chacun à une extrémité du nom de leur fils, tels des piliers. Le deuxième prénom d'Eldrick, Tont, est un prénom traditionnel thaï que lui a donné sa mère. Pourtant, peu après sa naissance, le garçon gagna un surnom qui deviendrait bientôt célèbre dans le monde entier.

Eldrick « Tiger » Woods, l'un des plus grands golfeurs du monde, est, comme toi, Maman, un pur produit de la guerre du Vietnam.

Paul et moi sommes dans son jardin, en train de récolter du basilic frais pour une recette de pesto qu'il a promis de m'apprendre. Nous parvenons à éviter d'évoquer le passé, après l'avoir effleuré ce matin. Nous parlons plutôt des œufs de poules élevées en plein air. Il s'interrompt dans sa récolte, tire sa casquette sur ses sourcils, et prêche avec une ardeur inoxydable contre les antibiotiques qui provoquent des infections chez les poulets élevés en batterie, les abeilles qui meurent et ce pays qui, sans elles, perdrait l'intégralité de ses ressources alimentaires en moins de trois mois, et sur la nécessité de cuisiner l'huile d'olive à basse température parce que la brûler libère des radicaux libres qui provoquent le cancer.

Pour aller de l'avant, nous nous dérobons à nous-mêmes.

Dans le jardin d'à côté, un voisin démarre son souffleur de feuilles. Celles-ci volettent et atterrissent dans la rue, avec une série de petits bruits secs. Quand Paul se penche pour tirer sur des tiges d'ambroisie emmêlées, la photo tombe de sa poche et atterrit dans l'herbe, face visible. C'est un polaroïd en noir et blanc, à peine plus grand qu'une boîte d'allumettes, qui montre un groupe de jeunes gens aux mines éclaboussées de rires. Malgré la vivacité de Paul – qui fourre de nouveau le cliché dans sa poche à peine il a touché le sol – j'entrevois les deux visages que je connais par cœur : Paul et Lan, dans les bras l'un de l'autre, les yeux brûlant d'une exubérance si rare qu'elle a l'air fausse. Dans la cuisine, Paul me verse un bol de Raisin Bran avec de l'eau – exactement comme j'aime. Il s'affale à table, enlève sa casquette et attrape l'un des joints déjà roulés qui sont rangés, comme de minces dosettes de sucre, dans une tasse en porcelaine. Il y a trois ans, on a diagnostiqué un cancer à Paul, et il pense que c'est parce qu'il a été en contact avec l'agent Orange quand il était stationné au Vietnam. La tumeur était dans son cou au niveau de la nuque, juste au-dessus de la moelle épinière. Heureusement, les médecins l'ont trouvée avant qu'elle n'envahisse son cerveau. Après un an de chimiothérapie infructueuse, ils ont décidé d'opérer. Tout le processus, du diagnostic à la rémission, a duré près de deux ans.

Se réadossant à présent à sa chaise, Paul abrite une flamme dans le creux de sa main et la fait courir sur toute la longueur du joint. Il aspire, la fraise gagne en intensité sous mes yeux. Il fume comme on fume après un enterrement. Sur le mur de la cuisine, derrière lui, il y a des dessins de généraux de la guerre de Sécession au crayon de couleur, que j'avais faits pour un projet scolaire. Tu les avais envoyés à Paul quelques mois plus tôt. Une volute de fumée passe sur le profil en couleurs primaires de Stonewall Jackson, puis se dissipe.

Avant de m'amener chez Paul, tu m'as fait asseoir sur ton lit, là-bas à Hartford, tu as tiré longuement sur ta cigarette, et tu l'as simplement dit.

« Écoute. Non, regarde-moi bien, je suis sérieuse. Écoute.» Tu as posé les deux mains sur mon épaule, la fumée s'épaississant autour de nous. « Ce n'est pas ton grand-père. D'accord?»

Les mots ont pénétré en moi comme à travers une veine.

« Ce qui veut dire que ce n'est pas mon père non plus. Pigé? Regarde-moi.» Quand on a neuf ans, on sait quand il vaut mieux se taire, alors c'est ce que j'ai fait, en pensant que tu étais seulement fâchée, que toutes les filles devaient dire ça, à un moment, de leur père. Mais tu as continué, sur un ton calme et froid, comme des pierres que l'on pose, une par une, au sommet d'un long mur. Tu as dit qu'au moment de sa rencontre avec Paul ce fameux soir dans le bar de Saïgon, Lan était déjà enceinte de quatre mois. Le père, le vrai, n'était qu'un énième micheton américain – ni visage, ni nom, ni rien. À part toi. Tout ce qui reste de lui c'est toi, c'est moi. « Ton grand-père c'est personne.» Tu t'es détendue, la cigarette a retrouvé tes lèvres.

Jusqu'à ce moment-là, je pensais avoir au moins une attache dans ce pays, un grand-père, avec un visage, une identité, un homme qui savait lire et écrire, qui m'appelait pour mon anniversaire, auquel j'appartenais, dont le nom américain coulait dans mes veines. Ce cordon était désormais coupé. Le visage et les cheveux défaits, tu t'es levée pour tapoter la Marlboro dans l'évier. « Les bonnes choses sont toujours ailleurs, mon bébé. Crois-moi. Toujours.»

S'appuyant maintenant contre la table, la photo bien à l'abri dans sa poche de chemise, Paul commence à me raconter ce que je sais déjà. « Hé, dit-il, les yeux rendus vitreux par le pétard. Je ne suis pas celui que je suis. Je veux dire... » Il trempe le joint dans son verre à demi plein d'eau. Le mégot produit un sifflement. Mon Raisin Bran, intact, crépite dans son bol en terre cuite rouge. « Je ne suis pas ce que ta mère prétend que je suis. » Il regarde par terre et se lance, le rythme de ses paroles entrecoupées de pauses aléatoires, baissant parfois la voix jusqu'au quasi-murmure, comme un homme qui nettoie son fusil à l'aube, en parlant tout seul. Et je l'ai laissé donner libre cours à ses pensées. Je l'ai laissé se vider. Je ne l'ai pas arrêté parce qu'à neuf ans, on n'arrête rien du tout.

Un soir, pendant son ultime campagne au Vietnam, Earl Woods se retrouva acculé sous les tirs ennemis. La base opérationnelle américaine où il était stationné était sur le point d'être investie par un important contingent de Nord-Vietnamiens et de Viêt-congs. La plupart des GI américains avaient déjà évacué. Woods n'était pas seul – à ses côtés, tapi dans une des jeeps de leur caravane de deux véhicules, se trouvait le lieutenant-colonel Vuong Dang Phong. Phong, ainsi que le décrivait Woods, était un pilote et un commandant féroce, qui prêtait une attention impitoyable aux détails. C'était aussi un ami proche. Alors que l'ennemi déferlait autour de la base abandonnée, Phong se tourna vers Woods, et lui assura qu'ils allaient survivre.

Pendant les quatre heures qui suivirent, les deux amis restèrent assis dans leur jeep, leur uniforme vert olive noir de sueur. Woods se cramponnait à son lanceur de grenades M-79, tandis que Phong tenait la tourelle de la mitrailleuse de sa jeep. C'est ainsi qu'ils survécurent à la nuit. Plus tard, les deux partageraient un verre dans la chambre de Phong, de retour au camp de base – et ils riraient, en discutant de base-ball, de jazz et de philosophie. Pendant tout le temps qu'il passa au Vietnam, Phong fut le confident de Woods. Les liens forts de ce genre sont peut-être inévitables chez des hommes qui remettent leur vie entre les mains de l'autre. Peut-être que ce fut leur altérité commune qui les rapprocha, Woods étant à la fois noir et amérindien, élevé aux États-Unis dans le Sud de la ségrégation, et Phong l'ennemi juré de la moitié de ses compatriotes, membre d'une armée dont le commandement suprême dépendait de généraux américains blancs. Quoi qu'il en soit, avant que Woods ne quitte le Vietnam, les deux jurèrent de se retrouver après le départ des hélicoptères, des bombardiers et du napalm. Ni l'un ni l'autre ne savait que ce serait la dernière fois qu'ils se verraient.

Parce qu'il était colonel de haut rang, Phong fut fait prisonnier par les autorités vietnamiennes trente-neuf jours après la prise de Saïgon. On l'envoya en camp de rééducation, où il fut torturé, affamé, et contraint au travail forcé.

Un an plus tard, à l'âge de quarante-sept ans, Phong mourut en détention. Sa tombe ne serait retrouvée que dix ans plus tard, et ses enfants exhumèrent alors ses ossements pour les réenterrer près de sa province natale – sa dernière pierre tombale indique *Vuong Dang Phong*. Mais le nom sous lequel Earl Woods connaissait son ami n'était autre que « Tiger Phong » – ou simplement Tiger, un surnom que Woods lui avait donné pour sa férocité au combat.

Le 30 décembre 1975, un an avant la mort de Tiger Phong et à l'autre bout du monde par rapport à sa geôle, Earl était à Cypress, en Californie, et berçait un nouveau-né dans ses bras. Le garçon avait déjà reçu le nom d'Eldrick mais, plongeant ses yeux dans ceux du nourrisson, Earl sut que son fils devrait porter celui de son meilleur ami, Tiger. « Un jour, mon vieil ami le verrait à la télévision... et il dirait "C'est le fils de Woody, c'est sûr" et alors on se retrouverait », raconterait plus tard Earl dans une interview.

Tiger Phong est mort d'une crise cardiaque, probablement à cause de la malnutrition et de l'épuisement qui régnaient dans le camp. Mais pendant une brève période de huit mois en 1975-1976, les deux plus importants Tiger de la vie d'Earl Wood étaient en vie en même temps, partageant la même planète, l'un fragilisé au terme d'une histoire cruelle, l'autre commençant à peine à laisser sa propre marque. Le nom « Tiger » mais aussi Earl lui-même étaient devenus un pont.

Quand Earl finit par apprendre la mort de Tiger Phong, Tiger Woods avait déjà remporté ses premiers Masters. « Bon sang, qu'est-ce que ça fait mal, dit Earl. J'ai cette vieille sensation dans le ventre, cette sensation du combat. »

Je me souviens du jour où tu as assisté à ton premier office à l'église. Le père de Junior était un Dominicain à la peau claire, sa mère une Cubaine noire, et ils priaient à l'église baptiste de Prospect Avenue, où personne ne leur demandait pourquoi ils roulaient les « r » ni d'où ils venaient *vraiment*. J'étais déjà allé quelques fois à l'église avec les Ramirez, quand je dormais chez eux le samedi soir et qu'au réveil je me retrouvais à assister à l'office dans une tenue du dimanche empruntée à Junior. Ce jour-là, quand Dionne t'a invitée, tu as décidé d'y aller – par politesse, mais aussi parce que l'église distribuait des denrées proches de la date de péremption, dons des supermarchés du coin.

Toi et moi étions les seuls visages jaunes dans l'église. Mais quand Dionne et Miguel nous ont présentés à leurs amis, nous avons été accueillis par des sourires chaleureux. « Bienvenue dans la maison de mon père », répétaient les gens. Et je me souviens m'être demandé comment tant de personnes pouvaient être apparentées, pouvaient toutes avoir le même père.

Je suis tombé en amour pour la verve, la puissance et le ton de la voix du pasteur, son sermon sur l'Arche de Noé modulé d'hésitations, les questions rhétoriques amplifiées par de longs silences qui renforçaient l'effet de son histoire. J'ai adoré la façon dont ses mains bougeaient, ondoyaient, comme s'il fallait secouer son corps pour que ses paroles jaillissent jusqu'à nous. C'était, pour moi, une forme d'incarnation nouvelle, proche de la magie, quelque chose que je n'avais qu'entraperçu jusqu'alors dans les récits de Lan.

Mais ce jour-là, c'est la *chanson* qui m'a permis de voir le monde sous un angle nouveau, c'est-à-dire te voir toi sous un angle nouveau. Quand le piano et l'orgue ont fait rugir les premiers accords denses de *His Eye Is on the Sparrow*, tous les membres de la congrégation se sont levés dans un bruissement, et ont laissé leurs bras s'envoler au-dessus de leurs têtes, certains se mettant à tournoyer en cercle. Des centaines de bottes et de talons ont martelé le plancher en bois. Au milieu de ce flou giratoire, des manteaux et des écharpes qui virevoltaient, j'ai senti qu'on me pinçait le poignet. Les ongles que tu enfonçais dans ma peau étaient blancs. Le visage levé – paupières closes – vers le plafond, tu disais quelque chose aux anges de la fresque qui nous surplombait.

Au début, je n'entendais rien avec le bruit des applaudissements et des cris. Tout était un kaléidoscope de couleurs et de mouvements, les notes grasses de l'orgue et des trompettes de l'orchestre retentissant entre les bancs. J'ai arraché mon bras à ton étreinte. En m'approchant, j'ai entendu tes paroles noyées par la chanson – tu parlais à ton père. Le vrai. Les joues mouillées de larmes, tu criais presque. « Où es-tu, Ba? demandais-tu en vietnamien, te balançant d'une jambe sur l'autre. Où es-tu bon sang? Viens me chercher! Sors-moi de là! Reviens me chercher. » C'était peut-être la toute première fois qu'on parlait vietnamien dans cette église. Mais personne ne t'a fusillée d'un regard lourd de questions. Personne ne s'est retourné sur la femme jaune-blanche qui s'exprimait dans sa propre langue. D'un bout à l'autre des bancs d'autres criaient aussi, d'excitation, de joie, de colère ou d'exaspération. C'était là, dans la chanson, qu'il t'était permis de t'abandonner sans être en faute.

J'ai fixé le Jésus en plâtre de la taille d'un petit enfant qui était accroché d'un côté de la chaire. Le martèlement

79

des pieds semblait le faire palpiter. Il regardait ses orteils pétrifiés avec une expression de lassitude perplexe, comme s'il venait tout juste de s'éveiller d'un sommeil profond, pour se retrouver cloué à ce monde, rouge et éternel. Je l'ai étudié si longtemps qu'en revenant à tes baskets blanches, je m'attendais presque à voir une mare de sang sous tes pieds.

Des jours plus tard, j'entendrais *His Eye Is on the Sparrow* venir de la cuisine. Tu étais à table, en train de peaufiner ta technique de manucure sur des mains de mannequin en caoutchouc. Dionne t'avait donné une cassette de chants de gospel, et tu fredonnais en chœur en travaillant, pendant que les plans de travail se couvraient de mains sans corps aux doigts resplendissants de couleurs bonbon, paumes ouvertes, comme cette fois à l'église. Mais contrairement aux mains plus foncées de la congrégation des Ramirez, celles de ta cuisine étaient roses et beiges, les seules teintes dans lesquelles on les faisait.

1964 : Au moment de lancer sa campagne de bombardements massifs au Nord Vietnam, le général Curtis LeMay, alors chef d'état-major de l'US Air Force, déclara qu'il avait l'intention d'expédier les Vietnamiens « tout droit à l'âge de pierre ». Détruire un peuple, c'est donc le renvoyer dans le passé. L'armée américaine finirait par lâcher plus de dix mille tonnes de bombes sur un pays pas plus grand que la Californie – davantage que le nombre de bombes déployées pendant toute la Seconde Guerre mondiale.

1997 : Tiger Woods gagne le Masters, son premier grand titre de champion de golf professionnel. 1998 : Le Vietnam ouvre son premier terrain de golf pro, créé sur une rizière autrefois bombardée par l'US Air Force. L'un des trous fut créé en remplissant un cratère de bombe.

Paul termine sa part de l'histoire. Et j'ai envie de lui dire. J'ai envie de lui dire que sa fille qui n'est pas sa fille était une enfant à moitié blanche à Go Cong, ce qui veut dire que les enfants la traitaient de fille fantôme, traitaient Lan de traîtresse et de pute pour avoir couché avec l'ennemi. Qu'ils lui avaient coupé ses cheveux à la teinte auburn alors qu'elle rentrait du marché, les bras chargés de paniers de bananes et de courges vertes, de sorte qu'à son arrivée à la maison, il ne lui restait plus que quelques mèches au-dessus du front. Et que lorsqu'elle fut à court de cheveux, ils lui collèrent de la merde de buffle sur le visage et les épaules pour qu'elle « redevienne marron », comme si être née la peau claire était une faute qu'on pouvait réparer. C'est peut-être pour cela, je m'en rends compte à présent, que la façon dont on qualifiait Tiger Woods à la télé t'importait, que tu avais besoin que la couleur soit une donnée fixe, inviolable.

« Tu devrais peut-être arrêter de m'appeler Grand-père. » Les joues de Paul se crispent tandis qu'il tire sur le deuxième joint, jusqu'au bout. Il ressemble à un poisson. « Ce mot-là, ce serait peut-être un peu bizarre à présent, tu ne crois pas ? »

J'y réfléchis une minute. Le portrait au pastel d'Ulysses Grant frémit dans la brise qui pénètre à travers la fenêtre faiblement éclairée.

« Non, dis-je au bout d'un moment, j'en ai pas d'autre, de grand-père. Alors j'veux continuer à t'appeler comme ça. »

Il opine, résigné, son front pâle et ses cheveux blancs colorés par la lumière du soir. « Bien sûr. Bien sûr », dit-il au moment où le mégot tombe dans le verre en grésillant, laissant une traînée de fumée qui s'enroule, comme une veine fantomatique, le long de ses bras. Je fixe la bouillie marron dans le bol devant moi, toute détrempée à présent.

Il y a tellement de choses que je veux te dire, Maman. Il fut un temps où j'étais assez naïf pour croire que le savoir offrirait une clarification, mais certaines choses sont emmaillotées sous de telles couches de gaze faite de syntaxe et de sémantique, de jours et d'heures, de noms oubliés, récupérés puis perdus, que le seul fait de savoir que la blessure existe n'aide en rien à la révéler.

Je ne sais pas ce que je dis. Je suppose que ce que je veux dire, c'est que parfois je ne sais pas ce que ou qui nous sommes. Certains jours je me sens comme un être humain, d'autres davantage comme un son. Je touche le monde mais ce n'est pas moi, c'est un écho de celui que j'étais. Est-ce que tu m'entends maintenant ? Est-ce que tu me lis ?

Quand j'ai commencé à écrire, je m'en voulais de douter à ce point, des images, des propositions, des idées, et même du stylo ou du journal que j'utilisais. Tout ce que j'écrivais commençait par *peut-être* et *sans doute* et se terminait par *je pense* ou *je crois*. Mais mon doute est partout, Maman. Même quand je sais qu'une chose est vraie jusqu'au bout des ongles, je crains de voir le savoir se dissoudre, je crains qu'il ne perde sa réalité, bien que je l'aie écrit. Je nous fais de nouveau voler en éclats pour pouvoir nous emmener ailleurs... où exactement, je ne suis pas sûr. De même que je ne sais pas comment te décrire : blanche, asiatique, orpheline, américaine, mère ?

Parfois on ne nous offre que deux options. En faisant des recherches, j'ai lu un article, dans un numéro du *Daily Times* d'El Paso de 1884, qui rapportait le cas d'un cheminot blanc poursuivi pour le meurtre d'un Chinois anonyme. L'affaire finirait par être classée. Le juge, Roy Bean, invoqua le droit du Texas qui, s'il prohibait le meurtre des êtres humains, ne définissait ces derniers que comme blancs, afro-américains ou mexicains. Le corps jaune et sans nom n'était pas considéré comme humain parce qu'il ne tenait pas dans une case sur un morceau de papier. Parfois, on vous efface avant de vous avoir laissé le choix d'affirmer qui vous êtes.

Être ou ne pas être. Telle est la question.

Quand tu étais petite, au Vietnam, les gamins du quartier t'attaquaient les bras à coups de cuillère, en criant « Enlevez-lui ce blanc, enlevez-lui ce blanc ! ». Tu as fini par apprendre à nager. Tu pataugeais en t'enfonçant dans la rivière boueuse, là où personne ne pouvait t'atteindre, où personne ne pouvait gratter pour te faire disparaître. Tu te fabriquais une île pendant des heures entières. Quand tu rentrais, le froid te faisait claquer des dents, tes bras étaient fripés et boursouflés – mais toujours blancs.

Quand on lui demanda de définir ses racines, Tiger Woods se qualifia de « cablinasian », un mot-valise de son invention pour décrire le mélange ethnique de Chinois, Thaï, Noir, Hollandais et Amérindien qui le constituait.

Être ou ne pas être. Telle est la question. Une question, oui, mais pas un choix.

« Je me souviens d'une fois, quand j'étais venu vous voir tous à Hartford – ça devait être un an ou deux après votre arrivée du Vietnam... » Paul pose son menton dans sa main et contemple la fenêtre, de l'autre côté de laquelle un colibri fait du surplace au-dessus de la mangeoire en plastique. « Je suis entré dans l'appartement et je t'ai trouvé en train de pleurer sous la table. Il n'y avait personne à la maison... ou peut-être que ta mère était là... mais elle devait être aux toilettes ou un truc comme ça. » Il s'arrête, laisse les souvenirs remonter. « Je me suis penché et je t'ai demandé ce qui n'allait pas, et tu sais ce que tu as dit ? » Il sourit. « Tu as dit que les autres gamins vivaient plus que toi. Quelle blague ! » Il secoue la tête. « Dire un truc pareil ! Je n'oublierai jamais ça. » Un éclair de lumière sur sa molaire couronnée d'or. « "Ils vivent plus, ils vivent plus !" tu hurlais. Mais qui t'avait fourré une idée pareille dans le crâne ? Tu n'avais que cinq ans, bon Dieu. »

Dehors, le vrombissement du colibri ressemble presque au bruit d'une respiration humaine. Il donne des petits coups de bec dans le bassin d'eau sucrée à la base de la mangeoire. Quelle vie atroce, suis-je en train de me dire : devoir bouger si vite juste pour rester au même endroit.

Plus tard, nous allons nous promener avec le beagle blanc à taches marron de Paul, le cliquetis de la laisse entre nous. Le soleil vient juste de se coucher et l'air est lourd du parfum des herbes odorantes et des lilas tardifs qui bordent les pelouses impeccables d'une mousse blanche et fuchsia. Nous obliquons vers le dernier virage quand approche une femme à l'allure quelconque, d'âge mûr, les cheveux tirés en queue-de-cheval blonde. Ne regardant que Paul, elle dit : « Je vois que tu as fini par prendre un garçon pour s'occuper du chien. Bravo, Paul ! »

Paul s'arrête, remonte ses lunettes qui immédiatement glissent à nouveau sur son nez. Elle se tourne vers moi et articule. « Bien-venue. Dans. Le. Quar-tier. » Elle ponctue chaque syllabe d'un hochement de tête.

Je tiens fermement la laisse du chien et recule, lui offrant un sourire.

« Non, dit Paul en levant maladroitement la main, comme pour chasser des toiles d'araignées. C'est mon petit-fils. » Il laisse le mot planer entre nous trois, jusqu'à ce qu'il paraisse solide, un acte juridique, puis le répète en hochant la tête, sans que je sache s'il s'adresse à lui-même ou à la femme. « Mon petit-fils. »

Sans un battement de cils, la femme sourit. Trop largement.

« Veuillez vous en souvenir. »

Elle rit, balaie la remarque d'un geste de la main avant

85

de me tendre celle-ci, maintenant que mon corps est lisible.

Je la laisse me serrer la main.

« Eh bien, je m'appelle Carol. Bienvenue dans le quartier. Sincèrement. » Elle poursuit son chemin.

Nous rentrons. Nous ne parlons pas. Derrière la rangée de maisons de ville blanches, une colonne d'épicéas immobiles se détache sur le ciel rougeoyant. Les pattes du beagle égratignent le béton, sa chaîne tinte tandis que l'animal nous entraîne vers la maison. Mais tout ce que j'entends, c'est la voix de Paul dans ma tête. *Mon petit-fils. C'est mon petit-fils.*

Je suis entraîné dans un trou, plus noir que la nuit autour, par deux femmes. C'est seulement quand l'une d'elles se met à hurler que je sais qui je suis. Je vois leurs têtes, les cheveux noirs emmêlés d'avoir dormi par terre. L'air rendu âcre par une bouffée de délire chimique alors qu'elles se démènent dans l'habitacle confus de la voiture. Les yeux encore gonflés de sommeil, je perçois les formes : un appuie-tête, un singe en feutre de la taille du pouce qui se balance au rétroviseur, un bout de métal, qui brille, puis disparaît. La voiture quitte l'allée en trombe et je sais, à l'odeur d'acétone et de vernis à ongles, que c'est ta Toyota couleur rouille. Lan et toi êtes à l'avant, vociférant après quelque chose qui refuse de se montrer. Les réverbères défilent à toute allure, frappant vos visages aussi fort que des coups.

« Il va la tuer, Maman. Il va le faire ce coup-ci, dis-tu, hors d'haleine.

— On vole. On vole vite dans l'hélicoptère. » Lan est dans son monde, rouge et dense d'obsession. « On vole où ? » Elle agrippe à deux mains le miroir du pare-soleil.

J'entends à sa voix qu'elle sourit, ou du moins qu'elle serre les dents.

« Il va tuer ma sœur, Maman. » Tu parles comme si tu te débattais dans le courant d'un fleuve. « Je connais Carl. C'est pour de vrai cette fois. Tu m'entends ? Maman ! »

Lan se balance en se tenant au miroir, souffle bruyamment. « On se tire, hein ? Faut qu'on va loin, Little Dog ! » Dehors, la nuit déferle autour de nous, comme sous l'effet d'une gravité oblique. Les numéros verts sur le tableau de bord affichent 3:04. Qui a plaqué mes mains sur mon visage ? Les pneus crissent à chaque virage. Les rues sont vides et on a l'impression que c'est un univers là-dedans, un *tout* propulsé à travers l'obscurité cosmique pendant qu'à l'avant, les femmes qui m'ont élevé perdent la tête. Entre mes doigts la nuit est une feuille de papier Canson noir. La seule chose que je distingue, ce sont les têtes exténuées de ces deux-là, qui tanguent devant moi.

« Ne t'inquiète pas, Mai. » Tu te parles à toi-même, maintenant. Ton visage est si près du pare-brise que le verre se couvre d'un rond de buée qui se propage à la mesure de tes paroles. « J'arrive. On arrive. »

Au bout d'un moment nous braquons dans une rue bordée de plusieurs Lincoln Continental. La voiture roule au pas, puis s'arrête devant une maison de ville aux bardeaux gris. « Mai, dis-tu, en tirant le frein à main. Il va tuer Mai. »

Lan, qui depuis tout ce temps n'a pas cessé de secouer la tête de gauche à droite, s'interrompt, comme si ces mots avaient enfin atteint un petit bouton en elle.

« Quoi ? Qui tue qui ? Qui meurt cette fois ?

— Vous deux vous restez dans la voiture ! » Tu détaches ta ceinture, sors d'un bond et te faufiles vers la maison, laissant la porte ouverte derrière toi.

Il y a une histoire que Lan racontait, celle de Lady Triệu, la guerrière mythique qui dans le Vietnam ancien prit la tête d'une armée d'hommes et repoussa l'envahisseur chinois. Je pense à elle, en te voyant. À elle qui, selon la légende, armée de deux épées, rejetait ses seins d'un mètre de long par-dessus ses épaules pour tailler les envahisseurs en pièces par dizaines. Et que ce fut une femme qui nous sauva.

« Qui qui meurt aujourd'hui ? » Lan fait volte-face, cette nouvelle information se propage sur son visage, saisissant à la lumière du plafonnier. « Qui qui meurt, Little Dog ? » Elle agite la main dans un mouvement de va-et-vient, comme pour ouvrir une porte verrouillée, mimant le vide. « Quelqu'un te tue ? Pourquoi ? »

Mais je ne l'écoute pas. Je suis en train de baisser la vitre, mon bras me brûle à chaque tour de manivelle. L'air frais de novembre s'infiltre. Mon ventre se serre alors que tu montes les marches du perron, la machette de vingt-cinq centimètres étincelant dans ta main. Tu frappes à la porte, tu cries. « Sors de là, Carl, dis-tu en vietnamien. Sors de là, enfoiré ! Je la ramène à la maison une bonne fois pour toutes. T'as qu'à prendre la bagnole, mais rends-moi ma sœur. » Au mot *sœur*, ta voix se fêle en un sanglot bref, qui se brise, puis tu reprends le dessus. Tu cognes sur la porte avec la crosse en bois de la machette.

La lumière s'allume sur la véranda, ta chemise de nuit

rose soudain verte sous le néon. La porte s'ouvre. Tu recules.

Un homme apparaît. Il fait mine de bondir du seuil tandis que tu rétropédales dans l'escalier : la lame bloquée contre ton flanc, comme clouée sur place.

« Il a un fusil. » Lan émet un cri étouffé dans la voiture, désormais lucide. « Rose ! C'est un fusil à pompe. Ça balance deux pruneaux d'un coup. Ça te bouffe les poumons de l'intérieur. Little Dog, dis-lui. »

Tes mains flottent au-dessus de ta tête, le métal résonne en tombant dans l'allée. L'homme, gigantesque, épaules tombantes sous un sweat-shirt gris des Yankees, s'approche de toi, dit quelques mots entre ses dents, puis dégage la machette d'un coup de pied. Elle disparaît dans l'herbe en lançant un éclair. Tu marmonnes quelque chose, tu te fais toute petite, les mains en coupe sous le menton : la posture que tu adoptes après avoir reçu un pourboire au salon. L'homme baisse son arme tandis que tu bats en retraite, tremblante, vers la voiture.

« Ça vaut pas la peine, Rose, dit Lan, les deux mains en cornet devant sa bouche. Tu peux rien contre un fusil. Tu peux rien, c'est tout. Reviens, reviens dans l'hélicoptère.

— Maman, m'entends-je dire, d'une voix qui se fêle. Maman, allez viens. »

Tu te glisses lentement sur le siège du conducteur, tu tournes vers moi un regard fixe et nauséeux. Il y a un long silence. Je crois que tu es sur le point de rire, mais tes yeux s'emplissent de larmes. Alors je me détourne, vers l'homme qui nous observe attentivement, la main sur la hanche, le fusil coincé sous l'aisselle, pointé vers le sol, protégeant sa famille.

Quand tu te mets à parler, ta voix est éraillée. Je n'en saisis que des bribes. Ce n'est pas la maison de Mai, expliques-tu, cherchant tes clés à tâtons. Ou plutôt, Mai n'y est plus. Le petit copain, Carl, celui qui lui cognait la tête contre le mur, n'est plus là. Il s'agit de quelqu'un d'autre, un homme blanc avec un fusil et un crâne chauve. C'était une erreur, dis-tu à Lan. Un accident.

« Voyons, ça fait cinq ans que Mai n'habite plus ici, dit Lan avec une tendresse soudaine. Rose... » Même si je ne le vois pas, je sais qu'elle est en train d'arranger tes cheveux derrière ton oreille. « Mai a déménagé en Floride, tu te souviens ? Pour ouvrir son propre salon. » Lan est calme, les épaules détendues, quelqu'un d'autre s'est glissé en elle et s'est mis à mouvoir ses membres, ses lèvres. « On rentre. Il faut que tu dormes, Rose. »

Le moteur démarre, la voiture fait demi-tour dans une embardée. Alors que nous nous éloignons, depuis la véranda, un garçon pas plus vieux que moi pointe un faux pistolet en plastique sur nous. L'arme tressaute et sa bouche émet des bruits de tirs. Son père se retourne pour lui crier dessus. Il tire un coup, encore deux autres. De la fenêtre de mon hélicoptère, je le regarde. Je le regarde droit dans les yeux et je fais la même chose que toi. Je refuse de mourir.

II

La mémoire est un choix. Tu as dit ça un jour, en me tournant le dos, comme si c'était une divinité qui parlait. Mais si tu étais une divinité, tu les verrais. Tu contemplerais ce bosquet de pins, là en bas, ses plus jeunes pousses embrasées de lumière à la cime de chaque arbre, leur humidité délicate et leur ultime éclat automnal. Tu regarderais au-delà des branches, au-delà des éclats de lumière rouillée qui traversent les ronces, les aiguilles tombant une à une, au moment où tes yeux divins se posent sur elles. Tu suivrais du regard ces aiguilles précipitées pardelà la branche la plus basse, jusqu'à la fraîcheur du parterre forestier, pour atterrir sur les deux garçons couchés côte à côte, le sang déjà sec sur leurs joues.

Bien que leurs deux visages en soient couverts, le sang appartient au plus grand, celui aux yeux gris foncé comme l'ombre de quelqu'un sur un fleuve. Ce qui reste de novembre s'infiltre à travers leurs jeans, leurs pulls en tricot fin. Si tu étais Dieu, tu remarquerais qu'ils ont les yeux levés vers toi. Ils battent des mains et chantent *This Little Light of Mine*, la version de Ralph Stanley qu'ils ont écoutée plus tôt cet après-midi-là sur la chaîne stéréo du plus grand. C'était la chanson préférée de son vieux, avait-il dit. Et c'est ainsi qu'à présent leurs têtes se balancent, leurs dents luisent entre deux notes, et les miettes du sang séché sur leurs mâchoires viennent moucheter leur gorge pâle, tandis que la chanson forme en les quittant des bouffées de fumée grosses comme le poing. « This little light of mine, I'm gonna let it shine. This little light of mine, I'm gonna let it shine [...]. All in my house, I'm gonna let it shine. » Un crachin d'aiguilles de pin tourbillonne autour d'eux dans le souffle infime produit par le mouvement de leurs membres. Chanter a rouvert la coupure sous l'œil du grand, et une ligne rouge-noir court désormais le long de son oreille gauche, s'incurvant sur son cou avant de disparaître dans le sol. Le plus petit lance un regard à son ami, au bulbe terrifiant de son œil, et s'efforce d'oublier.

Si tu étais Dieu tu leur dirais d'arrêter de taper des mains. Tu leur dirais que ce qu'on peut faire de plus utile avec des mains vides, c'est s'accrocher. Mais tu n'es pas une divinité.

Tu es une femme. Une mère, et ton fils est couché sous les pins tandis que tu es attablée dans une cuisine à l'autre bout de la ville, attendant une fois de plus. Tu viens de réchauffer, pour la troisième fois, la casserole de nouilles frites et de ciboules. Ton souffle fait de la buée sur le verre tandis que tu regardes fixement par la fenêtre, guettant l'apparition fugace du sweat orange des New York Knicks du garçon, puisqu'il doit être en train de courir, vu qu'il est si tard.

Mais ton fils gît immobile sous les arbres, aux côtés du garçon que tu ne rencontreras jamais. Ils sont à plusieurs mètres de la passerelle fermée où un sac en plastique bat contre le grillage, au milieu de centaines de mignonnettes d'alcool. Les garçons commencent à frissonner, leurs battements de mains ralentissent, presque inaudibles. Leurs voix s'éteignent tandis que le vent déferle au-dessus de leurs têtes, immense – et les aiguilles tournoient comme celles de montres fracassées, clic, clic avant de toucher le sol.

Il arrive parfois, tard le soir, que ton fils se réveille persuadé qu'une balle est logée en lui. Il la sent flotter à droite dans sa poitrine, juste entre les côtes. *La balle a toujours été là*, se dit le garçon, elle est même plus vieille que lui – et ses os, ses tendons et ses veines sont simplement venus envelopper l'éclat de métal, le scellant à l'intérieur de lui. *Ce n'était pas moi*, se dit le garçon, *qui étais dans le ventre de ma mère, mais cette balle, cette graine autour de laquelle j'ai fleuri.* Même à présent, alors que le froid s'insinue autour de lui, il la sent percer sa poitrine, soulevant légèrement son pull. Il veut tâter la protubérance, mais comme d'habitude, ne trouve rien. *Elle a reflué*, se dit-il. *Elle veut rester en moi. Elle n'est rien sans moi.* Parce qu'une balle sans corps est un chant sans oreilles.

À l'autre bout de la ville, face à la fenêtre, tu envisages de réchauffer encore une fois les nouilles. Tu recueilles dans ta paume les bouts de la serviette en papier que tu as déchirée, puis te lèves pour les jeter dehors. Tu retournes à ta chaise, tu attends. Cette fenêtre, celle-là même à laquelle s'est arrêté ton fils un soir avant de rentrer : sous le carré de lumière qui tombait sur lui, il observait ton visage, face au sien, scrutant le dehors. Le soir avait changé la vitre en miroir et tu ne pouvais pas le voir, seulement les rides qui striaient tes joues et ton front, un visage en quelque sorte ravagé par l'immobilité. Le garçon, lui, contemple sa mère qui contemple le vide, l'ovale fantôme du visage maternel contenant son être tout entier, invisible.

La chanson est finie depuis longtemps, le froid enveloppe leurs nerfs d'une gaine d'engourdissement. Sous leurs vêtements, la chair de poule apparaît, et leurs poils fins et translucides se dressent puis fléchissent contre le tissu de leur tee-shirt.

« Hé, Trev, dit ton fils, la joue couverte d'une croûte compacte du sang de son ami. Raconte-moi un secret. » Le vent, les aiguilles de pin, les secondes.

« Quel genre de secret?

— Bah – genre... un secret normal. Pas forcément pourri.

— Un secret normal. » Le silence de la réflexion, leurs souffles réguliers. Les étoiles au-dessus d'eux comme une immense trace sur un tableau noir essuyé à la hâte. « Tu veux bien commencer? »

Sur la table de l'autre côté de la ville, tes doigts cessent de tambouriner sur le formica.

« O.K. T'es prêt?

— Ouais. »

Tu repousses ta chaise, attrapes tes clés et sors.

« Je n'ai plus peur de mourir. »

(Une pause, puis des rires.)

Le froid, comme l'eau d'un fleuve, leur monte à la gorge.

Maman. Tu m'as dit un jour que la mémoire est un choix. Mais si tu étais Dieu, tu saurais que c'est un déluge.

Parce que je suis ton fils, ce que je sais du travail, je le sais pareillement de la perte. Et ce que je sais des deux, je le sais de tes mains. Je n'ai jamais senti leur souplesse d'autrefois : tes paumes déjà calleuses et pleines de cloques bien avant ma naissance, puis encore abîmées par trente ans de travail à l'usine et dans les salons de manucure. Tes mains sont affreuses – et je déteste tout ce qui les a rendues ainsi. Je déteste qu'elles incarnent le naufrage et le solde d'un rêve. Et toi qui rentrais à la maison, soir après soir, t'affalais sur le canapé, et t'endormais en moins d'une minute. Je revenais avec ton verre d'eau et tu ronflais déjà, les mains posées sur tes genoux comme deux poissons à moitié écaillés.

Ce que je sais, c'est que le salon de manucure est davantage qu'un lieu de travail, un atelier de beauté, c'est aussi un endroit où nos enfants grandissent – un certain nombre d'entre eux, comme le cousin Victor, développeront de l'asthme après avoir respiré les vapeurs toxiques pendant des années dans leurs poumons pas tout à fait finis. Le salon est aussi une cuisine où, dans les arrière-boutiques, nos femmes s'accroupissent à même le sol au-dessus d'énormes woks qui bouillonnent et grésillent sur les plaques électriques, où des chaudrons de phở mijotent et emplissent de vapeur ces espaces étriqués, dans des arômes de clous de girofle, cannelle, gingembre, menthe et cardamome mêlés de formaldéhyde, toluène, acétone, Ajax et eau de Javel. Un endroit où le folklore, les rumeurs, les histoires à dormir debout et les blagues du pays natal sont racontés, amplifiés, où des arrière-boutiques grandes comme les penderies des gens riches résonnent d'éclats de rire qui s'éteignent bien vite dans un silence sinistre, intact. C'est une salle de classe de fortune où nous arrivons, fraîchement débarqués du bateau, de l'avion, des profondeurs, espérant que le salon ne sera qu'une escale temporaire – jusqu'à ce qu'on retombe sur nos pieds, ou plutôt jusqu'à ce que nos mâchoires se fassent aux syllabes anglaises. On s'y penche sur les manuels, assis aux tables de manucure, pour terminer les devoirs de cours du soir d'anglais langue étrangère qui nous coûtent le quart de notre salaire.

Je ne resterai pas longtemps ici, peut-on nous entendre dire. *Bientôt je trouverai un vrai boulot*. Mais la plupart du temps, parfois au bout de quelques mois ou même de quelques semaines, nous pousserons de nouveau la porte de la boutique, la tête basse, notre ponceuse de manucure calée sous l'aisselle dans un sac en papier, et demanderons à reprendre notre poste. Et souvent la propriétaire, par pitié, par compréhension ou bien les deux, se contentera de désigner du menton une table vide – car il y a toujours une table vide. Parce que personne ne reste assez longtemps et qu'il y a toujours quelqu'un sur le départ. Parce qu'il n'y a pas de salaires, de sécurité sociale ou de contrats, le corps étant le seul matériau avec lequel et à partir duquel travailler. Parce que nous ne possédons rien, il devient son propre contrat, une déclaration de présence. Nous ferons cela pendant des décennies – jusqu'à ce que nos poumons ne puissent plus respirer sans faire d'œdème, que les produits chimiques nous durcissent le foie –, nos articulations fragilisées enflammées par l'arthrite... et nous nous tricoterons ainsi une sorte de vie. En l'espace de deux ans, le nouvel immigré apprendra que le salon, au bout du compte, est un endroit où les rêves se muent en savoir calcifié de ce qu'il en coûte d'habiter les os d'un Américain meurtri, empoisonné et sous-payé – avec ou sans la nationalité.

J'aime et je déteste tes mains usées pour tout ce qu'elles ne seront jamais.

C'est dimanche. J'ai dix ans. Tu ouvres la porte du salon et l'acétone des manucures de la veille me pique immédiatement les narines. Mais nos nez s'adaptent vite, comme toujours. Le salon ne t'appartient pas, mais tu as pour mission de le gérer tous les dimanches – le jour le plus tranquille de la semaine. À l'intérieur, tu allumes les lumières, branches les fauteuils de pédicure automatisés, et l'eau gargouille dans les tuyaux sous les assises tandis que je me dirige vers la salle de repos pour préparer du café instantané.

Tu prononces mon nom sans lever les yeux et je sais qu'il faut aller à la porte, la déverrouiller, retourner l'écriteau *Ouvert* côté rue.

C'est alors que je la vois. Environ soixante-dix ans, des

cheveux blancs rabattus par le vent sur un visage étroit aux yeux bleus creusés, elle a le regard de quelqu'un qui a dépassé sa destination mais continue tout de même à marcher. Elle jette un œil dans la boutique, serrant des deux mains un sac bordeaux en croco. J'ouvre la porte et elle entre en boitillant légèrement. Le vent a emporté l'écharpe vert olive qu'elle porte autour du cou, et celle-ci pend désormais à son épaule, traînant par terre. Tu te lèves, souriante. « Vous désire quoi ? » demandes-tu en anglais.

« Une pédicure, s'il vous plaît. » Elle a une voix fluette, comme encombrée de parasites. Je l'aide à se débarrasser de son manteau, l'accroche au portant, et la conduis au fauteuil de pédicure tandis que tu actionnes les gicleurs du bain de pieds et verses les sels et les solvants dans l'eau bouillonnante. La pièce s'emplit d'un parfum de lavande de synthèse. Je la prends par le bras et l'aide à s'installer. Elle sent la transpiration séchée, mêlée à l'odeur fortement sucrée d'un parfum bon marché. Son poignet palpite entre mes doigts tandis qu'elle se laisse glisser dans le fauteuil. Elle semble encore plus frêle qu'elle n'en a l'air. Quand elle est bien installée dans le siège en cuir, elle se tourne vers moi. Je ne l'entends pas avec les gicleurs, mais je peux lire sur ses lèvres qu'elle dit : « Merci. »

Quand les jets s'éteignent et que l'eau est chaude, d'un vert émeraude marbré de mousse blanche, tu lui demandes de plonger ses pieds dans le bassin.

Elle ne bouge pas d'un pouce. Les yeux clos.

« Madame », dis-tu. Le salon, d'ordinaire débordant de monde, de musique ou de télé avec Oprah ou les infos, est alors silencieux. Seules les lampes bourdonnent au-dessus de nos têtes. Au bout d'un moment, elle ouvre des yeux d'un bleu mouillé cerné de rose, et se penche pour tripoter la jambe droite de son pantalon. Je recule d'un pas. Le déplacement de ton poids fait grincer le tabouret, ton regard est fixé sur ses doigts. Les veines pâles de ses mains frissonnent tandis qu'elle retrousse la jambe de son pantalon. La peau est brillante, comme si on l'avait passée au four. Elle tend la main plus bas, attrape sa cheville, et d'un coup sec, détache toute la partie inférieure de sa jambe au niveau du genou.

Une prothèse.

Au milieu du tibia, un moignon brunâtre fait saillie, lisse et rond comme le bout d'une baguette – ou comme ce que c'est, une jambe amputée. Je jette un coup d'œil vers toi, espérant une réponse. Sans un battement de cils, tu sors ta lime et commences à frotter son unique pied, et la peau plissée tremble à côté sous tes efforts. La femme pose la prothèse à côté d'elle, un bras protecteur passé autour de son mollet, et se renfonce dans le fauteuil en soufflant. « Merci », dit-elle à nouveau, plus fort, s'adressant au sommet de ton crâne.

Je m'assieds sur le tapis et j'attends que tu me demandes d'aller au chauffe-serviettes pour en prendre une. Tout au long de la pédicure, la femme dodeline de la tête, les yeux mi-clos. Elle gémit de soulagement quand tu masses son unique mollet.

Quand tu termines, et te tournes vers moi pour prendre la serviette, elle se penche et désigne d'un geste sa jambe droite et la protubérance qui plane au-dessus de l'eau, restée sèche pendant tout ce temps.

Elle dit : « Est-ce que ça vous dérangerait – et tousse dans son bras. Celle-là aussi. Si je n'abuse pas. » Elle marque une pause, contemple le dehors par la fenêtre, puis de nouveau ses genoux.

Encore une fois, tu ne dis rien – mais tu te tournes, de façon quasi imperceptible, vers sa jambe droite, tu caresses le moignon avec précaution, sur toute sa longueur, avant de faire couler un peu d'eau chaude du creux de ta main sur son extrémité, de minces filets qui quadrillent la peau parcheminée. Des gouttelettes d'eau. Quand tu as presque fini de rincer le savon, elle te demande doucement, presque implorante, de descendre plus bas. « Si c'est le même prix de toute façon, dit-elle. Je la sens encore là en dessous. C'est idiot, mais je la sens. Je la sens. »

Tu marques une pause – un frémissement traverse ton visage.

Puis, tes pattes-d'oie se creusant imperceptiblement, tu enroules tes doigts autour du vide là où devrait se trouver son mollet, tu le pétris comme s'il était pleinement là. Tu continues en descendant vers son pied invisible, dont tu frottes le dessus osseux avant de saisir le talon de l'autre main, de pincer le long du tendon d'Achille, puis d'étirer les ligaments raidis sous la cheville.

Quand tu te tournes à nouveau vers moi, je cours chercher une serviette chaude. Sans un mot, tu la glisses sous le membre fantôme, tu tamponnes dans le vide, la mémoire des muscles de tes bras déclenche les gestes efficaces et familiers, révélant ce qui n'est pas là, tout comme les mouvements d'un chef d'orchestre parviennent à donner davantage de réalité à la musique.

Le pied sec, la femme attache sa prothèse, baisse sa jambe de pantalon et descend du fauteuil. J'attrape son manteau et l'aide à l'enfiler. Tu te diriges vers la caisse quand elle t'arrête, et place un billet de cent dollars replié dans ta main.

« Dieu vous garde », dit-elle, les yeux baissés – et elle sort en clopinant, le carillon au-dessus de la porte résonnant à deux reprises tandis qu'elle se ferme. Tu restes là, le regard dans le vide.

Le visage de Ben Franklin noircit entre tes doigts encore humides, et tu glisses le billet dans ton soutien-gorge, pas dans la caisse, puis te rattaches les cheveux.

Ce soir-là, à plat ventre sur le plancher, le visage posé sur un oreiller, tu m'as demandé de te frotter le dos. Je me suis agenouillé près de toi, j'ai remonté ton tee-shirt noir par-dessus tes épaules et dégrafé ton soutien-gorge. J'avais alors déjà fait ça des centaines de fois, et mes mains s'activaient d'elles-mêmes. Les bandes sont retombées et tu as attrapé le soutien-gorge, tu l'as extirpé de sous ton corps et balancé sur le côté. Alourdi par la sueur de ta journée de travail, il a atterri sur le sol avec le bruit sourd d'une genouillère.

Ta peau exhalait les produits chimiques du salon de manucure. J'ai attrapé une piécette dans ma poche, l'ai trempée dans le pot de Vicks VapoRub. Le parfum vif d'eucalyptus a envahi l'atmosphère et tu as commencé à te détendre. J'ai replongé la pièce, l'ai enrobée de pommade grasse, puis j'en ai appliqué une noix sur tout ton dos, le long de la colonne vertébrale. Quand ta peau s'est mise à briller, j'ai posé la pièce à la base du cou pour tirer vers l'extérieur, sur tes omoplates. J'ai raclé encore et encore, des gestes fermes et réguliers, comme tu m'as appris, jusqu'à ce que des traces roussâtres émergent sous la chair blanche, et que les zébrures creusent des veines violettes à travers ton dos, telles de nouvelles côtes sombres, libérant les mauvais vents de ton corps. Ainsi meurtrie avec soin, tu vas mieux.

Je repense à Barthes. *L'écrivain est quelqu'un qui joue avec le corps de sa mère,* dit-il après la mort de la sienne, *pour le glorifier, l'embellir.*

Je voudrais tellement que ce soit vrai.

Et pourtant, jusque dans ces pages où je t'écris, la réalité physique de ton corps résiste à mes efforts pour le mouvoir. À travers ces mots, je mets encore une fois mes mains sur ton dos et constate à quel point elles sont foncées, ainsi posées sur l'immuable fond blanc de ta peau. Encore aujourd'hui, je vois les plis de ta taille et de tes hanches alors que je pétris les tensions, les petits os le long de ta colonne vertébrale, une rangée d'ellipses qu'aucun silence ne traduit. Au bout de toutes ces années, le contraste de nos peaux me surprend encore – tout comme le fait la page blanche quand ma main, agrippant un stylo, commence à se mouvoir dans son champ, s'efforçant d'intervenir sur sa vie sans la gâter. Mais en écrivant, je la gâte. Je te change, t'embellis et te conserve à la fois.

Tu as gémi dans l'oreiller tandis que j'appuyais sur tes épaules, puis travaillais les nœuds récalcitrants l'un après l'autre. « C'est bon... c'est tellement bon. » Au bout d'un moment, ta respiration s'est faite plus profonde, plus égale, tes bras se sont relâchés, et tu dormais.

L'été où j'ai eu quatorze ans, j'ai obtenu mon premier boulot dans une plantation de tabac, aux environs de Hartford. La plupart des gens ignorent que le tabac peut pousser si loin au nord – mais tant qu'il y a de l'eau, vous pouvez mettre n'importe quoi et ça verdira jusqu'à atteindre la taille d'une petite armée. C'est curieux, tout de même, la façon dont certaines pratiques se répandent. D'abord cultivé par les Agawam, le tabac Broadleaf a ensuite été planté par les colons blancs, comme culture de rente, une fois les Amérindiens chassés de ces terres. Et aujourd'hui, il est récolté principalement par des immigrés sans papiers.

Je savais que tu ne me laisserais pas faire les quinze kilomètres à vélo qui nous séparaient de la cambrousse, alors je t'ai dit que je faisais du jardinage pour une église en banlieue. Selon l'annonce affichée sur la devanture de la YMCA locale, le boulot était payé neuf dollars de l'heure, soit presque deux dollars de plus que le salaire minimum de l'époque. Et parce que j'étais encore trop jeune pour être employé légalement, on me payait au noir, en liquide.

C'était l'été 2003, ce qui signifie que Bush avait déjà déclaré la guerre à l'Irak, invoquant des armes de destruction massive qui ne devaient jamais se matérialiser, tandis que *Where is the Love?* des Black Eyed Peas passait sur toutes les radios, mais *surtout* sur PWR 98.6. Ceux qui dormaient les fenêtres ouvertes entendaient cette chanson dans pratiquement toutes les bagnoles du quartier, ses beats ponctués par le bruit des bouteilles volant en éclats sur le terrain de basket d'en face, où les camés lançaient leurs bières vides vers le ciel juste pour voir la magie que les lampadaires donnaient aux choses brisées, le verre saupoudrant le bitume comme des paillettes au petit matin. C'était l'été où Tiger Woods allait recevoir le titre de meilleur joueur de l'année du PGA Tour pour la cinquième fois consécutive et où les Marlins allaient battre les Yankees (non que je m'y intéresse ou y comprenne quoi que ce soit). C'était deux ans avant Facebook et quatre avant le premier iPhone, Steve Jobs était encore en vie, tes cauchemars commençaient tout juste à s'aggraver, et je te trouvais parfois à la table de la cuisine à des heures indues, à poil, en sueur, en train de compter tes pourboires pour acheter un « bunker secret » juste au cas où, disais-tu, un attentat terroriste frapperait Hartford. C'était l'année où la sonde *Pioneer 10* enverrait son dernier signal à la NASA avant de perdre le contact pour toujours à douze milliards de kilomètres de la Terre.

Je me levais à 6 heures du matin cinq jours par semaine et pédalais une bonne heure jusqu'à la plantation, traversant le fleuve Connecticut puis dépassant les banlieues avec leurs pelouses parfaites à en crever, pour gagner la cambrousse. À l'approche de la propriété, les champs se déployaient de part et d'autre de moi, les lignes téléphoniques s'affaissaient sous le poids des corneilles éparpillées le long des câbles ; çà et là des amandiers blancs en pleine floraison, et puis les fossés d'irrigation où se noieraient plus d'une dizaine de lapins d'ici la fin de l'été, la pestilence des cadavres empoisonnant l'air brûlant. Des rangées verdoyantes de tabac, qui m'arrivait parfois aux épaules, s'étendaient si loin que les arbres qui se dressaient à la limite de la plantation ressemblaient davantage à des arbustes. Au milieu de tout cela s'élevaient trois granges massives aux murs bruts, alignées en enfilade.

J'ai remonté l'allée en terre vers la première grange et poussé mon vélo par la porte ouverte. M'accoutumant à l'obscurité fraîche, j'ai distingué une rangée d'hommes assis contre le mur, leurs visages sombres s'activant sur des assiettes en carton remplies d'œufs baveux, pendant qu'ils bavardaient en espagnol. L'un d'entre eux, me voyant, m'a fait signe d'approcher, en disant quelque chose que je n'ai pas saisi. Quand je lui ai expliqué que je ne parlais pas espagnol, il a eu l'air surpris. Et puis un éclair de compréhension est passé sur son visage et il s'est illuminé. « Ah ! » Il m'a désigné en opinant du chef. « Chinito. ¡Chinito ! » J'ai décidé, comme c'était mon premier jour, de ne pas le corriger. Je lui ai adressé un signe du pouce. « Sí, ai-je fait, en souriant. Chinito. »

Il s'appelait Manny, a-t-il expliqué, désignant d'un geste une table où une grande plaque de cuisson chargée d'œufs au plat était posée sur un réchaud au butane, à côté d'une bonbonne de café à température ambiante. Je me suis installé avec les hommes, j'ai mangé en silence. Sans me compter, il y avait vingt-deux autres ouvriers, pour la plupart des migrants sans papiers venus du Mexique et d'Amérique centrale, à l'exception d'un seul, Nico, qui était de République dominicaine. Il y avait aussi Rick, un type blanc d'une vingtaine d'années originaire de Colchester qui, selon la rumeur, était sur la liste des délinquants sexuels et ne pouvait trouver de boulot stable que dans le tabac. La plupart étaient saisonniers et suivaient différentes moissons à travers le pays, au rythme où mûrissaient les récoltes. Sur cette exploitation, les hommes dormaient dans un campement composé de quatre caravanes, à quelques mètres derrière la rangée d'arbres qui bordait la propriété, invisible depuis la route. La charpente de la grange, où le tabac coupé serait suspendu pour le séchage, était alors vide. D'ici la fin septembre, chaque grange allait abriter près de deux tonnes de tabac, en deux récoltes. Entre les bouchées d'œuf baveux, j'ai étudié la structure. Pour favoriser un séchage plus rapide, un panneau sur deux du bardage en bois de la grange était relevé, créant des fentes comme des nervures qui permettaient à l'air de circuler, et à travers lesquelles la chaleur diurne promenait à présent son souffle brûlant sur mon cou, apportant avec elle les effluves doux-amers du tabac et l'odeur de fer de la terre rouge. Les hommes aussi sentaient les champs. Avant même que leurs bottes ne touchent l'humus, leur corps, malgré la douche matinale, exsudait le sel et les relents cuits par le soleil de la journée de travail de la veille. Bientôt la même odeur imprégnerait mes propres pores.

Une Ford Bronco vert sapin s'est garée dans l'allée. Les hommes se sont levés à l'unisson et ont jeté leurs assiettes et leurs gobelets à la poubelle. Ils ont enfilé leurs gants, certains ont versé de l'eau sur des chiffons et les ont fourrés sous leur casquette.

M. Buford est entré. Blanc, grand et dégingandé,

environ soixante-dix ans, il portait une casquette des Red Sox enfoncée sur une paire de Ray-Ban et un sourire jusqu'aux oreilles. Mains sur les hanches, il m'a fait penser au sergent détraqué de *Full Metal Jacket*, celui qui se faisait exploser la cervelle par un de ses propres hommes tellement c'était un enfoiré. Mais Buford était plutôt enjoué, voire charmant, même si ça semblait un peu forcé. Il a souri, son unique dent en or étincelant entre ses lèvres, et dit : « Comment vont mes Nations unies ce matin ? ¿Bueno ? »

Je me suis approché et présenté à lui. Je lui ai serré la main, rêche et gercée, ce qui m'a surpris. Il m'a tapoté l'épaule et dit que je ferais l'affaire, du moment que je suivais Manny, mon chef d'équipe.

Les hommes et moi nous sommes entassés à l'arrière de trois pick-up pour rejoindre le premier champ, où les plants étaient les plus hauts, leurs têtes lourdes commençant juste à ployer. Nous étions suivis par deux tracteurs, sur lesquels on chargerait la récolte. Quand nous sommes arrivés, une équipe de dix hommes était déjà courbée sur les cinq premiers rangs de tabac. C'était l'équipe de coupe. Armés de machettes aiguisées aux premières lueurs de l'aube, ils prenaient une centaine de mètres d'avance sur nous et fauchaient rapidement les pieds à grands coups de lame. Parfois, quand on travaillait assez vite, on les rattrapait, et le bruit des machettes s'intensifiait jusqu'au moment où les efforts de leurs poumons devenaient audibles tandis qu'ils coupaient, et que les pieds retombaient en giclées de vert vif autour de leurs dos voûtés. On entendait l'eau au creux des tiges au moment où l'acier éventrait les membranes, et le sol noircissait à mesure que les plantes se vidaient de leur sang.

J'appartenais à l'équipe d'enfilage, celle des ouvriers les plus petits. Notre tâche consistait à ramasser les plants tombés, dont les feuilles se flétrissaient déjà au soleil. On se divisait en équipes de trois cueilleurs, plus deux ramasseurs et un enfileur. En tant qu'enfileur, la seule chose à faire était de se tenir derrière le chevalet d'enfilage (un chariot sur lequel est fixé un fer de lance amovible) et d'enfiler les plantes jusqu'à ce que la latte soit pleine. Alors on ôtait la pointe de la lance, et l'un des ramasseurs emportait la latte pleine jusqu'à un tracteur qui tournait au ralenti, où un chargeur la suspendait à un cadre. L'enfileur prenait alors une nouvelle latte dans son étui, y attachait le fer de lance en acier, et continuait à remplir le nouveau cadre.

Quand le tracteur atteignait sa pleine capacité, on le ramenait aux granges, où des dizaines d'hommes, généralement les plus grands, se passaient les cadres un par un et les montaient jusqu'au plafond pour le séchage. Parce qu'on pouvait chuter de plus de douze mètres, la grange était l'endroit le plus dangereux où travailler. Il y avait ces histoires que les hommes racontaient, survenues sur d'autres exploitations, ce son qui ne quittait plus leurs oreilles, le bruit sourd d'un corps – quelqu'un qui fredonne, qui parle de la météo ou se plaint d'une femme, du prix de l'essence à Modesto, puis le silence abrupt, les feuilles qui frémissent là où se trouvait la voix.

Ce premier jour, j'ai bêtement refusé la paire de gants proposée par Manny. Ils étaient trop grands et me montaient pratiquement jusqu'aux coudes. À 5 heures, mes mains étaient si lourdes et noires de sève, de terre, de cailloux et d'échardes qu'elles ressemblaient au fond d'une casserole de riz brûlé. Les corneilles survolaient l'air fripé du champ tandis qu'on usait les heures jusqu'à la corde, et leurs ombres fondaient sur la terre comme des objets tombant du ciel. Les lièvres détalaient et plongeaient entre les rangées, et de temps à autre une machette s'abattait sur l'un d'entre eux et on entendait, malgré le cliquetis des lames, le cri perçant d'une créature en train de quitter cette terre.

Mais le travail est parvenu à suturer une fracture en moi. Un travail fait de liens indéfectibles et de collaboration, chaque plant coupé, ramassé, soulevé et emporté d'un container à un autre dans une harmonie si bien rodée qu'une fois arraché, pas un pied de tabac ne retouche le sol. Un travail fait d'une myriade de communications, et j'ai appris à parler aux hommes non avec ma langue, qui ne servait à rien ici, mais avec des sourires, des gestes de la main, et même des silences, des hésitations. Je discernais les gens, les verbes, les abstractions, les idées grâce à mes doigts, mes bras, et en dessinant dans la poussière.

Manny, les sourcils froncés, sa moustache presque grise de sueur séchée, a opiné quand j'ai arrondi les mains en forme de fleur pour indiquer ton nom, Rose.

Le mot anglais le plus fréquemment prononcé au salon de manucure était *désolée*. C'était vraiment le refrain qui traduisait le sens de ce travail au service de la beauté.

J'observais les manucures, dont certaines avaient à peine sept ans, courbées sur la main ou le pied d'une cliente, et qui répétaient encore et toujours : « Je suis désolée. Je suis désolée. Je suis vraiment vraiment désolée », alors qu'elles n'avaient rien fait de mal. J'ai vu des employées, toi comprise, s'excuser des dizaines de fois au cours des quarante-cinq minutes d'une manucure, espérant marquer des points pour se rapprocher de l'objectif ultime, un pourboire – juste pour finir par dire *désolée* tout de même quand il n'y en avait pas.

Au salon de manucure, *désolée* est un outil qu'on utilise pour brosser dans le sens du poil jusqu'à ce que le mot lui-même se change en monnaie. Il ne représente plus uniquement *une excuse*, il insiste, il rappelle : *Je suis là, juste là, en dessous de vous.* Il s'agit de se rabaisser de sorte que la cliente se sente dans son bon droit, supérieure, et charitable. Au salon de manucure, la définition qu'on peut avoir de *désolée* se brouille pour créer un mot totalement nouveau, un mot qu'on charge et qu'on réutilise pour exprimer simultanément le pouvoir et l'avilissement. Être désolée est payant, être désolée même ou surtout quand on n'a aucun tort, vaut toutes les syllabes d'autodénigrement qu'autorise la bouche. Parce que cette bouche doit manger.

Et pourtant ça ne se vérifie pas qu'au salon de manucure, Maman. Dans ces champs de tabac aussi, on le disait. « Lo siento », lâchait Manny en traversant le champ de vision de M. Buford. « Lo siento », chuchotait Rigo quand il tendait le bras pour remettre une machette sur le mur où Buford était assis à cocher des nombres sur un porte-bloc. « Lo siento », ai-je dit au patron après avoir manqué une journée quand Lan a fait une nouvelle crise de schizophrénie, la fois où elle avait mis tous ses vêtements au four en disant qu'elle devait se débarrasser des « preuves ». « Lo siento », avons-nous dit le jour où la nuit est tombée sur un champ à demi récolté seulement, le tracteur, moteur fichu, gisant dans l'obscurité redevenue silencieuse. « Lo siento, señor », avons-nous dit chacun notre tour en passant devant le pick-up où Buford, avec du Hank Williams à plein volume, contemplait fixement sa récolte desséchée, une photo format poche de Ronald Reagan scotchée au tableau de bord. Et le lendemain, quand nous avons commencé le travail non sur un « Bonjour », mais sur un « Lo siento ». Cette phrase qui faisait le bruit d'une botte qu'on enfonce puis ressort de la boue. Sa gadoue visqueuse nous humectait la langue tandis qu'on récupérait notre gagne-pain à coups d'excuses. En t'écrivant, encore et toujours, je regrette jusqu'à cette langue.

Je pense à ces hommes qui transpiraient, qui blaguaient et chantaient à côté de moi dans le tabac à perte de vue. À George à qui il ne manquait plus que mille balles, soit deux mois de boulot environ, pour acheter une maison à sa mère près de Guadalajara. À Brandon qui allait envoyer sa fille de seize ans, Lucinda, à l'université à Mexico pour qu'elle devienne dentiste, comme elle l'avait toujours désiré. À Manny qui, après une dernière saison, pourrait rentrer dans son village côtier du Salvador et toucher du doigt la cicatrice sur la clavicule de sa mère, là où on viendrait juste de lui retirer une tumeur grâce à la paie qu'il gagnait en retirant du tabac de la terre du Connecticut. Et qui achèterait, avec le reste de ses économies, un bateau pour tenter sa chance dans la pêche au marlin. *Désolé,* pour ces hommes, était un passeport pour rester.

Le travail de la journée achevé, mon débardeur blanc était tellement souillé de poussière et de sueur que j'avais l'impression de ne rien porter du tout quand je poussais mon vélo pour sortir de la grange. Les doigts collants et à vif sur le guidon, je lançais mon Huffy argenté sur la route balayée par la poussière, laissant derrière moi les immensités désormais vides où s'était dressée la récolte, le soleil brûlant bas sur la rangée d'arbres. Et je les entendais dans mon dos, leurs voix distinctes comme les fréquences d'une radio. « ¡Hasta mañana, Chinito! » « ¡Adios, muchacho! » Et je savais à quels hommes ces voix appartenaient. Sans regarder, j'étais sûr que Manny agitait la main, comme il le faisait chaque jour, les trois doigts et demi de sa main se détachant en noir sur les derniers rayons.

Ce que j'avais envie de leur dire, en filant sur mon vélo, et aussi le lendemain matin, tous les matins, c'est ce que j'ai envie de te dire maintenant : *Désolé.* Désolé pour tout le temps qu'il leur faudra pour revoir ceux qu'ils aiment, pour ceux qui ne réussiront peut-être pas à repasser vivants la frontière du désert, emportés par la déshydratation et l'hyperthermie ou assassinés par les cartels de la drogue ou les snipers des milices d'extrême droite du Texas et d'Arizona. *Lo siento,* avais-je envie de dire. Mais je ne pouvais pas. Parce qu'à ce moment-là mon *désolé* s'était déjà mué en autre chose. C'était devenu une part de mon propre nom – impossible de le prononcer sans tricher.

Voilà pourquoi, quand le garçon est venu à moi un après-midi, le garçon qui changerait ce que je savais de l'été, de la profondeur d'une saison qui s'ouvre quand vous refusez de suivre les jours qui la quittent, j'ai dit « Désolé ». Le garçon qui m'a appris qu'il y avait quelque chose d'encore plus brutal et total que le travail – le désir. Ce mois d'août, là, dans les champs, c'est lui qui m'est apparu. Presque à la fin de la journée, j'ai senti un autre ouvrier à mes côtés mais, pris dans le rythme de la récolte, je n'ai pas pu m'arrêter pour le considérer. Nous avons ramassé le tabac pendant environ dix minutes, sa présence s'intensifiant à la périphérie jusqu'à ce qu'il passe devant moi au moment où je me penchais pour soulever un plant flétri. J'ai levé les yeux vers lui, une tête de plus que moi, son visage aux os finement dessinés marbré de poussière sous un casque militaire en métal légèrement incliné sur l'arrière du crâne, comme s'il venait tout juste de sortir d'une des histoires de Lan pour entrer dans mon époque, souriant, allez savoir pourquoi.

« Trevor, a-t-il dit, en se redressant. Moi, c'est Trevor. » C'est seulement plus tard que j'apprendrais qu'il était le petit-fils de Buford, et travaillait à la plantation pour échapper à son paternel imbibé de vodka. Et parce que je suis ton fils, j'ai dit : « Désolé. » Parce que je suis ton fils, mes excuses étaient devenues, alors, un prolongement de moi-même. C'était mon *Bonjour*.

Ce premier jour après notre rencontre dans le champ, je suis retombé sur Trevor dans la grange. La lumière du crépuscule avait baigné l'intérieur d'une lueur bleutée. Dehors, les haches des ouvriers tintaient contre la sangle de leur ceinture tandis qu'ils gravissaient la pente poussiéreuse pour regagner leurs caravanes Airstream à la lisière du bois. L'air était frais, imprégné de la chlorophylle du tabac qui venait d'être coupé et pendait maintenant aux poutres au-dessus de nos têtes, et dont certaines tiges gouttaient encore, dessinant de minuscules volutes de poussière sur le sol de la grange.

Je ne sais pas pourquoi je me suis attardé près de mon vélo, prenant mon temps pour vérifier les rayons. Trevor était assis sur un banc contre le mur, en train de siffler un Gatorade jaune fluo.

Il y avait quelque chose dans son attitude quand il était perdu dans ses pensées, les sourcils froncés et les yeux plissés, qui donnait à son visage juvénile l'expression âpre et douloureuse de quelqu'un qui regarde son chien préféré se faire piquer trop tôt. Et les arêtes maculées de boue et de poussière de son visage, qui contrastaient avec cette bouche ronde, et ces lèvres mutines pressées en une moue rouge et féminine. Qui es-tu, me demandais-je en actionnant les freins.

Ce que je ressentais alors, pourtant, n'était pas du désir mais la tension de sa possibilité, comme un ressort, une sensation qui semblait émettre sa propre force de gravité et me maintenait en place. Cette façon dont il m'avait regardé là-bas dans le champ, quand nous avions brièvement travaillé côte à côte, nos bras se frôlant à mesure que les plantes s'alignaient sur le cadre devant moi dans un flou vert, ses yeux qui s'attardaient, avant de papillonner ailleurs quand je les ai surpris. J'étais vu – moi qui avais rarement été vu par qui que ce soit. Moi à qui on avait appris, à qui tu avais appris à me rendre invisible pour être en sécurité, moi qu'à l'école primaire on envoyait au coin pour quinze minutes et qu'on ne retrouvait que deux heures plus tard, quand tout le monde était parti depuis belle lurette et que Mme Harding, déjeunant à son bureau, levait les yeux de sa salade de macaronis et s'étranglait. « Mon Dieu ! Mon Dieu, j'ai oublié que tu étais encore là ! Qu'est-ce que tu fais encore là ? »

Trevor et moi avons parlé des champs tandis que la lumière s'enfuyait de la grange, de tout ce qui restait à faire, de la récolte qui était destinée à des cigares exportés vers l'Afrique et l'est de l'Asie, là où fumer était toujours à la mode, et où tout ce qui venait d'Amérique dégageait encore l'aura d'une promesse. Mais la vérité, selon Trevor, c'est que c'était une production de mauvaise qualité, qui en brûlant vous laissait dans la gorge un goût aigre et amer.

« Elle est même pas conforme, cette récolte », a-t-il dit. L'écho de sa voix montait vers le plafond. J'ai jeté un regard par-dessus mon épaule pour l'observer. « Y a des trous de vers partout. On a quoi, deux ou trois bonnes années peut-être, et après... » Il a passé sa main sur sa pomme d'Adam, comme une lame. « Terminé. » Il est devenu silencieux. Je sentais son regard en retournant à mon vélo. Et je le voulais, que son regard me raccroche à ce monde dans lequel j'avais le sentiment de n'avoir qu'un seul pied.

Tout en remettant ma chaîne sur le plateau, j'ai entendu le chuintement du Gatorade dans la bouteille, puis le bruit de cette dernière posée sur le banc. Au bout d'un moment, il a dit, tout doucement : « Putain ce que je déteste mon père. »

Jusqu'à cet instant, je ne pensais pas qu'un garçon blanc puisse détester quoi que ce soit de sa vie. J'ai eu envie de le connaître jusqu'au bout des ongles, via cette haine, justement. Parce que c'est ça qu'il faut offrir à celui qui vous voit, me suis-je dit. Il faut prendre sa haine de plein fouet, et puis la franchir, comme un pont, pour se retrouver face à la personne, pour pénétrer en elle.

« Moi aussi je déteste mon père », ai-je dit à mes mains, désormais immobiles et noircies de graisse de chaîne.

Quand je me suis retourné, Trevor souriait au plafond. Il m'a vu, a sauté du banc et s'est dirigé vers moi, son sourire laissant place à quelque chose d'autre tandis qu'il rabattait le casque militaire sur ses yeux. Le logo noir Adidas bougeait sur son tee-shirt blanc alors qu'il approchait. J'étais en première année de lycée cet été-là, et Trevor déjà deux classes au-dessus. Bien qu'à peine visible au soleil, ici dans la grange, et vue de près, sa moustache mince semblait plus marquée, un trait vaguement blond que la sueur rendait plus foncé. Et au-dessus, ses yeux : des iris gris émaillés d'éclats bruns et de braises, de sorte qu'en les regardant vous aviez presque l'impression de distinguer un truc en train de brûler, juste derrière vous, sous un ciel nuageux. On aurait dit que ce garçon contemplait en permanence un avion en train d'exploser en plein vol. C'est ce que j'ai vu, ce premier jour. Et même si je savais qu'il n'y avait rien qui brûlait dans mon dos, je me suis quand même retourné, et j'ai vu les volutes d'air estival crépitant de chaleur qui montaient des champs rasés.

Le garçon a six ans et ne porte rien d'autre qu'un slip blanc couvert de motifs Superman. Tu connais cette histoire. Il vient de finir de pleurer et entre à présent dans cet état où sa mâchoire va trembloter jusqu'à se calmer assez pour se fermer. Son nez est barbouillé de morve, il sent le sel sur ses lèvres, sa langue, il est à la maison. Sa mère, tu t'en souviens, l'a enfermé à la cave pour avoir une fois de plus mouillé son lit, et les quatre ou cinq Superman proches de son entrejambe sont désormais souillés, plus sombres. Elle l'a traîné par le bras hors du lit puis dans les escaliers tandis qu'il hurlait, suppliait : «Une dernière chance, Maman. Une dernière chance.» C'est le genre de cave où personne ne descend, tout autour de lui des effluves moites de terre humide, des tuyaux rouillés obstrués de toiles d'araignées, et sa propre pisse encore humide le long de sa jambe, entre ses orteils. Il est debout, un pied posé sur l'autre, comme si en limitant le contact avec la cave, il y était moins. Il ferme les yeux. Voilà mon superpouvoir, se dit-il : fabriquer du noir encore plus noir que ce qui m'entoure. Il cesse de pleurer.

L'été était presque enfui quand nous nous sommes assis sur le toit de la remise en bordure du champ, mais la chaleur était restée, et nos tee-shirts nous collaient au corps comme des peaux refusant de muer. Le toit de tôle, exposé à la chaleur toute la journée, était encore chaud à travers mon short. Le soleil, désormais sur le déclin, devait encore briller fort quelque part plus à l'ouest, ai-je pensé, en Ohio par exemple, encore doré pour un garçon que je ne rencontrerais jamais.

J'ai pensé à ce garçon, à quel point il était loin de moi et quand même américain.

Une brise fraîche et dense remontait dans les jambes de mon short.

On discutait, comme on le faisait à cette époque après le travail quand on était trop épuisés pour rentrer directement. On a parlé de ses armes, de l'école, qu'il allait peut-être laisser tomber, de l'usine Colt à Windsor qui allait peut-être se remettre à embaucher maintenant que la dernière fusillade remontait à trois mois et appartenait déjà au passé, on a parlé du prochain jeu pour Xbox qui allait sortir, de son vieux, de l'alcoolisme de son vieux, on a parlé des tournesols, comme ils étaient marrants, on aurait dit des dessins animés, disait Trevor, mais en vrai. On a parlé de toi, de tes cauchemars, de ton esprit qui flanchait, et son visage se troublait tandis qu'il écoutait, accentuant sa moue.

Un long silence. Et puis Trevor a sorti son portable, pris une photo des couleurs à l'horizon, et a remis l'appareil dans sa poche sans vérifier le résultat. Nos yeux se sont croisés. Il a affiché un bref sourire embarrassé avant de détourner le regard et de se mettre à tripoter un bouton sur son menton.

« Cléopâtre, a-t-il lâché au bout d'un moment.

— Quoi ?

— Cléopâtre a vu le même coucher de soleil. C'est pas dingue, ça ? Genre tous les gens qui ont vécu un jour, ils voient tous le même soleil. » Il a fait un geste pour désigner la ville entière, même s'il n'y avait là personne d'autre que nous, aussi loin que portaient nos regards. « Pas étonnant que les gens aient pensé que c'était Dieu lui-même.

— Qui a dit ça ?

— Des gens. » Il a mâchouillé sa lèvre un moment. « Parfois j'ai juste envie de rester comme ça pour toujours. » Il a pointé le menton au-delà des sycomores. « Juste pssshit, quoi. » J'ai étudié le bras sur lequel il s'appuyait, dans son dos, les muscles fins et ondoyants, brunis par les champs et nourris aux hamburgers, qui bougeaient au rythme de ses paroles.

J'ai jeté du toit la dernière épluchure du pamplemousse que j'étais en train de peler. Et notre squelette, avais-je envie de demander, comment est-ce qu'on s'en libère – mais je me suis ravisé. « Mais ça doit être pourri, d'être le soleil », ai-je dit en lui tendant une moitié rose.

Il l'a mise dans sa bouche en entier. « Cobent cha ?

— Termine de mâcher, espèce de bête. »

Les yeux révulsés, il s'est mis à branler du chef pour rire, comme s'il était possédé, et le jus clair gouttait le long de son menton, de son cou, faisant luire le creux pas plus large que l'empreinte d'un pouce sous sa pomme d'Adam. Il a avalé, s'est essuyé la bouche du revers du bras. « Comment ça ? a-t-il répété, sérieux.

— Parce que si t'es le soleil tu te vois jamais. Tu sais même pas où t'es dans le ciel. » J'ai posé un quartier sur ma langue, laissant l'acidité piquer l'endroit où je m'étais mordu l'intérieur de la joue toute la semaine, pour rien.

Il m'a regardé d'un air pensif, a retourné l'idée dans sa tête, les lèvres humides de jus.

« Genre tu sais même pas si t'es rond ou carré ou même si t'es moche ou pas », ai-je continué. J'avais envie que ça sonne important, urgent – mais je ne savais pas du tout si j'y croyais. « Genre tu vois seulement ce que tu *fais* à la Terre, les couleurs et tout ça, mais pas qui tu es. » Je lui ai jeté un coup d'œil.

Il tripotait un accroc dans sa Vans blanche tachée par l'herbe. Ses ongles grattaient le cuir de la basket, élargissant le trou.

Je n'avais pas remarqué, jusqu'alors, les stridulations des criquets. Le jour déclinait autour de nous.

« Je pense que c'est pourri d'être le soleil parce qu'il crame », a dit Trevor. J'ai entendu ce que je croyais être un autre criquet, plus près. La vibration, un battement sourd. Mais Trevor, toujours assis, les jambes écartées, avait sorti son pénis, mou et rose, qui pendait par la jambe de son short, et il était en train de pisser. Le jet crépitait sur le métal incliné du toit avant de couler du rebord, gouttant dans la poussière en bas. « Et moi j'éteins le feu », a-t-il dit, les lèvres retroussées par la concentration. Je me suis détourné, mais je continuais à le voir, pas Trevor, mais le garçon de l'Ohio, celui que l'heure que je venais de traverser allait bientôt trouver, indemne. Ensemble, n'ayant rien à dire, nous avons craché un par un les pépins de pamplemousse emmagasinés dans nos joues. Ils s'abattaient à grosses gouttes sur le toit de tôle, et bleuissaient tandis que le soleil plongeait tout entier derrière les arbres.

Un jour, après avoir fait des heures sup à l'usine d'horlogerie, la mère du garçon a retrouvé sa maison jonchée de centaines de petits soldats, leurs vies de plastique recourbé répandues comme des débris sur le carrelage de la cuisine. D'habitude le garçon prenait garde de ranger avant qu'elle ne rentre. Mais ce jour-là, il était absorbé dans l'histoire qu'il composait avec ces corps. Les hommes étaient en plein sauvetage d'un Mickey de quinze centimètres coincé dans une prison faite de cassettes VHS noires.

Quand la porte s'est ouverte, le garçon a bondi sur ses pieds mais il était trop tard. Avant même qu'il puisse distinguer le visage de sa mère, le revers lui a explosé la tempe, suivi d'un autre, et puis d'autres encore. Une pluie de revers. Une tempête de mère. La grand-mère du petit, entendant les cris, a accouru et s'est mise à quatre pattes au-dessus du garçon, comme par instinct, formant avec son corps une petite maison dérisoire. À l'intérieur, le garçon s'est recroquevillé dans ses vêtements et a attendu que sa mère se calme. Entre les bras tremblants de sa grand-mère, il a remarqué que les cassettes vidéo s'étaient écroulées. Mickey était libre.

Quelques jours après le toit de la remise, le pamplemousse, je me suis retrouvé à la place du mort dans le pick-up de Trevor. Il a attrapé le cigarillo Black & Mild dans la poche de poitrine de son tee-shirt, l'a posé délicatement sur ses genoux. Puis il a attrapé le cutter dans son autre poche et fait une incision sur toute la longueur du cigarillo, avant d'en vider le contenu par la fenêtre. « Ouvre la boîte à gants, a-t-il dit. Ouais. Non, sous l'assurance. Ouais, juste là. »

J'ai attrapé les deux sachets de came, l'un à moitié rempli d'herbe, l'autre de coke, et les lui ai tendus. Il a ouvert le premier, placé l'herbe déjà effritée dans le cigarillo évidé jusqu'à ce qu'il soit plein. Il a balancé le sachet par la fenêtre, puis ouvert le second et versé les grains blancs sur la rangée d'herbe. « Comme des sommets enneigés ! » a-t-il fait en souriant. Dans son excitation, il a fait tomber le deuxième sachet entre ses jambes, sur le plancher. Il a léché la couture du Black & Mild, refermant la fente jusqu'à ce que ça colle et forme un joint bien tassé, puis il a soufflé dessus et l'a secoué devant lui pour le faire sécher. Il l'a admiré au bout de ses doigts avant de le mettre entre ses lèvres et de l'allumer. Nous sommes restés là, à nous le passer jusqu'à ce que ma tête me semble poreuse, comme si je n'avais plus de crâne.

Après ce qui semblait des heures, nous avons échoué dans la grange, et nous sommes retrouvés étendus sur le sol poussiéreux. Il devait se faire tard – ou du moins il faisait assez nuit pour que l'intérieur du bâtiment paraisse immense, telle la coque d'un navire échoué.

« T'es trop bizarre, arrête », a dit Trevor en se rasseyant. Il a attrapé par terre le casque de la Seconde Guerre mondiale et l'a remis, le même qu'il portait le jour où je l'ai rencontré. Je n'arrête pas de voir ce casque – mais ça ne se peut pas. Ce garçon, si américain et vivant que c'en était absurde, dans l'image d'un soldat mort. C'est trop parfait, un symbole tellement net que je dois l'avoir inventé. Et même aujourd'hui, sur toutes les photos que j'ai passées en revue, impossible de le retrouver portant ce casque. Et pourtant le voilà, incliné pour dissimuler les yeux de Trevor, lui donnant l'air anonyme et facile à observer. Je l'étudiais comme un monde nouveau. Ses lèvres rougeâtres proéminentes sous la visière du casque. La pomme d'Adam, curieusement petite, une légère aniroche dans le trait d'un artiste fatigué. Il faisait assez sombre pour que mes yeux l'absorbent tout entier sans jamais le distinguer nettement. Un peu comme quand on mange la lumière éteinte : ça nourrit tout de même, même si on ignore où se trouvent les limites de son corps.

« T'es trop bizarre, arrête.

— Je ne te regardais pas, ai-je dit, détournant les yeux. Je réfléchissais, c'est tout.

— Regarde. La radio remarque. » Il a joué avec le bouton de la radio portative sur ses genoux, et la friture s'est intensifiée, puis une voix forte et pressante s'est déversée dans l'espace qui nous séparait : « *Quatrième tentative, il reste vingt-sept secondes et les Patriots s'alignent pour la remise en jeu...* »

« Cool ! On revient dans le coup. » Il s'est frappé la paume avec son poing, mâchoires serrées : un éclair grisâtre sous le casque.

Il regardait en l'air, visualisant le match, le terrain, ses Patriots bleu et gris. Mes yeux se sont dilatés, je l'ai assimilé plus profondément, la surface pâle de sa mâchoire, sa gorge et les muscles minces d'adolescent qui la parcouraient. Il avait enlevé son tee-shirt parce que c'était l'été. Parce que ça n'avait pas d'importance. Il avait deux traces de terre en forme de doigts sur la clavicule, depuis que nous avions planté le bébé pommier dans le jardin de Buford, un peu plus tôt cet après-midi-là.

« Est-ce qu'on va y arriver ? » ai-je demandé, sans savoir ce que je voulais dire.

Les voix ont rugi, couvrant difficilement les grésillements.

« Ouais. Je crois que ça va le faire. » Il s'est rallongé, à mes côtés, la poussière a crissé sous son poids. « O.K., donc quatrième tentative, en gros ça veut dire que c'est notre dernière chance – tu me suis ?

— Hum-hum.

— Alors pourquoi tu mates le plafond ?

— J'te suis. » J'ai relevé la tête en la calant sur ma paume pour lui faire face – son torse projetait un éclat diffus dans la demi-pénombre. « J'te suis, Trev. Quatrième tentative.

— M'appelle pas comme ça. C'est Trevor. En entier, pigé ?

— Désolé.

128

— C'est rien. *Quatrième tentative* ça veut dire que ça passe ou ça casse. »

Sur le dos, nos épaules se touchant presque, une mince pellicule de chaleur s'est formée entre nos peaux tandis que les voix des hommes et la clameur virulente de la foule épaississaient l'atmosphère.

« On va y arriver. On va y arriver », disait sa voix. Ses lèvres bougeaient, de la même façon que pour une prière, imaginais-je. On aurait dit qu'il voyait à travers le toit, jusqu'au ciel sans étoiles – la lune ce soir-là était un os rongé suspendu au-dessus du champ. Je ne sais pas qui de lui ou de moi a bougé. Mais l'espace entre nous a rétréci de plus en plus alors que les rugissements du match se poursuivaient, et nos bras sont devenus moites, se sont touchés si légèrement qu'aucun de nous deux n'a remarqué ce qui se passait. Et peut-être que c'est là dans la grange que j'ai vu pour la première fois ce que je verrais toujours quand la chair se presse contre l'obscurité. Cette façon dont les angles les plus marqués de son corps – épaules, coudes, menton et nez – transperçaient le noir, un corps à demi immergé ou émergé, à la surface d'une rivière.

Les Patriots se sont élancés pour marquer le point décisif. Les criquets se sont excités dans l'herbe courte et mouvante qui entourait la grange. Me tournant vers lui, j'ai senti leurs pattes dentelées à travers le sol sous nos corps tandis que je prononçais son nom, en entier ; je l'ai dit si doucement que les syllabes n'ont pas survécu à ma bouche. Je me suis rapproché, vers la chaleur humide et salée de sa joue. Il a émis un son qui ressemblait presque à du plaisir – ou peut-être que je l'ai juste imaginé. J'ai continué, j'ai léché sa poitrine, ses côtes, la flambée de poils sur son ventre pâle. Et puis le *bang* lourd du casque qui basculait en arrière, tandis que la foule hurlait.

Dans la salle de bain aux murs couleur purée de pois, la grand-mère fait rouler un œuf dur qu'elle vient de faire cuire sur le visage du garçon, à l'endroit où, il y a quelques minutes, sa mère a balancé une théière vide en céramique qui lui a explosé sur la joue.

L'œuf est aussi chaud que mes entrailles, se dit-il. C'est un remède ancien. « L'œuf, ça guérit même les pires ecchymoses », dit sa grand-mère. Elle s'active sur la bosse violette qui brille, comme une prune, sur le visage du garçon. L'œuf décrivait des cercles, la pression de sa surface lisse sur la contusion, et le garçon observait, sous sa paupière enflée, les lèvres de sa grand-mère plissées par la concentration tandis qu'elle s'activait. Des années plus tard, jeune homme, quand tout ce qui restera de sa grand-mère sera un visage gravé dans son esprit, le garçon se souviendra du pli de ses lèvres en cassant un œuf dur sur son bureau un soir d'hiver à New York. À court d'argent pour payer son loyer, il se contentera d'œufs pour le dîner toute la semaine. Ils ne seront pas tièdes mais froids dans sa paume, après avoir été cuits avec une dizaine d'autres ce matin-là.

À son bureau, se laissant aller, il fera rouler l'œuf humide sur sa joue. Sans parler, il dira : *Merci*. Il continuera à le répéter jusqu'à ce que l'œuf soit gagné par sa propre chaleur.

« Merci, grand-mère, dit le garçon, les yeux plissés.

— Tout va bien maintenant, Little Dog. » Elle soulève le globe nacré, et le pose doucement contre ses lèvres. « Mange, dit-elle. Avale. Tes ecchymoses sont à l'intérieur, maintenant. Avale et ça ne fera plus mal. » Alors il mange. Il continue à manger.

Il y avait des couleurs, Maman. Oui, il y avait des couleurs que je ressentais quand j'étais avec lui. Pas des mots – mais des nuances, des clairs-obscurs.

Une fois, nous avons garé le pick-up au bord d'une route et nous sommes assis contre la portière conducteur, face à une prairie. Bientôt nos ombres sur la carrosserie rouge se sont transformées et épanouies, tels des graffitis mauves. Deux Whoppers double cheese tiédissaient sur le capot, le papier qui les enveloppait grésillait. As-tu déjà eu l'impression qu'on te coloriait quand un garçon te trouvait avec sa bouche ? Et si le corps, au meilleur de lui-même, n'était qu'une *envie* de corps ? Le sang qui se précipite vers le cœur juste pour être expulsé encore, qui comble les chemins, les canaux autrefois vides, les kilomètres nécessaires pour nous rapprocher l'un de l'autre. Pourquoi me suis-je senti davantage moi-même au moment où je tendais la main vers lui, suspendue dans les airs, qu'après l'avoir touché ?

Sa langue suit le contour de mon oreille : le vert parcourant un brin d'herbe.

Les burgers commençaient à fumer. Nous les avons laissés faire.

Je travaillerais encore deux étés à la plantation après cette première fois – mais mon histoire avec Trevor allait traverser toutes les saisons dans l'intervalle. Et ce jour-là, on était le 16 octobre – un jeudi. Un ciel partiellement couvert, les feuilles craquaient mais étaient encore sur leurs branches.

Pour le dîner nous avons mangé des œufs poêlés avec des tomates en dés et une sauce au poisson versée sur du riz. Je portais une chemise à carreaux rouges et gris L.L. Bean. Tu étais dans la cuisine en train de faire la vaisselle, tu fredonnais. La télé était allumée sur une rediffusion des *Razmoket*, Lan applaudissait en rythme sur le dessin animé. L'une des ampoules de la salle de bain a grésillé, trop de watts pour la prise. Tu voulais aller en acheter des neuves à la supérette mais tu as décidé d'attendre ta paye au salon pour qu'on puisse aussi prendre une boîte de complément alimentaire Ensure pour Lan. Ce jour-là tu allais bien. Tu as même souri deux fois à travers la fumée de ta cigarette. Je m'en souviens. Je me souviens de tout car comment pourrait-on oublier le moindre détail du jour où on s'est trouvé beau pour la première fois?

J'ai arrêté la douche et, au lieu de me sécher et de m'habiller avant que la buée ne se dissipe sur le miroir de la porte, comme je le faisais d'habitude, j'ai attendu. Ce fut un accident, ma beauté révélée à mes yeux. Je rêvassais, je pensais à la veille, à Trevor et moi derrière la Chevrolet, et j'étais resté trop longtemps debout dans la baignoire une fois l'eau coupée. Quand je me suis décidé à sortir, le garçon face au miroir m'a sidéré.

Qui était-il? J'ai touché le visage, ses joues olivâtres.

J'ai tâté mon cou, les faisceaux de muscles inclinés vers des clavicules saillantes qui dessinaient des crêtes abruptes. Les griffures des côtes enfoncées sous la peau qui s'efforçait de combler leurs interstices irréguliers, le pitoyable petit cœur qui frissonnait dessous comme un poisson pris au piège. Les yeux qui refusaient de s'accorder, l'un trop ouvert, l'autre hébété, la paupière un peu lourde, accueillant toute lumière avec circonspection. C'était tout ce dont je me cachais, tout ce qui me donnait envie d'être un soleil, la seule chose que je connaissais qui n'avait pas d'ombre. Et pourtant, je suis resté. J'ai laissé le miroir soutenir ces défauts – parce que pour une fois, en séchant, je ne les voyais pas comme un mal mais comme quelque chose de désiré, recherché et trouvé dans un paysage aussi gigantesque que celui dans lequel je m'étais perdu tout ce temps. Parce que le truc avec la beauté, c'est qu'elle n'est belle qu'en dehors d'elle-même. À travers le miroir, j'envisageais mon corps avec les yeux d'un autre, un garçon qui se tenait à quelques pas, l'expression figée, et mettait la peau au défi de demeurer telle qu'elle était, comme si le soleil en train de se coucher n'était pas déjà ailleurs, n'était pas en Ohio.

J'ai eu ce que je voulais – un garçon qui nageait vers moi. Sauf qu'il n'y avait pas de rivage, Maman. J'étais du bois flotté, m'efforçant de me rappeler à quoi je m'étais arraché pour arriver jusque-là.

Ce premier soir où nous nous sommes touchés, là-bas dans la grange, pendant la mi-temps du match des

Patriots à la radio, j'ai entendu Trevor. L'atmosphère était dense, mince ou bien absente. Peut-être même nous sommes-nous assoupis un moment. Des pubs passaient, grésillant et bourdonnant dans le poste, mais je l'ai entendu. Nous étions simplement en train de fixer le plafond, et il a dit, l'air de rien, comme s'il nommait un pays sur une carte : « Pourquoi je suis né ? » Ses traits se brouillaient dans la lumière déclinante.

J'ai fait mine de ne pas entendre.

Mais il l'a répété. « Pourquoi je suis né, franchement, Little Dog ? » La radio sifflait par-delà sa voix. Et j'ai parlé dans le vide. « Je déteste les KFC, ai-je dit, en réponse à la pub, exprès.

— Moi aussi », a-t-il répondu du tac au tac.

Et on a craqué. On s'est fissurés de rire. On a volé en éclats comme ça, en riant.

Trevor et son père vivaient seuls dans un mobile home jaune poussin derrière l'autoroute. Cet après-midi-là, le vieux était parti poser des allées piétonnières en brique rouge dans une zone commerciale à Chesterfield. Les cadres blancs des portes du mobile home étaient maculés d'empreintes de doigts roses : une maison colorée par le travail, autrement dit une maison colorée par l'épuisement, le délabrement. La moquette arrachée « comme ça pas besoin de faire le ménage », mais le plancher jamais poncé ni ciré, dont on sentait les clous plantés au marteau à travers ses chaussettes. Les portes du placard dégondées, « c'est plus simple ». Il y avait un parpaing sous l'évier pour maintenir les tuyaux. Dans le salon, au-dessus du canapé, un poster scotché de Neil Young, guitare à la main, grimaçant sur une chanson que je n'ai jamais entendue.

Dans sa chambre, Trevor a allumé un autoradio Sony branché à deux enceintes posées sur une commode, et s'est mis à hocher la tête au rythme d'un son hip-hop qui montait progressivement dans l'ampli. Les beats étaient entrecoupés de bruits enregistrés : coups de feu, hurlements d'hommes, une voiture qui démarrait en trombe. « T'as déjà entendu ça ? C'est ce nouveau mec, 50 Cent. » Trevor souriait. « Ça déchire, hein ? » Un oiseau est passé devant la fenêtre, comme si la pièce clignait de l'œil.

« Jamais entendu parler », ai-je menti – je ne sais pas vraiment pourquoi. Peut-être que je voulais lui offrir la supériorité que ce petit savoir lui donnait sur moi. Mais j'avais déjà écouté ce morceau, des tas de fois, puisque cette année-là, à Hartford, on l'entendait en boucle dans les voitures qui roulaient et par les fenêtres ouvertes des appartements. On gravait des copies pirates de l'album entier, *Get Rich or Die Tryin'*, sur des centaines de CD vierges achetés par paquets de quarante pour un prix modique au Walmart ou au Target – si bien que tout le nord de la ville résonnait de l'écho d'une espèce d'hymne, la voix de Curtis Jackson intelligible par intermittence, un fondu sonore qui vous accompagnait quand vous pédaliez dans les rues.

« *I walk the block with the bundles*, a déclamé Trevor, prenant la pose avec ses mains, les doigts écartés devant lui. *I've been knocked on the humble, swing the ox when I rumble, show your ass what my gun do.* »

Il arpentait la pièce, rappant avec résolution et enthousiasme, fronçant les sourcils tout en arrosant l'air de postillons qui atterrissaient froids sur ma joue. « Vas-y mec, j'adore cette partie-là. » Il articulait les mots, me fixant comme si j'étais la caméra du clip. J'ai suivi ses lèvres jusqu'à ce qu'on chante le refrain en cœur, mes épaules se balançant en rythme. « *Many men, many, many, many, many men. Wish death 'pon me. Lord I don't cry no more, don't look to the sky no more. Have mercy on me.* »

Dans cette chambre, entre le poster de *Star Wars* (*L'Empire contre-attaque*) qui se décollait au-dessus de son lit défait, entre les canettes de soda vides, l'haltère de dix kilos, une moitié de skateboard cassé, le bureau couvert de petite monnaie, de paquets de chewing-gums vides, de reçus de station essence, d'herbe effritée, de patchs de fentanyl et de sachets de came vides, entre les mugs de café tachés de cernes bruns par l'eau croupie et les mégots de joints, un exemplaire de *Des souris et des hommes* et des douilles vides de Smith & Wesson, il n'y avait pas de questions. Sous la couverture, nous avons fait l'un de l'autre une friction, et de tout le reste une fiction. Il s'était rasé le crâne dans l'évier ce jour-là et les bouts de cheveux nous piquaient à chaque mouvement, tandis que nos doigts s'égaraient sur des boucles de ceintures. Un pansement adhésif, décollé par la sueur et la chaleur, pendouillait à son épaule, la pellicule de plastique frottant contre mes côtes comme il me montait dessus, cherchait. Sous mes doigts, les vergetures au-dessus de ses genoux, sur ses épaules et à la base de sa colonne vertébrale brillaient, argentées, neuves. C'était un garçon qui faisait éruption en même temps qu'irruption en lui. C'est ça que je voulais – pas simplement le corps, si désirable soit-il, mais sa volonté de se déployer dans le monde même qui rejette sa faim. Et puis j'en ai voulu davantage, son odeur, son atmosphère, le goût des frites et du beurre de cacahuètes sous la douceur de sa langue, le sel déposé autour de son cou par les virées vers nulle part, deux heures de route et un Burger King à la lisière du comté, une journée de discussions tendues avec son père, la rouille du rasoir électrique qu'il partageait avec ce dernier, et que je trouvais toujours sur l'oreiller dans son étui en plastique minable, le tabac, l'herbe et la cocaïne sur ses doigts, mélangés avec de l'huile de moteur, tout ça cumulé laissant une vague odeur de feu de bois qui s'attardait et imprégnait ses cheveux, comme si au moment où il est venu à moi, la bouche humide et avide, il arrivait d'un endroit ravagé par les flammes, un endroit où il ne pourrait jamais retourner.

Et que faire pour un garçon comme ça, sinon vous changer en portail, en un endroit qu'il peut traverser encore et encore, pour pénétrer toujours dans la même pièce ? Oui, je voulais tout. J'ai enfoui mon visage en lui comme dans un climat, l'autobiographie d'une saison. Jusqu'à l'engourdissement. « Ferme les yeux, a-t-il dit, tremblant. J'veux pas que tu me voies comme ça. » Mais je les ai ouverts quand même, sachant que dans la pénombre tout se ressemblait. Comme quand on dort encore. Mais dans notre précipitation, nos dents se sont entrechoquées. Il a émis un bruit de douleur, puis s'est détourné, soudain gêné. Avant que j'aie pu lui demander si ça allait, il s'y est remis, les yeux entrouverts tandis qu'on s'enchevêtrait, tout en douceur et fluidité maintenant, plus profondément. Et puis plus bas, vers la résistance de l'élastique, le clac qui ne vient pas, le bruissement du tissu sur mes chevilles, ma queue, la perle humide au bout : ce qu'il y avait de plus froid entre nous.

Émergeant des draps, son visage luisait à travers un masque mouillé, butin de nos braconnages. Il était blanc, je n'ai jamais oublié ça. Il était toujours blanc. Et je savais que c'était pour ça qu'il y avait une place pour nous : une plantation, un champ, une grange, une maison, une heure ou bien deux. Une place que je n'ai jamais trouvée en ville, où les immeubles d'appartements où nous vivions étaient si étriqués qu'on savait quand un voisin avait la gastro en pleine nuit. Se cacher là, dans une pièce d'un mobile home délabré, était d'une certaine manière un privilège, une chance. Il était blanc. J'étais jaune. Dans le noir, nos réalités nous embrasaient, nos actes nous terrassaient.

Mais comment te parler de ce garçon sans te parler des drogues qui ont bientôt tout fait voler en éclats, l'Oxy et la coke, comme elles consumaient le monde par les deux bouts? Et puis la Chevrolet couleur rouille? Celle que Buford avait donnée à son fils, le père de Trev, quand il avait vingt-quatre ans, celle que le vieux chérissait, dont il avait réparé et changé assez de pièces au fil des années pour fabriquer quatre bagnoles. Et ses vitres qui étaient déjà marbrées de bleu et ses pneus lisses comme de la peau humaine le jour où on a traversé le maïs à fond la caisse, à quatre-vingt-dix kilomètres-heure pendant que Trevor braillait comme un dingue, un patch de fentanyl brûlant au bras, dont les bords fondus laissaient fuir le liquide qui dégoulinait le long de son biceps comme de la sève épaisse. De la cocaïne plein le nez et les poumons, on riait, à notre façon. Et puis l'embardée, mille éclats de jaune, la collision, le verre qui fuse, le capot broyé fumant sous le chêne mort. Une ligne rouge qui coule le long de la joue de Trevor, puis s'élargit sur sa mâchoire. Et puis son père qui crie depuis la maison, la rage dans ce hurlement qui nous fait jaillir de nos sièges.

Dans les vapeurs de moteur, on a tâté nos côtes pour voir s'il y avait des os cassés, puis détalé loin du pick-up qui empestait l'essence, traversé le reste du champ de maïs derrière la maison de Trevor, dépassé le tracteur John Deere sans roues, en suspension sur des parpaings, le poulailler vide aux verrous scellés par la rouille, enjambé la petite clôture en plastique blanc invisible sous les ronces qui l'étouffaient, puis filé à travers les herbes folles et sous la passerelle de l'autoroute, jusqu'aux pins. Des feuilles mortes s'écrasaient sur notre passage. Le père de Trevor courait vers le pick-up bousillé, la seule bagnole qu'ils avaient, et aucun de nous deux n'avait le cran de se retourner.

Comment te parler de Trevor sans te parler, à nouveau, de ces pins ? Sans te dire que c'était une heure après la Chevrolet qu'on s'est retrouvés couchés là, avec le froid qui sourdait du parterre forestier. Et qu'on a chanté *This Little Light of Mine* jusqu'à ce que le sang sur nos visages se fige autour de nos lèvres, et nous pétrifie dans le silence.

La première fois qu'on a baisé, on n'a pas baisé du tout. Si j'ai le courage de te raconter ce qui suit, c'est seulement parce que les chances que cette lettre te parvienne sont minces – l'impossibilité même que tu lises ceci est la seule chose qui me permet de te le dire.

Dans le mobile home de Trevor, il y avait dans le couloir un tableau d'une coupe de pêches qui m'accrochait l'œil à chaque fois. Le couloir était trop étroit, et on ne pouvait le contempler qu'à quelques centimètres de distance, un contrecoup plus qu'un coup de maître. Je devais me mettre légèrement de biais pour le voir en entier. À chaque fois que je passais devant, je ralentissais, je m'en imprégnais. C'était un tableau bas de gamme de chez Family Dollar, produit en masse, évoquant vaguement l'impressionnisme. En examinant les traces de pinceau, j'ai vu qu'elles n'étaient pas peintes mais imprimées avec un relief moucheté, pour suggérer l'intervention de la main sans y recourir vraiment. Il n'y avait aucune cohérence entre le relief des « coups de pinceau » et leurs couleurs, de sorte qu'une même touche pouvait en contenir deux ou même trois à la fois. Un faux. Une imposture. Raison pour laquelle je l'adorais. Les matériaux ne suggéraient nullement l'authenticité, mais plutôt une similarité discrète, un désir de ne passer pour de l'art qu'aux yeux des plus pressés. Il était accroché au mur, caché dans le couloir lugubre qui menait à la chambre de Trevor. Je n'ai jamais demandé qui l'avait mis là. Des pêches. Des pêches roses.

Sous les draps humides, il a pressé sa queue entre

mes jambes. J'ai craché dans ma main et l'ai tendue derrière moi, j'ai serré fort son manche échauffé, j'ai imité
l'acte véritable tandis qu'il poussait. J'ai jeté un regard
en arrière et surpris la malice pleine d'excitation de son
regard. Même si c'était une tentative simulée, un pénis
dans un poing au lieu de l'intérieur d'un être, pendant
un instant c'était *vrai*. C'était vrai parce qu'on n'avait
pas besoin de regarder – comme si on baisait et débaisait
à distance de nos corps, et pourtant tout de même au
cœur de la sensation, comme un souvenir.

On a fait ce qu'on avait vu dans les pornos. J'ai enserré
son cou de mon bras libre, ma bouche cherchait et prenait n'importe quelle partie de Trevor à ma portée, et
il a fait la même chose, enfouissant son nez au creux
de mon cou. Sa langue, ses langues. Et ses bras, brûlants le long des muscles bandés, me rappelaient la maison du voisin sur Franklin Avenue, le matin suivant son
incendie. J'avais attrapé un morceau de cadre de fenêtre,
encore tiède, au milieu des ruines, enfonçant mes doigts
dans le bois tendre et détrempé par l'eau de la bouche
d'incendie, comme je les enfonçais maintenant dans
le biceps de Trevor. J'ai cru entendre un sifflement de
vapeur sortir de son corps, mais ce n'était que le mois
d'octobre qui se déchaînait dehors, le vent se servant des
feuilles comme d'un lexique.

Nous n'avons pas parlé.

Il a baisé ma main jusqu'à se mettre à frémir, humide,
tel le pot d'échappement d'un pick-up qui démarre sous
la pluie. Jusqu'à ce que ma paume se fasse glissante et
qu'il dise : « Non, oh non », comme si c'était du sang, et
non du sperme, qui le quittait. Au bout de nous-mêmes,

nous sommes restés allongés un moment, tandis que nos visages refroidissaient en séchant.

Maintenant, chaque fois que je visite un musée, j'hésite à m'approcher trop près des tableaux par crainte de ce que je pourrais y découvrir, ou pas. Comme les barbouillages rosâtres des pêches à un dollar de Trevor, je préfère regarder de loin, les mains dans le dos, parfois même en restant au seuil de la pièce, là où tout est encore possible parce que rien n'est révélé.

Ensuite, couché à mes côtés, le visage détourné, il a pleuré dans le noir avec talent. Comme le font les garçons. La première fois qu'on a baisé, on n'a pas baisé du tout.

Le garçon se trouve dans une petite cuisine jaune à Hartford. Encore tout petit, il rit, il croit qu'ils dansent. Il se souvient de ça – car qui peut oublier le premier souvenir de ses parents ? C'est seulement quand le sang a coulé du nez de sa mère, teintant sa chemise blanche de la couleur d'Elmo dans *Sesame Street*, qu'il s'est mis à hurler. Puis sa grand-mère s'est précipitée dans la pièce, l'a attrapé, a laissé derrière elle sa fille rougissante et l'homme qui criait sur elle pour courir jusqu'au balcon puis dévaler l'escalier de secours en hurlant en vietnamien : « Il est en train de tuer ma fille ! Oh mon Dieu, mon Dieu ! Il est en train de la tuer. » Les gens ont accouru de toute part, quittant les perrons du quartier pour se précipiter vers l'immeuble de trois étages ; Tony le mécano d'en face avec son bras en vrac, le père de Junior, Miguel, et aussi Roger, qui habitait au-dessus de la supérette. Ils se sont tous précipités pour forcer le père à lâcher sa mère.

Les ambulances sont arrivées, le garçon, juché sur la hanche de sa grand-mère, a regardé les agents s'approcher de son père l'arme au poing, et celui-ci qui agitait un billet ensanglanté de vingt dollars, comme il le faisait autrefois à Saïgon, où les flics acceptaient l'argent, disaient à la mère du garçon de se calmer et d'aller faire un tour, et puis partaient comme s'il ne s'était rien passé. Le garçon a regardé les agents américains ceinturer son père, et l'argent qui lui échappait dans la mêlée et atterrissait sur le trottoir éclairé par des lampes au soufre. Concentré sur la feuille de monnaie marron et vert sur le macadam, s'attendant à moitié à ce qu'elle s'envole pour reprendre sa place sur un arbre hivernal, le garçon n'a pas vu son père menotté, remis de force sur ses pieds, ni sa tête qu'on poussait dans la voiture de police. Il ne voyait que le billet froissé, jusqu'à ce qu'une petite voisine avec des couettes le fauche quand personne ne regardait. Alors, le garçon a levé les yeux pour découvrir sa mère emportée par les secouristes, son visage brisé qui passait devant lui, flottant sur le brancard.

Dans son arrière-cour, un terrain vague poussiéreux à côté d'une passerelle d'autoroute, j'ai regardé Trevor pointer sa Winchester calibre .32 sur une rangée de pots de peinture alignés sur un vieux banc public. Je ne savais pas ce que je sais à présent : être un garçon américain, puis un garçon américain avec une arme, c'est se déplacer d'un coin à l'autre d'une cage.

Il a rabattu la visière de sa casquette des Red Sox, les lèvres crispées. La lumière d'une véranda projetait sur le canon une petite étoile blanche dans l'obscurité lointaine, qui montait et descendait quand il pointait son arme. Voilà ce qu'on faisait les soirs comme celui-là, un samedi sans le moindre bruit à des kilomètres. J'étais assis sur une caisse de lait à siroter une canette de Dr Pepper et je le regardais vider ses cartouches dans le métal, une par une. Là où la crosse du fusil reculait contre son épaule, son tee-shirt vert des Whalers se froissait, les plis se crispant à chaque tir.

Les pots sautaient du banc l'un après l'autre. Je regardais, me remémorant une histoire que M. Buford nous avait racontée à la plantation. Des années plus tôt, alors qu'il chassait dans le Montana, Buford avait trouvé un élan dans son piège. Un mâle. Il parlait lentement, frottant le chaume blanc de son menton mal rasé, et nous raconta comment le piège avait tranché la patte arrière de l'élan – avec le bruit d'un bâton mouillé qui se brise, d'après lui – à l'exception de quelques ligaments filandreux et roses. L'animal grognait contre son corps ensanglanté et déchiré, devenu soudain une prison. Il enrageait, sa grosse langue pendante crachait une voix. « Presque une voix d'homme, dit Buford, comme vous et moi. » Il jeta un coup d'œil vers son petit-fils, puis par terre, sur son assiette de haricots mouchetée de fourmis.

Il avait posé son arme, expliqua-t-il, sorti le fusil à double canon rangé dans son dos, et s'était figé. Mais le mâle l'avait remarqué et il avait chargé, arrachant tout net sa patte. Il avait couru droit sur lui avant qu'il n'ait le temps de viser, puis viré de bord vers une clairière avant de s'enfoncer au milieu des arbres, clopinant sur ce qui restait de lui.

Comme vous et moi, ai-je répété pour moi-même.

« J'ai eu de la chance, dit Buford. Même avec trois jambes, ces trucs sont capables de vous tuer, putain. »

Dans l'arrière-cour, Trevor et moi étions assis dans l'herbe, à nous passer un joint arrosé de poudre d'Oxy. Le dossier totalement pulvérisé, il ne restait du banc que les pieds. Quatre pieds, sans corps.

Une semaine après la première fois, on a recommencé. Sa queue dans ma main, on s'est lancés. Mes doigts ont agrippé plus fort la couverture. Et cette inertie de sa peau, collée-trempée contre la mienne, donnait l'impression qu'il ne s'agissait pas uniquement de baiser, mais de s'accrocher. L'intérieur de sa joue, là où la chair était la plus tendre, avait un goût de chewing-gum à la cannelle et de pierres mouillées. J'ai tendu la main et senti la fente de sa queue. Quand j'ai massé le globe tiédissant, il a frissonné malgré lui. Sans prévenir, il m'a attrapé les cheveux, et ma tête est brutalement partie en arrière sous sa poigne. J'ai laissé échapper un glapissement entrecoupé, et il s'est interrompu, la main suspendue au-dessus de mon visage, hésitant.

« Continue, ai-je dit, et j'ai laissé aller mon dos, m'offrant tout entier. Vas-y, tire. »

Je suis incapable d'expliquer ce que j'ai ressenti. La force et la torsion, celles de la douleur qui s'accumule vers un point de rupture, une sensation que je n'avais jamais imaginée faire partie du sexe. Quelque chose a pris le dessus et je lui ai dit d'y aller plus fort. Et il l'a fait. Il m'a pratiquement soulevé du lit par les racines de mes follicules. À chaque secousse, une lumière clignotait en moi. Je vacillais, comme une ampoule dans la tempête, je me cherchais sous sa gouverne. Il a lâché mes cheveux pour mieux passer son bras sous mon cou. Mes lèvres ont effleuré son avant-bras et j'ai senti le goût du sel concentré là. Une prise de conscience a frémi en lui. C'est comme ça qu'on allait le faire à partir de maintenant.

Comment qualifier l'animal qui, découvrant le chasseur, s'offre pour être mangé? Un martyr? Un faible? Non, une bête qui acquiert un pouvoir rare, celui de dire stop. Oui, le point dans la phrase – c'est ça qui nous rend humains, Maman, je te le jure. C'est ce qui nous permet de dire stop pour pouvoir continuer.

Car la soumission, comme je l'ai vite appris, était aussi une forme de pouvoir. Pour être dans le plaisir, Trevor avait besoin de moi. J'avais un choix, un savoir-faire : son ascension ou sa chute dépendent de ma volonté de lui faire de la place, car on ne peut s'élever sans s'élever au-dessus de quelque chose. La soumission n'exige aucune élévation pour avoir le contrôle. Je me rabaisse. Je le prends dans ma bouche, jusqu'à la garde, et je lève mon regard vers lui, mes yeux sont un endroit où il pourrait s'épanouir. Au bout d'un moment, c'est le suceur de bite qui bouge. Et lui suit, quand je tangue dans un sens il fait une embardée avec moi. Et je lève les yeux vers lui comme si je regardais un cerf-volant, tout son corps amarré au monde vacillant de ma tête.

Il m'aime un peu, pas du tout, nous apprend-on à dire

en arrachant la fleur à son existence de fleur. Parvenir à l'amour, alors, c'est passer par l'anéantissement. Ce que nous voulons dire, c'est éviscère-moi, et je te dirai la vérité. Je dirai oui. Je le suppliais : « Continue. Défonce-moi, défonce-moi. » À cette époque, la violence était déjà chose ordinaire à mes yeux, c'était ce que je connaissais, en fin de compte, de l'amour. Dé. Fonce. Moi. C'était bon de mettre un nom sur ce qui m'arrivait déjà tout le temps dans ma vie. Je me faisais défoncer, enfin, par choix. Sous la poigne de Trevor, j'avais mon mot à dire sur la manière dont je serais démoli. Alors je l'ai dit : « Plus fort. Plus fort », jusqu'à ce que je l'entende pousser un halètement comme s'il émergeait d'un cauchemar dont on aurait tous deux juré qu'il était réel.

Après avoir joui, quand il a essayé de me prendre dans ses bras, les lèvres posées sur mon épaule, je l'ai repoussé, j'ai enfilé mon caleçon, et je suis allé me rincer la bouche.

Parfois, la tendresse qu'on vous offre semble la preuve même qu'on vous a abîmé.

Et puis, un après-midi, sans prévenir, Trevor m'a demandé de passer au-dessus pour faire ce qu'on avait pris l'habitude de faire, et qu'on appelait maintenant la *fausse baise*. Il était couché sur le côté. J'ai craché dans ma paume et me suis blotti contre lui. Je lui arrivais à peine au cou, mais couchés, en cuillère, nos têtes se touchaient. J'ai embrassé ses épaules puis progressé jusqu'à son cou, là où s'arrêtaient ses cheveux, les mèches effilées comme chez certains garçons pour s'achever en une petite queue d'un centimètre et demi sur la nuque. C'était l'endroit qui luisait comme des pointes de blé caressées par la lumière du soleil, tandis que le reste de son crâne, avec sa chevelure plus épaisse, restait brun foncé. J'ai passé ma langue dessous. Comment un garçon si coriace pouvait-il posséder quelque chose d'aussi délicat, entièrement composé de contours, de terminaisons ? Entre mes lèvres, c'était un bourgeon qui poussait de l'intérieur de lui, un possible. Cet endroit-là, c'est ce qu'il y a de bon en Trevor, ai-je pensé. Pas le flingueur d'écureuils. Pas celui qui, à coups de hache, avait réduit en copeaux ce qui restait du banc public criblé de balles. Celui qui, dans un accès de rage dont j'ai oublié la cause, m'avait poussé dans une congère alors qu'on rentrait de l'épicerie. Cet endroit-là, cette boucle de cheveux, c'était ce qui le poussait à arrêter son pick-up en pleine circulation pour contempler un tournesol de deux mètres de haut sur le bord de la route, bouche bée. Le Trevor qui me disait que les tournesols étaient ses fleurs préférées parce qu'ils poussent plus haut que les gens. Celui qui faisait courir ses doigts sur toute leur longueur avec une telle douceur que j'avais l'impression qu'un sang rouge battait dans les tiges.

Mais tout était fini avant d'avoir commencé. Mon gland n'avait pas eu le temps d'effleurer sa paume lubrifiée quand il s'est tendu, son dos se changeant en mur. Il m'a repoussé, s'est assis. « Merde. » Il avait le regard fixé droit devant lui.

« Je peux pas. C'est juste – enfin... » Il parlait au mur.

« J'sais pas. J'ai pas envie de me sentir comme une fille. Comme une chienne. J'peux pas, mec. Désolé, c'est pas mon truc... » Il s'est interrompu, s'est essuyé le nez. « C'est le tien. Pas vrai ? »

J'ai tiré la couverture jusqu'à mon menton.

J'avais cru que le sexe, c'était franchir les limites de territoires nouveaux, malgré la terreur, et que tant que le monde ne nous voyait pas, ses règles ne s'appliquaient pas. Mais j'avais tort.

Les règles, elles étaient déjà en nous.

Bientôt, la Super Nintendo était allumée. Les épaules de Trevor tremblaient tandis qu'il s'acharnait sur la manette. « Hé. Hé, Little Dog », a-t-il dit au bout d'un moment. Et puis, doucement, toujours fixé sur le jeu : « Je suis désolé. O.K. ? »

À l'écran, un minuscule Mario rouge bondissait de plateforme en plateforme. Si Mario tombait, il devrait recommencer le niveau à zéro, depuis le début. On appelait aussi ça mourir.

Le garçon s'est enfui de la maison un soir. Il s'est enfui sans avoir le moindre plan. Dans son sac à dos il y avait un sachet de Cheerios sorti de sa boîte, une paire de chaussettes et deux « Chair de poule » en poche. Même s'il était encore incapable de lire de vrais livres, il savait jusqu'où une histoire avait le pouvoir de l'emporter, et détenir ces livres signifiait qu'il y avait au moins deux mondes supplémentaires dans lesquels il pourrait toujours entrer. Mais parce qu'il avait dix ans, il n'est allé que jusqu'au terrain de jeu derrière son école primaire, à vingt minutes de marche. Après s'être assis sur les balançoires un moment dans le noir, avec pour seul bruit le grincement de la chaîne, il a grimpé dans l'un des érables voisins. Les branches feuillues se bousculaient autour de lui pendant son ascension. À mi-hauteur, il s'est arrêté et a écouté le quartier, une chanson pop qui sortait de la fenêtre d'un appartement de l'autre côté du terrain, la circulation sur l'autoroute toute proche, une femme qui appelait un chien ou un enfant.

Puis le garçon a entendu des pas dans les feuilles sèches. Il a remonté ses genoux tout contre lui et enlacé le tronc. Il s'est tenu tranquille et a baissé les yeux, prudemment, à travers les branches que la pollution de la ville avait rendues poussiéreuses et grises. C'était sa grand-mère. Immobile, elle regardait en l'air, un œil ouvert, elle cherchait. Il faisait trop noir pour qu'elle le voie. Elle semblait si petite, une poupée égarée, vacillant les yeux plissés.

« Little Dog, a-t-elle dit dans un cri étouffé. T'es là-haut, Little Dog ? » Elle a tendu le cou, puis détourné le regard vers l'autoroute, au loin. « Ta maman. Elle est pas normale, O.K. ? Elle souffrance. Elle mal. Mais elle veut toi, elle a besoin de nous. » Lan piétinait sur place. Les feuilles crépitaient. « Elle t'aime, Little Dog. Mais elle malade. Malade comme moi. Dans le cerveau. » Elle a examiné sa main, comme pour s'assurer qu'elle existait toujours, et puis l'a laissée retomber.

Le garçon, à ces mots, a pressé ses lèvres contre l'écorce froide pour s'empêcher de pleurer.

Elle souffrance, pensait-il, ruminant les paroles de sa grand-mère. Comment quelqu'un pourrait-il *être* un sentiment? Le garçon n'a rien dit.

« Pas la peine d'avoir peur, Little Dog. T'es plus malin que moi. » Quelque chose a crissé. Dans ses bras, comme un bébé, elle berçait un paquet de Doritos Cool Ranch. Dans l'autre main, une bouteille d'eau Poland Spring remplie de thé au jasmin tiède. Elle continuait à marmonner dans sa barbe. « Pas la peine d'avoir peur. Pas la peine. »

Et puis elle s'est interrompue et a braqué son regard sur lui.

Ils se sont contemplés mutuellement entre les feuilles frissonnantes. Elle a cligné une fois de l'œil. Les branches ont émis une série de claquements, puis ont cessé.

Te souviens-tu du jour le plus heureux de ta vie? Et du plus triste? Te demandes-tu même si la tristesse et le bonheur peuvent se combiner, pour créer un sentiment d'un violet profond, ni bon, ni mauvais, mais remarquable simplement parce que tu n'aurais pas besoin de vivre d'un côté ou de l'autre?

Main Street était vide le soir où Trevor et moi l'avons descendue à vélo au milieu de la chaussée, nos pneus avalant les épaisses bandes jaunes à mesure qu'on accélérait. Il était 19 heures, ce qui voulait dire que le jour de Thanksgiving serait fini dans seulement cinq heures. Nos souffles fumaient au-dessus de nous. À chaque inspiration, l'odeur âcre des feux de bois imprimait une note vive dans mes poumons. Le père de Trevor était là-bas dans son mobile home, devant un match de foot, à avaler des plats surgelés avec du bourbon et du Coca light.

Mon reflet déformé planait sur les vitrines tandis qu'on pédalait. Les feux tricolores étaient orange clignotant, et le seul bruit provenait du cliquetis des rayons entre nos jambes. On a parcouru la rue comme ça, dans un sens puis dans l'autre, et pendant un moment idiot, on avait l'impression que cette bande de béton baptisée Main Street était tout ce qu'on avait jamais possédé, tout ce qui nous tenait. La brume est descendue, diffractant les lampadaires pour en faire de gigantesques globes à la Van Gogh. Trevor, devant moi, s'est mis debout sur son vélo, les bras déployés de chaque côté, et a hurlé : « Je vole ! Hé, je vole ! » Sa voix se fêlait tandis qu'il imitait la scène de *Titanic* où la fille se tient à la proue du navire. « Jack, je vole ! » criait-il.

Au bout d'un moment, Trevor a cessé de pédaler et, les bras le long des flancs, a laissé son vélo rouler tout seul jusqu'à s'immobiliser.

« J'ai super faim.

— Moi aussi, ai-je dit.

— Il y a une station essence là-bas. » Il a désigné une station Shell devant nous. Cernée par la nuit immense, elle ressemblait à un vaisseau spatial qui se serait écrasé sur le bord de la route.

À l'intérieur, on a regardé deux sandwichs surgelés œuf-fromage tourner ensemble dans le micro-ondes. La vieille dame blanche au guichet nous a demandé où on allait.

« À la maison, a dit Trevor. Ma mère est coincée dans

152

les embouteillages alors on se prend juste un casse-croûte avant qu'elle rentre pour le dîner. » Les yeux de la femme sont passés brièvement sur moi tandis qu'elle lui rendait la monnaie. La mère de Trevor était partie en Oklahoma avec son copain près de cinq ans plus tôt.

Sur le perron d'un cabinet dentaire, en face d'un restaurant Friendly's aux volets baissés, on a déballé nos sandwichs. La cellophane tiède s'est froissée autour de nos mains. On mastiquait, le regard fixé sur les vitres du restaurant où une pub de sundae datant de mars dernier vantait une « Maxi coupe à la menthe de la Saint-Patrick » d'un vert atroce. Je serrais mon sandwich contre moi, laissant la vapeur me brouiller la vue.

« Tu crois qu'on se verra encore quand on aura cent ans ? » ai-je dit sans réfléchir.

Il a balancé l'emballage, qui a pris le vent et s'est envolé jusqu'au sommet du buisson derrière lui. J'ai immédiatement regretté ma question. En déglutissant, il a dit : « Les gens ne vivent pas jusqu'à cent ans. » Il a déchiré un sachet de ketchup, l'a pressé pour déposer une mince ligne rouge sur mon sandwich.

« C'est vrai. » J'ai opiné.

Et puis j'ai entendu les rires. Ça venait d'une maison dans la rue derrière nous.

Des voix claires d'enfants, deux, peut-être trois, et puis celle d'un homme – un père ? Ils jouaient dans l'arrière-cour. Pas un vrai jeu, plutôt l'expression physique d'une vague excitation, du genre que seuls les très jeunes enfants connaissent, quand une bouffée de ravissement les inonde rien qu'en courant à travers un terrain vague qu'ils n'identifient pas encore comme une

153

minuscule arrière-cour, dans un coin pourri de la ville. D'après leurs cris stridents, ils n'avaient pas plus de six ans, un âge auquel le simple fait de bouger peut vous rendre fou de joie. Ils étaient des clochettes que l'air lui-même semblait faire tinter.

« Ça suffit. Ça suffit pour ce soir », a dit l'homme, sur quoi les voix se sont immédiatement évanouies. Le bruit d'une porte-moustiquaire qui claque. Le silence qui affluait de nouveau. Trevor, à côté de moi, la tête entre les mains.

On est rentrés à vélo, sous la lumière intermittente des lampadaires. Ce jour-là était un jour violet – ni bon ni mauvais, mais il fallait le traverser. J'ai pédalé plus vite, j'ai bougé, brièvement saisi de vertige. Trevor, à côté de moi, chantait la chanson de 50 Cent.

Sa voix semblait étrangement jeune, comme ressurgie d'une époque précédant notre rencontre. Comme si en me retournant je pouvais découvrir un petit garçon en veste en jean lavé par sa maman, des effluves de lessive flottant jusque dans ses cheveux encore blonds sur des joues rebondies de bébé, tandis que les petites roues produisaient un bruit de crécelle sur le macadam.

Je me suis joint à lui.

« *Many men, many, many, many, many men.* »

On chantait, on criait presque les paroles, le vent entre-coupant nos voix. On dit qu'une chanson peut être un pont, Maman. Mais je dis que c'est aussi le sol sur lequel nous nous tenons. Et peut-être qu'on chante pour se retenir de tomber. Peut-être qu'on chante pour se retenir.

« *Wish death 'pon me. Lord I don't cry no more, don't look to the sky no more. Have mercy on me.* »

Dans les salons bleus qui défilaient sur notre passage, le match de foot touchait à sa fin.

« *Blood in my eye dawg and I can't see.* »

Dans les salons bleus, des gens gagnaient, des gens perdaient. C'est ainsi que l'automne s'est écoulé.

Dans une vie à usage unique, il n'y a pas de deuxième chance. C'est un mensonge, mais on le vit. On vit quand même. C'est un mensonge mais le garçon ouvre les yeux. La pièce est une tache gris-bleu. De la musique s'échappe des murs. Chopin, la seule musique qu'elle écoute. Le garçon sort du lit et les coins de la pièce tanguent le long d'un axe, comme un bateau. Mais il sait que ça aussi, c'est une façon de se jouer des tours. Dans le couloir, où la lampe renversée révèle une pagaille noire de quarante-cinq tours brisés, il la cherche. Dans la chambre, les couvertures du lit sont défaites, l'édredon en dentelle rose gît en tas par terre. La veilleuse, seulement à moitié enfoncée dans la prise, ne cesse de vaciller. Le piano égrène ses notes goutte à goutte, comme une pluie qui se rêve entière. Il parvient au salon. La platine près de la causeuse saute en faisant tourner un disque depuis long-temps arrivé à son terme, les parasites s'intensifient à son approche. Mais Chopin continue, quelque part hors de portée. Il le suit, la tête inclinée vers la source. Et là, sur la table de la cuisine, à côté du bidon de lait cou-ché sur le flanc, le liquide dégoulinant en filets blancs telle une nappe de cauchemar, un œil rouge cligne. Le poste stéréo qu'elle a acheté chez Goodwill, celui qui tient dans la poche de son tablier quand elle travaille, celui qu'elle glisse sous sa taie d'oreiller pendant les orages, le volume des Nocturnes montant d'un cran à chaque coup de tonnerre. L'appareil gît dans la flaque de lait, comme si la musique n'avait été composée que pour elle. Dans le corps à usage unique du garçon, tout est possible. Alors il couvre l'œil avec son doigt, pour s'assurer qu'il est encore réel, et puis il prend la radio. La musique entre ses mains dégouline de lait, il ouvre la porte d'entrée. C'est l'été. Les chiens errants derrière la voie ferrée aboient, ce qui signifie que quelque chose, un lapin ou un opossum, vient de s'éclipser, abandonnant sa vie pour se fondre dans le monde. Les notes de piano s'insinuent dans la poitrine du garçon qui se dirige vers l'arrière-cour. Parce que quelque chose en lui savait qu'elle serait là. Qu'elle attendait. Parce que c'est ce que font les mères. Elles attendent. Elles ne bougent pas, jusqu'au jour où leurs enfants appartiennent à quelqu'un d'autre.

Effectivement, la voici, à l'autre bout de la petite cour grillagée, à côté d'un ballon de basket aplati, lui tournant le dos. Elle a les épaules plus étroites que dans son souvenir d'il y a quelques heures, quand elle l'a bordé dans son lit, les yeux vitreux et roses. Sa chemise de nuit, un tee-shirt trop grand, est déchirée dans le dos, exposant son omoplate blanche comme une pomme coupée en deux. Une cigarette flotte à gauche de sa tête. Il s'approche d'elle. Il s'approche de sa mère de la musique plein les bras, tremblant. Elle est voûtée, déformée, minuscule, comme écrasée par le seul poids de l'air.

« Je te déteste », dit-il.

156

Il l'étudie, pour voir ce que les mots peuvent faire
– mais elle ne bronche pas. Ne tourne la tête qu'à moitié. La cigarette, avec sa perle de braise, monte à ses
lèvres, puis frémit près de son menton.
« Je ne veux plus que tu sois ma maman. » Sa voix est
curieusement plus grave, plus pleine.
« T'entends ? T'es un monstre... »
À ces mots la tête de sa mère se détache de ses épaules.
Non, elle s'est penchée, elle examine quelque chose
entre ses pieds. La cigarette est suspendue en l'air. Il
tend la main pour la prendre. La brûlure qu'il attend
ne vient pas. Au lieu de cela, un fourmillement dans sa
main. Ouvrant la paume, il découvre le torse sectionné
de la luciole, le sang vert qui noircit sur sa peau. Il lève
les yeux – il n'y a que lui et la radio devant un ballon de
basket aplati, au milieu de l'été. Les chiens sont désormais silencieux. Et rassasiés.
« Maman, dit-il dans le vide, les larmes lui montant
aux yeux, j'ai pas fait exprès. »
« Maman ! » appelle-t-il, faisant quelques pas sacca-
dés. Il lâche la radio, elle tombe face contre terre dans
la poussière, et il se retourne vers la maison. « Maman ! »
Il rentre en courant, la main encore humide d'une vie à
usage unique, à la recherche de sa mère.

Et puis je t'ai dit la vérité.

C'était un dimanche de grisaille. Une menace d'averse avait plané toute la matinée. Le genre de journée, espérais-je, où le rapprochement de deux personnes pourrait représenter une décision facile – avec ce temps si maussade qu'on se verrait, toi et moi, avec soulagement, visages familiers que ce décor lugubre rendait plus lumineux que dans nos souvenirs.

À l'intérieur du Dunkin' Donuts vivement éclairé, deux tasses de café noir fumaient entre nous. Tu regardais par la fenêtre. La pluie labourait la route alors que les voitures revenaient de la messe sur Main Street. « On dirait que les gens aiment bien ces 4 × 4, là, de nos jours. » Tu as remarqué la caravane de voitures au drive. « Tout le monde a envie d'être assis toujours plus haut. » Tes doigts tapotaient la table.

« Tu veux du sucre, Maman ? ai-je demandé. Ou bien du lait, ou tiens, peut-être un donut ? Ah non, tu aimes les croissants...

— Dis ce que tu as à dire, Little Dog. » Ta voix était

158

feutrée, délavée. La vapeur émanant de la tasse donnait à ton visage une expression mouvante.

« Je n'aime pas les filles. »

Je ne voulais pas utiliser le mot vietnamien pour ça – pê-đê – du français *pédé**, diminutif de *pédéraste**. Avant l'occupation française, notre langue vietnamienne n'avait pas de nom pour les corps queers – parce qu'on considérait que nous étions faits de chair comme tous les corps, d'une seule et même origine – et je ne voulais pas te présenter cette part de moi en utilisant le qualificatif qui désigne des criminels.

Tu as cillé plusieurs fois.

« Tu n'aimes pas les filles », as-tu répété, en hochant la tête d'un air absent. Je voyais les mots te parcourir, t'enfoncer dans ton siège. « Tu aimes *quoi*, alors ? Tu as dix-sept ans. Tu n'aimes rien du tout. Tu ne *sais* rien du tout, as-tu dit en grattant la table.

— Les garçons », ai-je répondu, mesurant ma voix. Mais les mots semblaient morts dans ma bouche. La chaise a grincé quand tu t'es penchée en avant.

« Du chocolat ! Je veux du chocolat ! » Un groupe d'enfants tous vêtus de tee-shirts trop grands bleu canard, tout juste de retour, d'après leurs sacs en papier pleins de pommes, d'une sortie cueillette, a déferlé dans le café, l'inondant de glapissements excités.

« Je peux partir, Maman, ai-je proposé. Si tu ne veux pas de moi je peux partir. Je ne causerai pas de problèmes et personne n'a besoin de savoir... Maman dis quelque chose. » Dans la tasse, mon reflet s'est ridé sous une vaguelette noire. « S'il te plaît.

« — Dis-moi, as-tu articulé derrière la paume posée sur ton menton, tu vas porter une robe maintenant?

— Maman...

— Ils vont te tuer, as-tu fait en secouant la tête, tu le sais, ça.

— Qui va me tuer?

— Ils tuent les gens parce qu'ils portent des robes. C'est aux infos. Tu ne connais pas les gens. Tu ne les connais pas.

— Je ne le ferai pas, Maman. Je te le promets. Écoute, je n'en ai jamais porté avant, pas vrai? Pourquoi je le ferais maintenant? »

Tu as fixé les deux trous dans mon visage. « Tu n'as nulle part où aller. Il n'y a que toi et moi, Little Dog. Je n'ai personne d'autre. » Tu avais les yeux rouges.

Les enfants à l'autre bout de la boutique chantaient *Old McDonald Had a Farm*, avec leurs voix et leur exaltation simple, perçante.

« Dis-moi, as-tu dit en te redressant, la mine inquiète, quand est-ce que tout ça a commencé? J'ai mis au monde un bébé normal, sain. Ça je le sais. Quand? »

J'avais six ans, j'étais au CP. L'école où j'allais était une ancienne église luthérienne reconvertie. La cuisine étant perpétuellement en travaux, le déjeuner était servi dans le gymnase, les lignes des terrains de basket décrivant des arcs sous nos pieds, tandis que nous étions installés à des tables de déjeuner de fortune : des pupitres regroupés en îlots. Chaque jour, le personnel faisait rouler d'énormes caisses remplies de plats uniques surgelés : une masse d'un brun rougeâtre dans un carré blanc enveloppé de cellophane. Les quatre micro-ondes derrière lesquels nous faisions la queue bourdonnaient pendant toute la durée du déjeuner tandis que les repas étaient fondus l'un après l'autre puis délivrés avec un ping, boursouflés et fumants, entre nos mains impatientes.

Je me suis assis avec mon carré de bouillie près d'un garçon en polo jaune, avec une mèche noire rabattue sur le front. Il s'appelait Gramoz, et sa famille, comme je l'ai appris plus tard, était arrivée à Hartford d'Albanie après l'effondrement de l'Union soviétique. Mais rien de tout cela n'importait ce jour-là. Ce qui importait, c'est qu'il n'avait pas un carré blanc avec une bouillie grise, mais un élégant sac repas turquoise fermé par un scratch, duquel il a produit une barquette de pizzas bagels, chacune de la taille d'un énorme joyau.

« T'en veux une ? » a-t-il lâché avec désinvolture, mordant dans la sienne.

J'étais trop timide pour y toucher. Gramoz s'en est rendu compte, et il m'a attrapé la main, l'a retournée et a placé une pizza dans ma paume. Elle était plus lourde que je ne l'imaginais. Et allez savoir comment, encore chaude. Plus tard, à la récréation, j'ai suivi Gramoz partout où il allait. Deux barreaux derrière lui sur la cage à poules, sur ses talons quand il escaladait l'échelle du toboggan jaune en colimaçon avec ses Keds blanches qui étincelaient à chaque pas.

Comment rendre la pareille au garçon qui m'avait offert ma première pizza bagel, sinon en devenant son ombre ?

161

Le problème est que mon anglais, à l'époque, était toujours inexistant. Je ne pouvais pas lui parler. Et même si j'avais pu, que dire? Où est-ce que je le suivais? À quelle fin? Ce n'était peut-être pas une destination que je cherchais, mais juste une continuation. Rester près de Gramoz, c'était demeurer dans la circonférence de son unique geste de bonté, c'était remonter dans le temps, à l'heure du déjeuner, à cette pizza lourde dans ma paume.

Un jour, sur le toboggan, Gramoz s'est retourné, une bouffée de rouge aux joues, et a crié, « Arrête de me suivre, espèce de taré! C'est quoi ton problème? » Ce ne sont pas les mots mais ses yeux, plissés comme pour me mettre en joue, qui m'ont fait comprendre.

Ombre coupée de sa source, je me suis arrêté au sommet du toboggan, et j'ai regardé sa mèche luisante rapetisser progressivement dans le tunnel avant de s'évanouir, sans laisser de trace, parmi les rires des enfants.

Quand j'ai cru que c'était fini, que j'avais vidé mon sac, tu as repris, en écartant ton café, « Maintenant, j'ai quelque chose à te dire à *toi*. »

Ma mâchoire s'est serrée. Ce n'était pas censé être un échange équitable, pas censé être un troc. J'ai opiné à tes mots, feignant l'empressement.

« Tu as un frère aîné. » Tu as écarté les cheveux de tes yeux, sans ciller. « Mais il est mort. »

Les enfants étaient toujours là, mais je n'entendais plus leurs petites voix périssables.

On échangeait des vérités, me suis-je rendu compte, autrement dit, on se lacérait l'un l'autre.

« Regarde-moi. Il faut que tu le saches. » Tu arborais un masque. Tes lèvres : une ligne violette. Tu as poursuivi. Tu avais eu un jour un fils qui grandissait en toi, un fils que tu avais nommé, un nom que tu ne répéteras pas. Le fils en toi a commencé à bouger, ses membres parcourant la circonférence de ton ventre. Et tu chantais, tu lui parlais, comme tu l'as fait pour moi, tu lui racontais des secrets que même ton mari ignorait. Tu avais dix-sept ans et tu étais encore au Vietnam, le même âge que moi au moment où j'étais assis face à toi.

Tes mains arrondies maintenant en forme de jumelles, comme si le passé était une chose qu'il fallait traquer. La table humide en dessous de toi. Tu l'as essuyée avec une serviette, puis tu as continué, tu as raconté 1986, l'année où mon frère, ton fils, est apparu. Et comment à quatre mois de grossesse, au moment où le visage d'un enfant devient un visage, ton mari, mon père, sous la pression de sa famille, t'a forcée à avorter.

« Il n'y avait rien à manger », as-tu poursuivi, le menton toujours dans ta main au-dessus de la table. Un homme qui allait aux toilettes a demandé à passer. Sans lever les yeux, tu t'es décalée. « Les gens mettaient de la sciure dans le riz pour le rallonger. On avait de la chance quand on avait des rats à manger. »

Tu parlais avec précaution, comme si l'histoire était une flamme au vent entre tes mains. Les enfants étaient enfin partis – il ne restait qu'un couple âgé, deux houppettes de cheveux blancs derrière leurs journaux.

« Contrairement à ton frère, as-tu dit, tu n'es pas né avant qu'on soit sûrs que tu vivrais. »

Quelques semaines après que Gramoz m'a donné la pizza bagel, tu m'as acheté mon premier vélo : un Schwinn rose vif avec des petites roues et des serpentins blancs aux poignées qui vibraient, tels de minuscules pompons, même quand je roulais au pas, ce qui était souvent le cas. Il était rose parce que c'était le vélo le moins cher du magasin.

Cet après-midi-là, alors que je roulais dans le parking de l'immeuble, le vélo s'est immobilisé brutalement. Quand j'ai baissé les yeux, deux mains étaient agrippées au guidon. Elles appartenaient à un garçon qui avait peut-être dix ans, son visage gras et moite planté sur un torse géant et musculeux. Avant que je puisse comprendre ce qui se passait, le vélo a basculé en arrière et j'ai atterri les fesses sur le bitume. Tu étais montée voir comment allait Lan. Un garçon plus petit avec une face de fouine est apparu derrière le premier. La fouine a gueulé, une gerbe de salive a dessiné un arc-en-ciel devant lui dans la lumière oblique.

Le grand a sorti un trousseau de clés et entrepris de gratter la peinture de mon vélo. Elle partait tellement facilement, avec des étincelles rosées. Je suis resté assis là à regarder le béton se moucheter d'éclats de rose tandis qu'il lacérait les os du vélo avec la clé. J'avais envie de pleurer mais je ne savais pas encore le faire en anglais. Alors je n'ai rien fait.

C'est ce jour-là que j'ai appris à quel point une couleur

peut être dangereuse. Qu'on peut faire dégringoler un garçon d'un tel coloris, et le forcer à reconnaître sa transgression. Même si la couleur n'est rien d'autre que ce que révèle la lumière, ce *rien* a ses lois, et un garçon sur un vélo rose se doit d'apprendre, par-dessus tout, la loi de la gravité.

Ce soir-là, sous l'ampoule nue de la cuisine, je me suis agenouillé à côté de toi et je t'ai regardée peindre, de longs coups de pinceau qui fondaient avec une précision experte sur les cicatrices cobalt du vélo, le flacon de vernis rose ferme et assuré dans ta main.

« À l'hôpital ils m'ont donné un flacon de comprimés. Je les ai pris pendant un mois. Pour être sûre. Au bout d'un mois, j'étais censée évacuer ça – lui, je veux dire. » J'avais envie de partir. De dire stop. Mais le prix de la confession, ai-je appris, c'est que tu reçois une réponse.

Au bout d'un mois de comprimés, alors qu'il aurait déjà dû ne plus être là, tu as senti un petit coup à l'intérieur de toi. Ils t'ont vite ramenée à l'hôpital, cette fois aux urgences. « Je l'ai senti donner des coups de pied pendant qu'ils me faisaient traverser en trombe les salles grises, avec leurs murs dont la peinture s'écaillait. L'hôpital sentait encore la fumée et l'essence à cause de la guerre. »

Après avoir seulement injecté de la novocaïne entre tes cuisses, les infirmières y sont allées avec un long instrument en métal, et ont simplement « gratté mon bébé de l'intérieur de moi, comme les pépins d'une papaye ».

C'est cette image, si pragmatique et prosaïque, la

préparation d'un fruit que je t'ai vue faire des milliers de fois, la cuillère qui glisse le long du cœur orange chair de la papaye, une soupe de pépins noirs tombant dans l'évier d'acier avec un plouf, qui rendait ça insupportable. J'ai tiré la capuche de mon sweat blanc par-dessus ma tête.

« Je l'ai vu, Little Dog. J'ai vu mon bébé, juste entraperçu. Une masse brunâtre en route vers la poubelle. »

J'ai tendu la main à travers la table et effleuré le côté de ton bras.

Pile à ce moment-là, une chanson de Justin Timberlake s'est mise à jouer dans les enceintes, sa frêle voix de fausset s'entremêlant avec les commandes de café, les restes de marc tapotés contre les poubelles en caoutchouc. Tes yeux se sont posés sur moi, puis au-delà.

Quand ils sont revenus tu as dit : « J'étais à Saïgon quand j'ai entendu Chopin pour la première fois. Tu savais ça ? » Ton vietnamien était brusquement plus léger, planant. « Je devais avoir six ou sept ans. L'homme qui vivait en face était un pianiste concertiste formé à Paris. Il installait le Steinway dans sa cour et jouait le soir, portail ouvert. Et son chien, ce petit chien noir, grand comme ça à peu près, il se dressait sur ses pattes de derrière et se mettait à danser. Ses petites pattes maigrichonnes tapotaient la poussière en rond mais l'homme ne regardait jamais le chien, il gardait les yeux clos en jouant. C'était là son pouvoir. Il ne se souciait pas du miracle qu'il produisait avec ses mains. Je restais là sur la route et je regardais ce que je croyais être de la magie : de la musique capable de changer un animal en

166

personne. Je regardais ce chien, avec ses côtes saillantes, qui dansait sur de la musique française, et je me disais que n'importe quoi pouvait arriver. N'importe quoi.» Tu as croisé tes mains sur la table, avec un mélange de tristesse et d'agitation dans ce geste. «Même quand l'homme s'arrêtait, s'approchait du chien qui remuait la queue, et posait la friandise dans sa gueule ouverte, prouvant une fois de plus que c'était la faim, seulement la faim et non la musique qui donnait au chien ce talent humain, j'y croyais encore. Que n'importe quoi pouvait arriver.»

La pluie, docile, a repris de plus belle. Je me suis renfoncé dans mon siège et l'ai regardée déformer les vitres.

Parfois, quand je suis insouciant, je crois que survivre est facile : il n'y a qu'à continuer à avancer avec ce qu'on a, ou ce qu'il reste de ce qu'on vous a donné, jusqu'à ce que quelque chose change – ou jusqu'à prendre conscience, enfin, qu'il est possible de changer sans disparaître, qu'il suffisait d'attendre que la tempête passe sur vous pour découvrir – eh bien oui – que votre nom est toujours rattaché à une chose vivante.

Quelques mois avant notre conversation au Dunkin' Donuts, dans le Vietnam rural, un garçon de quatorze ans a reçu de l'acide en plein visage après avoir glissé une lettre d'amour dans le casier d'un autre garçon. L'été dernier, Omar Mateen, un jeune homme de vingt-huit ans né en Floride, est entré dans une boîte de nuit d'Orlando, a brandi son fusil automatique, et a ouvert le feu. Quarante-neuf personnes ont été tuées. C'était un club gay et les garçons, parce que c'est ce qu'ils étaient – des fils, des ados – me ressemblaient : créatures de couleur nées d'une mère, fourrageant dans le noir et l'un dans l'autre, à la recherche du bonheur.

Parfois, quand je suis insouciant, je crois que la blessure est aussi le lieu des retrouvailles de la peau avec elle-même, qui demande à chaque bout : où étais-tu ?

Où étions-nous, Maman ?

Un placenta pèse en moyenne à peu près sept cents grammes. C'est un organe jetable où s'échangent les nutriments, les hormones et les déchets entre la mère et le fœtus. De cette manière, le placenta est une sorte de langage – peut-être le tout premier, notre véritable langue maternelle. À quatre ou cinq mois, le placenta de mon frère était déjà pleinement développé. Vous vous parliez tous les deux – des paroles de sang.

« Il est venu me voir, tu sais. »

Dehors la pluie avait cessé. Le ciel : une coupe vidangée.

« Il est venu te voir ? »

— Mon petit, il est venu me voir en rêve, environ une semaine après l'hôpital. Il était assis au seuil de ma porte. On s'est regardés un moment, et puis il s'est simplement détourné et il s'est éloigné dans l'allée. Je crois qu'il voulait juste voir à quoi je ressemblais, à quoi ressemblait sa maman. J'étais une gamine. Oh mon Dieu... Oh mon Dieu, j'avais dix-sept ans. »

À l'université un professeur a soutenu un jour, lors d'une digression pendant un cours sur *Othello*, que les hommes gays étaient fondamentalement narcissiques, et qu'un narcissisme flagrant pouvait même être un signe d'homosexualité chez des hommes qui n'avaient pas encore accepté leurs « tendances ». Alors même que je fulminais sur ma chaise, l'idée ne cessait de me tarauder. Se pouvait-il qu'il y a toutes ces années, j'aie suivi Gramoz dans la cour d'école simplement parce que c'était un garçon, et donc un miroir de moi-même ?

Mais si c'était le cas... pourquoi pas ? Peut-être que si nous plongeons nos regards dans des miroirs, ce n'est pas uniquement pour chercher la beauté, si illusoire soit-elle, mais pour vérifier, en dépit de la réalité, que nous sommes toujours là. Que le corps traqué dans lequel nous nous mouvons n'a pas encore été annihilé, gratté. Se découvrir encore *soi* est un réconfort que les hommes qui n'ont jamais été niés ne peuvent pas connaître.

J'ai lu que la beauté, historiquement, exige la réplication. Nous multiplions tout ce que nous trouvons esthétiquement agréable, qu'il s'agisse d'un vase, d'un tableau, d'un calice, d'un poème. Nous reproduisons pour garder, pour prolonger dans l'espace et le temps. Contempler ce qui procure du plaisir – une fresque, une chaîne de montagnes rouge pêche, un garçon, le grain de beauté sur sa mâchoire – c'est, en soi, de la réplication : une extension de l'image dans l'œil, qui la démultiplie, la fait durer. Les yeux plongés dans le miroir, je crée une réplique de moi-même dans un futur où je pourrais ne pas exister. Et oui, ce n'était pas les pizzas bagels, il y a toutes ces années, que je voulais de Gramoz, mais la réplication. Parce que son cadeau m'avait augmenté en faisant de moi un être digne de générosité, et donc vu. C'est ce sentiment même d'être davantage que je voulais faire durer, retrouver.

Ce n'est pas par hasard, Maman, que la virgule ressemble à un fœtus – cette courbe de prolongement. Nous avons tous été un jour à l'intérieur de nos mères, à dire, de tout notre être recourbé et silencieux, encore, encore, encore. Je tiens à insister : le fait que nous soyons en vie est suffisamment beau pour être digne d'être répliqué. Et alors ? Qu'est-ce que je peux faire, si la seule chose que j'aie jamais faite de ma vie, c'est de la multiplier ?

« Il faut que j'aille vomir, as-tu dit.

— Quoi ?

— Il faut que j'aille vomir. » Tu t'es levée précipitamment et tu as filé vers les toilettes.

« Oh merde, t'es sérieuse », ai-je dit en te suivant. Dans les toilettes, tu t'es agenouillée devant l'unique cuvette et tu as immédiatement gerbé. Tu avais un chignon mais je me suis tout de même agenouillé, et avec deux doigts, j'ai retenu les trois ou quatre mèches de cheveux qui dépassaient, par devoir plus qu'autre chose. « Ça va, Maman ? » Je parlais à l'arrière de ton crâne.

Tu as vomi encore, le dos saisi de convulsions sous ma paume. Ce n'est que lorsque j'ai vu l'urinoir moucheté de poils pubiens près de ta tête que j'ai compris que nous étions dans les toilettes pour hommes.

« Je vais acheter de l'eau. » Je t'ai tapoté le dos et je me suis levé.

« Non, m'as-tu lancé, le visage rouge, de la limonade. J'ai besoin d'une limonade. »

Nous quittons le Dunkin' Donuts alourdis par ce que nous savons l'un de l'autre. Mais ce que tu ignorais, c'est qu'en fait, j'avais *déjà* porté une robe – et que je le referais. Que quelques semaines auparavant, j'avais dansé dans une vieille grange à tabac vêtu d'une robe lie-de-vin tandis que mon ami, un garçon dégingandé avec un œil poché, m'observait tout étourdi. Je l'avais récupérée dans ta penderie, c'était celle que tu avais achetée pour ton trente-cinquième anniversaire mais que tu n'avais jamais portée. Je tourbillonnais dans le tissu extrafin tandis que Trevor, perché sur un tas de pneus, applaudissait entre deux bouffées de joint, nos clavicules se détachant nettement à la lumière des deux téléphones portables posés sur le sol jonché de phalènes mortes. Dans cette grange, pour la première fois depuis des mois, nous n'avions peur de personne – même pas de nous-mêmes. Tu conduis la Toyota pour rentrer, je suis silencieux à tes côtés. On dirait que la pluie va revenir ce soir et que la ville sera rincée toute la nuit, les arbres qui bordent les voies rapides dégoulinant dans l'obscurité métallique. Au dîner, je rapprocherai ma chaise et, quand je retirerai ma capuche, il y aura dans mes cheveux noirs un brin de paille resté coincé là depuis les semaines passées à la grange. Tu te pencheras, le balaieras d'un revers de main, et tu secoueras la tête, prenant la mesure du fils que tu as décidé de garder.

Le salon était accablé par les rires. Dans la télé de la taille d'un micro-ondes, une sitcom beuglait une allégresse nasillarde et artificielle à laquelle personne ne croyait. Personne sauf le père de Trevor, qui n'y croyait pas tant qu'il s'y abandonnait, gloussant dans le fauteuil relax, la bouteille de liqueur Southern Comfort semblable à un cristal de dessin animé sur ses genoux. À chaque fois qu'il la portait à ses lèvres, le niveau marron descendait, jusqu'au moment où seules les couleurs déformées de la télé miroitaient à travers le verre vide. Il avait un visage épais et des cheveux coupés court enduits de brillantine, même à cette heure tardive. Il ressemblait à Elvis au dernier jour de sa vie. Les années d'usure avaient rendu la moquette sous ses pieds nus luisante comme une flaque d'huile.

On était derrière le vieux, sur un divan de fortune récupéré dans l'épave d'une Dodge Caravan, on se partageait un litre de Sprite en gloussant et en envoyant des SMS à un garçon de Windsor qu'on ne rencontrerait jamais. Même de notre place, on sentait son odeur, chargée d'alcool et de cigares bon marché, et on faisait comme s'il n'était pas là.

« C'est ça, rigolez. » Le père de Trevor avait à peine bougé, mais sa voix grondait. On la sentait à travers le fauteuil. « C'est ça, rigole de ton père. Vous rigolez comme des phoques. »

J'ai scruté l'arrière de son crâne, auréolé par la lumière crayeuse de la télé, mais n'ai perçu aucun mouvement.

« On rigole pas de toi, mec. » Trevor a fait un clin d'œil et rangé le téléphone dans sa poche. Ses mains sont retombées sur le côté comme si quelqu'un les avait balayées de ses genoux. Il a fixé le dos du fauteuil d'un œil noir. De notre siège, seul un fragment du crâne de l'homme était visible, une poignée de cheveux et un bout de sa joue, blanche comme une tranche de dinde.

« Parce que tu m'donnes du *mec*, maintenant, hein ? Tu te crois grand, c'est ça ? Tu crois que j'ai perdu la boule mais c'est pas vrai, gamin. Je t'entends. Je vois des trucs. » Il a toussé ; une gerbe de liqueur. « Oublie pas que j'ai été le meilleur dresseur de phoques de SeaWorld. Orlando, 1985. Ta mère était dans les gradins et je l'ai fait décoller de son siège avec mon numéro. Mes Navy Seals à moi, ces bébés-là. J'étais le général des phoques. C'est comme ça qu'elle m'appelait. Le général. Quand je leur disais de rigoler, ils rigolaient. »

Un publireportage grésillait dans le poste, quelque chose au sujet d'un sapin de Noël gonflable qui tenait dans votre poche. « Qui est le connard qui voudrait se balader avec une saloperie de sapin de Noël dans la poche ? Marre de ce pays. » Sa tête a roulé sur le côté, faisant apparaître un troisième bourrelet de graisse sur sa nuque. « Hé – ce gamin est avec toi ? Le petit Chinetoque est avec toi, hein ? Je l'sais. Je l'entends. Il cause pas mais je l'entends. » Son bras a jailli dans les airs et j'ai senti Trevor tressaillir à travers le coussin du sofa. Le vieux a pris une autre lampée : la bouteille était vide depuis longtemps mais il s'est quand même essuyé la bouche.

« Ton oncle James. Tu t'souviens de James, pas vrai ?

— Ouais, si on veut, est parvenu à répondre Trevor.

— Qu'est-ce t'as dit ?

— Oui, chef.

— Voilà. » Le vieux s'est enfoncé plus profond dans son fauteuil, les cheveux luisants. La chaleur de son corps semblait irradier, emplissant l'atmosphère. « Un bon gars, les os durs, ton oncle. Des os durs et du sel. Il leur a mis une bonne raclée dans cette jungle. Il nous a bien rendu service. Il les a cramés. Tu sais ça, Trev ? C'est ça, l'histoire. » Il est retombé dans l'inertie, ses lèvres bougeaient sans aucun effet sur le reste de son visage. « Il t'a déjà raconté, ça ? Comment il en a cramé quatre dans un fossé avec de l'essence ? Il m'a raconté ça le soir de ses noces, tu le crois, ça ? »

J'ai jeté un coup d'œil à Trevor mais n'ai vu que sa nuque, son visage caché entre ses genoux. Il était en train de nouer ses chaussures avec hargne, et les mouvements brusques de ses épaules faisaient cliqueter les bouts en plastique des lacets dans les œillets.

« Mais ça a changé maintenant, je l'sais. J'suis pas idiot, gamin. Je sais que tu me détestes, aussi. Je l'sais. »

[Rires enregistrés]

« J'ai vu ta mère y a deux semaines. Je lui ai filé les

174

clés du box chez Windsor Locks. J'sais pas pourquoi elle a mis tout ce temps à venir chercher ses putains de meubles. L'Oklahoma a pas l'air si génial que ça, sur ce coup-là. » Il a marqué une pause. A repris une rasade fantôme. « J't'ai élevé comme y faut, Trev. J'sais qu'c'est vrai.

— Tu pues la merde. » Le visage de Trevor a pris l'apparence de la pierre.

« Qu'est-ce t'as dit ? C'que j'dis...

— J'ai dit tu pues la merde, mec. » La télé éclairait le visage de Trevor en gris, sauf la cicatrice sur son cou, dont la teinte noir rougeâtre ne variait jamais. Elle datait de ses neuf ans ; son père, dans un accès de rage, avait tiré dans la porte au pistolet à clous et le truc avait ricoché. Du sang tellement rouge, tellement partout que c'était Noël en juin, m'avait-il raconté.

« T'as entendu. » Trevor a posé le Sprite sur la moquette et m'a tapoté la poitrine pour signifier qu'on s'en allait.

« C'est comme ça que tu causes maintenant ? a bafouillé le vieil homme, le regard bloqué sur l'écran.

— Et tu vas faire quoi ? a fait Trevor. Vas-y, fais un truc, fais-moi *cramer*. » Il a fait un pas vers le fauteuil. Il savait quelque chose que j'ignorais. « T'as fini ? »

Le vieux respirait sans bouger. Le reste de la maison était sombre et silencieux, comme un hôpital la nuit. Au bout d'un moment, il a parlé, un étrange gémissement haut perché. « J'ai fait ce qu'y fallait, j'te jure. » Ses doigts tripotaient l'accoudoir. Les gens de la sitcom dansaient sur ses cheveux gominés.

J'ai cru voir Trevor opiner une ou deux fois, mais la télé me jouait peut-être des tours.

« T'es exactement comme James. C'est vrai. Je sais. T'es le genre à foutre le feu, tu vas leur cramer la gueule. » Sa voix a vacillé. « Tu vois ça? C'est Neil Young. Une légende. Un guerrier. T'es comme lui, Trev. » Il a fait un geste vers le poster au moment où la porte se refermait sur lui, sans un bruit. On s'est coulés dans l'air glacé, on a pris nos vélos, et le vieux radotait toujours, sa voix étouffée derrière nous.

Le bitume filait sous nos roues. On ne disait rien, et sous la lumière des lampes au sodium, les érables se détachaient au-dessus de nos têtes, rouges, pas un souffle de vent. Ça faisait du bien d'être débarrassés de la présence de son père.

On a suivi le fleuve Connecticut dans la nuit en train d'éclore, alors que la lune venait de monter au-dessus des chênes, ses contours brouillés par un automne d'une chaleur inhabituelle. Le courant bouillonnait à notre droite, couvert d'écume blanche. De temps à autre, après deux ou trois semaines sans pluie, un cadavre remontait des profondeurs, l'éclair décoloré d'une épaule effleurant la surface, et les familles qui pique-niquaient sur les rives s'interrompaient, le silence se faisait parmi les enfants, et puis quelqu'un criait : « Oh mon Dieu, oh mon Dieu », et quelqu'un d'autre appelait les secours. Et parfois c'est une fausse alerte : un réfrigérateur auquel la rouille et les taches de lichen donnent la teinte d'un visage brun. Et parfois ce sont les poissons, qui flottent sur le dos par milliers, sans raison, la rivière adoptant instantanément un visage irisé.

J'ai vu tous les quartiers de notre ville que, trop occupée à travailler, tu ne pouvais connaître, les quartiers où il se passait des choses. Des choses que même Trevor, qui avait vécu toute sa vie de ce côté du fleuve, du côté blanc, celui où je pédalais à présent, ne voyait jamais. J'ai vu les lumières d'Asylum Avenue, où autrefois se dressait un asile psychiatrique (en réalité une école pour les sourds) qui brûla en 1800 quelque chose, tuant la moitié des pensionnaires d'un étage – on ignore encore la cause du drame. Mais pour moi cette rue est celle où vivaient mon copain Sid et sa famille, après leur arrivée d'Inde en 1995. Et sa mère, institutrice à New Delhi, qui faisait du porte-à-porte, clopinant sur son pied boursouflé par le diabète pour vendre des couteaux de chasse Cutco, et gagner quatre-vingt-dix-sept dollars par semaine – en liquide. Il y avait les frères Canino, dont le père était en prison pour au moins deux vies entières, parce qu'il avait roulé à soixante-dix au lieu de soixante-cinq sur la route 91, sous le nez d'un gendarme. Ça, les vingt sachets d'héroïne et le Glock sous le siège passager de sa voiture. Mais quand même. Il y avait Marin, qui faisait quarante-cinq minutes de bus aller et retour pour aller travailler chez Sears à Farmington, qui portait toujours de l'or au cou et aux oreilles, et dont les talons hauts claquaient comme les applaudissements les plus lents et les plus étudiés qui soient quand elle allait à l'épicerie du coin chercher des cigarettes et des Cheetos au piment, la pomme d'Adam saillante, le majeur brandi à l'adresse de tous les hommes qui la traitaient de *pédale*, d'*homomaphodite*. Et qui disaient, en serrant la main de leur fille ou de leur fils : « Je vais te buter, salope, je vais te taillader, le sida aura ta peau. Va pas te coucher ce soir, va pas te coucher ce soir, va pas te coucher ce soir. Va pas te coucher.»

On est passés devant l'immeuble de New Britain Avenue où nous avons vécu trois ans. Celui où je faisais rouler mon vélo rose à petites roues sur le lino des corridors, pour éviter de me faire taper par les gosses du quartier parce que j'aimais un objet de cette couleur. J'ai dû parcourir ces corridors cent fois par jour, avec la petite sonnette qui tintait quand je rentrais dans le mur à chaque extrémité. Et M. Carlton, l'homme qui habitait le dernier appartement, qui s'obstinait à sortir tous les jours pour me crier dessus : « T'es qui? Qu'est-ce que tu fais là? Pourquoi tu fais pas ça dehors? T'es qui? T'es pas ma fille! T'es pas Destiny! T'es qui?» Mais tout ça, le bâtiment tout entier, tout ça a disparu à présent – remplacé par une YMCA – et même le parking de l'immeuble (où personne ne se garait puisque personne n'avait de voiture), défoncé par les mauvaises herbes d'un mètre de haut, a disparu, intégralement passé au bulldozer et transformé en jardin partagé, avec en guise d'épouvantails des mannequins bazardés par le magasin discount du côté de Bushnell. Des familles entières nagent et jouent au handball là où nous dormions autrefois. Les gens font la brasse papillon à l'endroit où M. Carlton a fini par mourir, tout seul, dans son lit. Et personne pour s'en rendre compte pendant des semaines, jusqu'à ce que tout l'étage se mette à empester et que l'équipe du SWAT (j'ignore pourquoi) vienne défoncer sa porte à coups de flingues. Pendant tout un mois, les affaires de M. Carlton étaient restées dans une grande benne en fer derrière le bâtiment, et ce poney en bois peint à la main, avec sa grosse langue pendante, dépassait tout en haut, sous la pluie.

Trevor et moi avons continué à rouler, dépassant Church Street où la grande sœur de Big Joe a fait une overdose, puis le parking derrière le MEGA XXXLOVE DEPOT où Sasha a fait une overdose, le parc où Jake et B-Rab ont fait une overdose. Sauf que B-Rab a survécu, juste pour se faire attraper, des années plus tard, à piquer des ordinateurs portables à Trinity College, et se prendre quatre ans de taule – pas de conditionnelle. Du lourd, *surtout* pour un gamin blanc de la banlieue. Il y avait Nacho, qui avait perdu sa jambe droite pendant la guerre du Golfe et qu'on trouvait le week-end en train de glisser allongé sur un skateboard en dessous des voitures montées sur cric, au Garage Maybelle où il travaillait. Et où un jour, il a sorti un magnifique bébé hurlant et tout rouge du coffre d'une Nissan abandonnée derrière l'atelier pendant un blizzard. Il a lâché ses béquilles pour bercer le bébé à deux mains, et l'air a soutenu son poids pour la première fois depuis des années, tandis que la neige tombait et se soulevait à nouveau au-dessus du sol, si lumineuse que pendant un moment flou et miséricordieux, tous les habitants de la ville ont oublié pourquoi ils essayaient de se tirer.

Et voici la pâtisserie Mozzicato, sur Franklin Avenue, où j'ai goûté mon premier cannoli. Où rien que j'aie connu n'est jamais mort. Je suis resté assis à regarder par la fenêtre un soir d'été, du cinquième étage de notre immeuble, et l'atmosphère était tiède et douce comme aujourd'hui, on entendait les voix basses des jeunes couples, leurs Converse et leurs Air Force One qui s'entrechoquaient doucement dans les escaliers de secours pendant qu'ils s'activaient pour faire parler au corps ses autres langues, le bruit des allumettes, ou des flammes jaillies de briquets aussi grands et brillants que des 9 mm ou des Colt .45 : c'était notre manière de tourner la mort en dérision, de réduire le feu à la taille de gouttes de pluie de dessin animé, avant de les aspirer par le bout d'un cigarillo, tels des mythes. Parce qu'à la fin, le fleuve monte jusqu'ici. Il déborde pour tout ravir et nous montrer ce que nous avons perdu, comme il l'a toujours fait.

Les roues de nos vélos ronronnaient. L'odeur d'égout de la station d'épuration m'a piqué les yeux juste avant que le vent n'en fasse ce qu'il fait des noms des morts : la balayer derrière moi.

On a traversé, on a tout laissé derrière nous, nous enfonçant vers la banlieue, entraînés par le bruit de nos rayons. En atteignant le bitume d'East Hartford, une odeur de feu de bois qui flottait du haut des collines nous a éclairci l'esprit. Je fixais le dos de Trevor en roulant, avec son blouson UPS marron auquel la lune donnait une teinte violacée, celui que son papa avait eu en travaillant là-bas une semaine avant de se faire virer pour avoir descendu un pack de bières pendant sa pause et s'être réveillé au milieu d'un tas de cartons, alors qu'il était presque minuit.

Nous avons descendu Main Street. En arrivant au niveau de l'usine d'embouteillage de Coca-Cola, avec son enseigne au néon qui brillait, énorme, au-dessus du bâtiment, Trevor a gueulé : « Aux chiottes le Coca !

On veut du Sprite !» Il a jeté un œil en arrière et lâché un rire entrecoupé. « Ouais, aux chiottes le Coca », ai-je tenté. Mais il n'a pas entendu.

Les lampadaires s'éloignaient et le trottoir se prolongeait en bas-côté herbu, ce qui signifiait que nous nous dirigions vers les collines, les belles demeures. Bientôt, nous nous sommes retrouvés au plus profond de la banlieue, à South Glastonbury, et les lumières des maisons ont commencé à apparaître, d'abord des étincelles orange qui papillonnaient entre les arbres, mais à mesure qu'on se rapprochait elles grandissaient, formant de larges et épaisses feuilles d'or. On pouvait plonger le regard dans ces fenêtres, des fenêtres sans barreaux d'acier, aux rideaux grands ouverts. Même de la rue on apercevait les chandeliers étincelants, les tables de salle à manger, les lampes Tiffany multicolores avec des abat-jours décoratifs en verre. Ces maisons étaient si grandes qu'on pouvait scruter toutes les fenêtres sans jamais apercevoir personne.

Comme on grimpait la route sur la colline abrupte, le ciel sans étoiles s'est ouvert, les arbres ont lentement perdu du terrain, et les maisons se sont espacées peu à peu. Il y avait là des voisins séparés par tout un verger, dont les pommes avaient déjà commencé à pourrir dans les champs, sans personne pour les ramasser. Les fruits roulaient sur la chaussée, chair éclatée réduite en pulpe brune, au passage des voitures.

On s'est arrêtés au sommet d'une des collines, épuisés. Les rayons de la lune sondaient le verger sur notre droite. Les pommes luisaient faiblement sur leur branche, tombant çà et là avec un bruit sourd et bref, leur puanteur sucrée et fermentée pénétrant nos poumons. Au plus profond des chênes, de l'autre côté de la route, des grenouilles invisibles lâchaient leurs cris rauques. On a posé nos vélos et on s'est installés sur une clôture en bois qui longeait la route. Trevor a allumé une cigarette, il a tiré dessus, les yeux fermés, puis a tendu la perle couleur rubis vers mes doigts. J'ai aspiré mais j'ai toussé, la salive épaissie par l'effort. La fumée a réchauffé mes poumons et mon regard s'est fixé sur un groupe de villas dans la petite vallée en face de nous.

« Il paraît que Ray Allen vit dans le coin, a dit Trevor.

— Le basketteur, c'est ça ?

— Il a joué dans l'équipe de UConn... le mec a sûrement *deux* baraques dans le coin.

— Peut-être qu'il habite dans celle-là », ai-je dit, en pointant la cigarette vers la seule maison plongée dans le noir au bord de la vallée. La demeure était presque invisible, à l'exception du liseré blanc qui délimitait ses contours, tel le squelette d'une créature préhistorique. Peut-être que Ray Allen est absent, me suis-je dit, parti jouer pour la NBA, trop occupé pour l'habiter. Je lui ai repassé la cigarette.

« Si Ray Allen était mon père, a dit Trevor, le regard toujours fixé sur la maison squelette, ce serait ma maison et tu pourrais venir dormir quand tu veux.

— T'as déjà un père. »

Il a balancé le filtre sur la route d'une pichenette, et détourné le regard. Le mégot a explosé en dessinant une estafilade orange sur la chaussée, avant de s'éteindre.

« Oublie ce type, petit mec, a dit Trevor en me regardant, tendrement, il n'en vaut pas la peine.

— La peine de quoi?

— De se foutre en rogne, mec. Ah... gagné!» Il a sorti un mini Snickers de la poche de son manteau. «Ça doit faire depuis Halloween qu'il est là.

— Qui a dit que j'étais en rogne?

— C'est juste qu'il est comme ça, tu vois?» Il a pointé le Snickers sur sa tête. «L'alcool lui tape sur le système.

— Ouais. Sans doute.» Les grenouilles semblaient plus distantes, plus petites.

Une sorte de mutisme s'est affûté entre nous.

«Hé, me fais pas le coup du silence, putain, mec. C'est un truc de tapette. Je veux dire...» Un soupir frustré lui a échappé. Il a croqué dans le Snickers. «T'en veux un bout?»

En guise de réponse, j'ai ouvert la bouche. Il a placé le morceau gros comme le pouce sur ma langue, s'est essuyé les lèvres avec son poignet, et a détourné le regard.

«Allez on se tire», ai-je dit, la bouche pleine.

Il était sur le point d'ajouter autre chose, les dents semblables à des pilules grises au clair de lune, puis il s'est levé et a clopiné vers son vélo. J'ai ramassé le mien, dont l'acier était déjà humide de rosée, et c'est là que j'ai vu. En fait, Trevor a vu le premier, laissant échapper un cri de surprise presque imperceptible. Je me suis retourné et nous sommes restés simplement plantés là, appuyés sur nos vélos.

C'était Hartford. C'était une grappe pulsant de la lumière avec une force que je lui découvrais pour la première fois. C'est peut-être parce que je percevais alors si distinctement le souffle de Trevor, l'oxygène que j'imaginais circuler dans sa gorge, ses poumons, dilatant les bronches et les vaisseaux sanguins, traversant tous ces endroits que je ne verrais jamais, que j'en reviens toujours à cette mesure si élémentaire de la vie, même longtemps après sa disparition.

Mais pour le moment, la ville déborde devant nous d'un éclat étrange et rare… comme si ce n'était pas une ville du tout, mais les étincelles produites par un dieu qui aiguiserait ses armes au-dessus de nos têtes.

« Putain », a chuchoté Trevor. Il a plongé les mains dans ses poches et craché par terre.

« Putain. »

La ville palpitait, miroitait. Et puis, pour essayer de s'arracher d'un coup à cette vision, il a dit : « Aux chiottes le Coca.

— Ouais, nous, on veut du Sprite, putain », ai-je ajouté, ignorant alors ce que je sais aujourd'hui : que le Coca et le Sprite étaient fabriqués par la même entreprise à la con. Que peu importe qui vous êtes, ce que vous aimez ou défendez, au bout du compte, c'est toujours Coca qui gagne.

Trevor pick-up rouillé et pas de permis.

Trevor seize ans ; jean barbouillé de sang de biche.

Trevor trop rapide et pas assez.

Trevor dans l'allée agitant sa casquette John Deere quand tu passes sur ton vélo Schwinn qui couine.

Trevor qui avait doigté une fille de première année de lycée et jeté sa culotte dans le lac *pour se marrer*.

Pour l'été. Pour tes mains

mouillées et parce que le prénom Trevor ressemble à un moteur qui démarre dans la nuit. Sorti en douce pour retrouver un garçon comme toi. Jaune et à peine là. Trevor pleins gaz dans le champ de blé de son papa. Qui enfourne toutes ses frites dans un Whopper et mâche, les deux pieds sur l'accélérateur. Toi, les yeux fermés, à la place du mort, le blé changé en confettis jaunes.

Trois taches de rousseur sur son nez.

Trois points à une phrase-garçon.

Trevor Burger King plutôt que McDonald's parce que l'odeur de fumée sur le bœuf, ça *fait vrai.*

Trevor dents de lapin qui claquent sur son inhalateur quand il aspirait, les yeux clos.

Trevor *c'est les tournesols que je préfère. Ils vont tellement haut.*

Trevor avec la cicatrice en forme de virgule sur son cou, un vocable pour dire on va où on va où on va où.

Imagine, monter aussi haut et s'ouvrir quand même aussi grand.

Trevor qui charge le fusil, deux cartouches rouges à la fois.

C'est un peu du courage, je trouve. Genre t'as cette grosse caboche pleine de graines et pas de bras pour te défendre.

Ses bras fins et secs qui mettent en joue sous la pluie.

Il touche la langue noire de la gâchette et tu jures sentir son doigt dans ta bouche au moment où il tire. Trevor pointe le moineau privé d'une aile qui se débat dans la terre noire et le prend

pour quelque chose de neuf. Quelque chose qui se consume comme un mot. Comme un Trevor

qui cogne à ta fenêtre à 3 heures du matin, que tu croyais voir sourire jusqu'au moment où tu as distingué la lame en travers de sa bouche. *J'ai fait ça, j'ai fait ça pour toi*, disait-il, et le couteau soudain dans ta main. Trevor plus tard

sur ton perron dans l'aube grise. Le visage entre ses bras. *Je veux pas*, disait-il. Son halètement. Ses cheveux qui tremblent. Cette forme confuse. *Dis-moi que je suis pas*, disait-il entre les craquements de ses articulations qu'il triturait comme pour dire *Pas Pas Pas*. Et tu recules. *Dis-moi que je suis pas*, disait-il, *je suis pas*

pédé. Je le suis ? Je le suis ? Tu l'es ?

Trevor le chasseur. Trevor le carnivore, le redneck, pas

une fiotte, un flingueur, une fine gâchette, pas une tante ou une tarlouze. Trevor le mangeur de viande mais pas de

veau. *Jamais de veau. Laisse tomber putain, plus jamais* depuis que son papa lui avait raconté l'histoire quand il avait sept ans, à table : veau rôti au romarin. Comment c'était fait. Que la différence entre le veau et le bœuf c'est les enfants. La viande de veau ce sont les enfants des vaches, leurs petits. On les enferme dans des boîtes qui font leur taille. Une boîte à corps, comme un cercueil, mais un corps vivant, comme une maison. Les enfants, le veau, ils restent complètement immobiles parce que pour être tendre il faut que le monde vous touche le moins possible. Pour rester tendre, le poids de votre vie ne doit pas reposer sur vos os.

On adore manger ce qui est tendre, avait dit son père, plantant son regard mort

dans celui de Trevor. Trevor qui ne mangerait jamais un enfant. Trevor l'enfant à la cicatrice au cou comme une virgule. Une virgule où

tu poses maintenant ta bouche. Ce crochet violet contient deux pensées complètes, deux corps complets sans sujets. Que des verbes. Quand tu dis *Trevor* tu veux dire le geste, le pouce collant de résine de pin sur le briquet Bic, le bruit de ses chaussures

sur le capot décoloré par le soleil de la Chevrolet. La chose humide et vivante qu'il traîne à l'arrière du pick-up.

Ton Trevor, ton *homme* à la chevelure brune mais aux bras poudrés de blond t'attire dans le pick-up. Quand tu dis Trevor tu veux dire que tu es le gibier, une blessure qu'il ne peut refuser parce que *c'est un sacré truc, baby. C'est pour de vrai.*

Et tu voulais être vrai, être avalé par ce qui te noie juste pour refaire surface, débordant par la bouche. C'est-à-dire un baiser.

C'est-à-dire rien

si tu oublies.

Sa langue dans ta gorge, Trevor parle à ta place. Il parle et tu t'assombris, une torche qui lui claque entre les mains alors il cogne sur ton crâne pour maintenir la lumière. Il t'oriente ici ou là pour trouver son chemin dans les monts obscurs.

Les mots obscurs...

qui ont leurs limites, comme les corps. Comme le veau

qui attend dans sa maison-cercueil. Pas de fenêtre – mais une fente pour l'oxygène. Nez rose pressé dans la nuit d'automne, il inspire. Les relents défraîchis de l'herbe coupée, le goudron et le gravier de la route, le goût sucré et âpre des feuilles dans un feu de camp, les minutes, la distance, le fumier terreux de sa mère à un champ de là.

Trèfle. Sassafras. Sapin de Douglas. Bois-sent-bon.

Le garçon. L'huile de moteur. Le corps, il se remplit. Et ta soif déborde ce qui la contient. Et ta destruction, tu pensais qu'elle le nourrirait. Qu'il s'en repaîtrait et grossirait pour devenir une bête dans laquelle tu pourrais te cacher.

Mais toutes les boîtes finiront par s'ouvrir avec le temps, avec les mots. La phrase se brise

comme Trevor, qui fixait trop longtemps ton visage, répétant : *Où je suis ? Où je suis ?*

Parce qu'à ce moment-là il y avait déjà du sang dans ta bouche.

À ce moment-là le camion était explosé contre un chêne enveloppé de crépuscule, de la fumée sortait du capot. Trevor, haleine de vodka et crâne poreux, disait : *Ça fait du bien.* Disait : *Reste là*

tandis que le soleil se glissait entre les arbres. *Ça fait du bien, hein ?* tandis que les fenêtres rougissaient comme quelqu'un qui regarde à travers ses paupières closes.

Trevor qui t'a envoyé un SMS après deux mois de silence –

en écrivant *s'il te plaît* au lieu de *stp.*

Trevor qui fuyait sa maison, son vieux complètement dingue. *Qui se tirait de là putain.* Levi's trempé. Qui s'enfuyait dans le parc parce qu'où aller, sinon, quand on a seize ans.

Que tu as trouvé sous la pluie, sous le toboggan métallique en forme d'hippopotame. À qui tu as retiré ses chaussures glacées et dont tu as couvert, un à un, chaque orteil sale et froid avec ta bouche. Comme ta mère le faisait quand tu étais petit et que tu frissonnais.

Parce qu'il frissonnait. Ton Trevor. Ton bœuf cent pour cent américain mais pas veau. Ton John Deere. Une veine de jade à sa mâchoire : un éclair immobile que tu dessines avec tes dents.

Parce qu'il avait le goût du fleuve et que tu étais peut-être à une aile de couler.

Parce que le bébé vache attend si sagement dans sa cage

de devenir veau.

Parce que tu te souvenais

et que la mémoire est une seconde chance.

Vous deux couchés sous le toboggan : deux virgules sans mots, enfin, pour vous séparer.

Vous qui êtes sortis en rampant de l'épave de l'été comme des fils quittant le corps de leur mère.

Un veau dans une boîte, il attend. Une boîte plus étroite qu'un utérus. La pluie qui s'abat, ses coups de marteau sur le métal comme un moteur qui vrombit. La nuit se dresse dans l'air violet, un veau

se traîne à l'intérieur, les sabots tendres comme des gommes, la cloche à son cou tinte

et tinte encore. L'ombre d'un homme grossit en s'approchant. L'homme avec ses clés, les virgules des portes. Ta tête sur la poitrine de Trevor. Le veau mené par une corde, qui s'arrête

pour inspirer, naseaux palpitants étourdis par les sassafras. Trevor endormi

à tes côtés. Souffle régulier. Pluie. Chaleur qui sourd à travers sa chemise à carreaux comme la vapeur s'échappe des flancs du veau tandis que tu écoutes la cloche de l'autre côté du champ inondé d'étoiles, le son luisant

comme un couteau. Le son enfoui profond dans la poitrine de Trevor, et tu écoutes.

Ce tintement. Tu écoutes comme un animal

qui apprend à parler.

III

Je suis dans le train qui arrive de New York. Dans la vitre mon visage ne me lâche pas, il plane sur les villes balayées par le vent tandis que l'Amtrak fend les parkings où s'entassent les carcasses de voitures et les tracteurs criblés de rouille, les arrière-cours et leur enfilade de tas de bois de chauffe pourri, monticules graisseux devenus spongieux et qui se sont enfoncés dans les croisillons des grillages avant de durcir sur place. Des entrepôts à n'en plus finir, tagués, puis peints en blanc, puis tagués à nouveau, les fenêtres fracassées depuis si longtemps que plus aucun éclat de verre ne jonche le sol qu'elles surplombent, des fenêtres à travers lesquelles on peut plonger son regard et entrapercevoir, au-delà de l'obscurité vide de l'intérieur, le ciel, là où autrefois se dressait un mur. Et là, juste au-delà de Bridgeport, il y a cette unique maison condamnée au milieu d'un parking de la taille de deux terrains de foot, dont les lignes jaunes filent droit jusqu'à la véranda délabrée.

Le train fonce et les laisse toutes derrière lui, toutes ces villes que je n'ai découvertes qu'à travers ce qui les quitte, moi compris. La lumière sur le fleuve

Connecticut est ce qu'il y a de plus gai dans la grisaille de l'après-midi. Je suis dans ce train parce que je rentre à Hartford.

Je sors mon téléphone. Et un déluge de SMS inonde l'écran, exactement comme je m'y attendais.

> t es au courant pour trev?
> regarde sur fb
> c'est à propos de Trevor décroche
> putain c horrible appelle si tu veu
> je viens de voir. merde
> j'appelle ashley pour être sûr
> dis moi juste que t es ok stp
> la veillee c dimanche
> c trev cette fois? je le savais

Sans raison, je lui envoie un texto : *Trevor je suis désolé reviens*, puis j'éteins le téléphone, terrifié à l'idée qu'il réponde.

Il fait déjà nuit quand je descends à la gare Union Station à Hartford. Je reste planté sur le parking poisseux tandis que les gens se précipitent entre les gouttes vers les taxis qui attendent. Cinq ans et trois mois se sont écoulés depuis notre première rencontre à Trevor et moi, depuis la grange, le match des Patriots à travers les parasites de la radio, le casque militaire sur le sol poussiéreux. J'attends seul sous un auvent le bus qui m'emmènera de l'autre côté du fleuve, vers la ville qui contient tout de Trevor à l'exception de Trevor lui-même.

Je n'ai dit à personne que je venais. J'étais en cours de littérature italo-américaine dans une fac de Brooklyn quand j'ai vu, sur mon téléphone, une notification Facebook provenant du compte de Trevor, publiée par son père. Trevor était mort la veille au soir. *Je suis brisé en deux*, disait le message. En deux, c'est la seule pensée que j'arrivais à retenir, assis sur ma chaise : comment la perte d'une personne pouvait nous multiplier, nous les vivants, par deux.

J'ai ramassé mon sac et quitté la classe. La professeure, qui discourait sur un passage du *Christ in Concrete* de Pietro di Donato, s'est interrompue et m'a regardé, attendant une explication. Comme je n'en donnais aucune elle a repris, sa voix s'attardant derrière moi tandis que je fuyais le bâtiment. J'ai fait tout le chemin à pied jusqu'au nord de Manhattan, le long de l'East Side, en suivant la ligne 6 jusqu'à Grand Central.

En dedans – oui, c'est plutôt ça. Quelque chose comme : *À présent je suis brisé en dedans.*

L'éclairage du bus lui donne l'air d'un cabinet dentaire qui file dans les rues mouillées. Une femme derrière moi est prise de quintes de toux entre deux rafales de français aux inflexions haïtiennes. Il y a un homme à côté d'elle – un mari, un frère ? – qui ne dit pas grand-chose à part « Mmh – mmh » ou « *Bien, bien** » de temps à autre. Sur l'autoroute, les arbres d'octobre se brouillent à notre passage, leurs branches labourant un ciel violet. Entre les arbres, les réverbères de villes silencieuses flottent dans le brouillard. Nous traversons un pont, et une station essence de bord de route me laisse une vibration de néon dans la tête.

Quand l'obscurité revient dans le bus, je contemple mes genoux et j'entends sa voix. *Tu devrais rester.* Je lève les yeux et vois le tissu qui se décolle au plafond de son pick-up, la mousse jaune qui déborde de l'accroc, et je suis de retour à la place du passager. C'est la mi-août et on est garés devant le Town Line Diner de Wethersfield. L'air qui nous entoure est rouge foncé, ou peut-être est-ce comme ça que toutes les soirées m'apparaissent, restituées par le souvenir que je garde de lui. Rouées de coups.

« Tu devrais rester », dit-il, embrassant du regard le parking dehors, le visage barbouillé d'huile de moteur après sa journée de boulot chez Pennzoil, à Hebron. Mais nous savons tous les deux que je m'en vais. Je pars à New York, à la fac. Le but même de notre rendez-vous était de nous dire au revoir, ou plutôt d'être simplement côte à côte, des adieux par la présence, la proximité, comme les hommes sont censés faire.

On devait aller au resto manger une gaufre, « comme au bon vieux temps », avait-il dit, mais une fois arrivés, aucun de nous deux ne bouge. À l'intérieur de l'établissement, un routier solitaire se penche sur une assiette d'œufs. De l'autre côté, un couple d'âge mûr est blotti dans un box, ils rient, leurs bras s'animent au-dessus de leurs sandwichs surdimensionnés. Une unique serveuse tourne entre les deux tables. Quand la pluie se met à tomber, la vitre les déforme, de sorte que seules demeurent les nuances, les couleurs, comme des tableaux impressionnistes.

« N'aie pas peur », dit sa voix. Il fixe les gens illuminés à l'intérieur du café. La tendresse avec laquelle il s'exprime me maintient rivé à mon siège, à la ville lessivée. « T'es intelligent, dit-il. Tu vas tout déchirer à New York. » Sa voix semble inachevée. Et c'est à ce moment-là que je me rends compte qu'il est défoncé. C'est à ce moment-là que je vois les bleus qui courent sur son bras, les veines gonflées et noircies là où les aiguilles ont fourragé.

« D'accord, dis-je tandis que la serveuse se lève pour réchauffer le café du routier. D'accord, Trevor – comme si j'acceptais une mission.

— C'est rien que des vieillards, et ils essaient encore, putain (il en rit presque).

— Qui ? (Je me tourne vers lui.)

— Ce couple marié. Ils essaient encore d'être heureux. » Il articule difficilement : ses yeux gris comme l'eau du robinet. « Il pleut comme vache qui pisse et ils sortent se taper des sandwichs au corned-beef tout mous pour essayer de s'en sortir. » Il crache dans le gobelet vide et lâche un gloussement bref et épuisé. « Je parie qu'ils bouffent les mêmes sandwichs depuis toujours. »

Je souris, sans raison.

Il se renfonce dans son siège, laisse sa tête rouler sur le côté, et esquisse avec précaution un sourire aguicheur. Il commence à tripoter la boucle de ceinture sur son Levi's.

« Arrête, Trev. T'es défoncé. On va éviter, O.K. ?

— Avant je détestais que tu m'appelles Trev. » Il laisse retomber ses mains, qui gisent sur ses genoux comme des racines déterrées. « Tu crois que je suis taré ?

— Non », je marmonne en me détournant de lui. Je plaque mon front contre la vitre, où mon reflet plane au-dessus du parking, traversé par la pluie qui tombe. « Je pense que t'es simplement toi. »

Je ne savais pas que ce serait la dernière fois que je le verrais, avec sa cicatrice au cou illuminée de bleu par l'enseigne au néon du café. Revoir cette petite virgule, y poser ma bouche, laisser mon ombre élargir la marque jusqu'à ce qu'enfin il n'y ait plus aucune cicatrice visible, juste une obscurité vaste et égale scellée par mes lèvres. Une virgule sur laquelle se superpose le point que la bouche forme si naturellement. N'est-ce pas la chose la plus triste au monde, Maman ? Une virgule qu'on force à être un point ?

« Salut », dit-il, sans tourner la tête. Nous avions décidé, peu de temps après notre rencontre, parce que nos amis mouraient déjà d'overdoses, de ne jamais nous dire au revoir ni bonne nuit.

« Salut, Trevor », dis-je au revers de mon poignet, gardant les mots en dedans. Le moteur hoquette, repart en pétaradant, dans mon dos la femme tousse. Je suis de retour dans le bus, je regarde fixement le revêtement bleu du siège devant moi.

Je descends sur Main Street et me dirige immédiate-ment vers la maison de Trevor. J'avance comme si j'étais en retard sur moi-même, comme pour me rattraper. Mais Trevor a cessé d'être une destination.

Me rendant compte, trop tard, qu'il ne sert à rien de se pointer sans prévenir chez un garçon mort pour n'y trouver que son père bousillé par le chagrin, je continue à marcher. J'atteins l'angle de Harris et Magnolia, où je tourne vers le parc, par automatisme ou parce que je suis possédé, avant de traverser les trois terrains de base-ball dont mes chaussures soulèvent la terre fraîche et putride. De la pluie dans mes cheveux, sur mon visage, le col de ma chemise. Je me presse vers la rue de l'autre côté du parc, la suis jusqu'au cul-de-sac, là où se trouve la maison, si grise que la pluie l'engloutit presque, fondant ses contours dans le mauvais temps.

Sur le perron, je sors mes clés de mon sac et ouvre la porte d'un coup de coude. Il est près de minuit. La maison m'envoie un voile de chaleur, mêlé au musc douceâtre des vieux vêtements. Tout est silencieux. La télé du salon bourdonne en mode silencieux, son bleu déferle sur le canapé vide, un sachet de cacahuètes à moitié mangé sur l'assise. J'éteins la télé, je grimpe les marches, tourne vers la chambre. La porte est entre-bâillée, révélant la lueur d'une veilleuse en forme de coquillage. Je la pousse. Tu es couchée, non sur ton lit, mais par terre, sur une natte composée de couvertures repliées. Ton travail au salon de manucure t'a abîmé le dos au point que le lit est devenu trop mou pour garder tes articulations en place toute une nuit de sommeil.

Je rampe près de toi sur la natte. La pluie, amassée dans mes cheveux, coule et forme des taches sur tes draps blancs. Je m'allonge, face au lit, mon dos contre le tien. Tu te réveilles en sursaut.

« Quoi ? Qu'est-ce que tu fais ? Mon Dieu, t'es mouillé... tes vêtements, Little Dog... quoi ? Qu'est-ce qui se passe ? » Tu t'assieds, tu attires mon visage à toi.

« Qu'est-ce qui t'est arrivé ? » Je secoue la tête, souris bêtement.

Tu me scrutes en quête de réponses, de blessures, tu tâtes mes poches sous ma chemise.

Lentement, tu t'allonges sur le flanc. L'espace entre nous est aussi mince et froid qu'une vitre. Je me détourne – même si ce que je désire le plus au monde c'est tout te raconter.

C'est dans ces moments-là, près de toi, que j'envie les mots de faire ce que nous ne pourrons jamais faire – leur capacité à tout dire d'eux en restant simplement immobiles, en se contentant d'*être*. Imagine que je puisse m'allonger à tes côtés et que tout mon corps, la moindre cellule, irradie un sens limpide et singulier : pas tant un écrivain qu'un mot, imprimé à tes côtés.

Il y en a un dont Trevor m'a parlé une fois, un mot que lui avait appris Buford, qui avait servi dans la marine à Hawaï pendant la guerre de Corée : kipuka. Le bout de terre épargné après le passage d'une coulée de lave dévalant une colline – une île formée par ce qui survit à la plus minuscule des apocalypses. Avant que la lave ne déferle, grillant la mousse sur toute la pente, ce bout de terre était insignifiant, un simple confetti dans une masse infinie de vert. Ce n'est que par sa persistance qu'il acquiert un nom. Couché sur la natte avec toi, je ne peux m'empêcher de vouloir que nous soyons notre propre kipuka, notre propre lendemain de catastrophe, visible. Mais je sais à quoi m'en tenir.

Tu poses une main collante sur mon cou : lotion à la lavande. La pluie tambourine dans les gouttières le long de la maison.

« Qu'est-ce qu'il y a Little Dog ? Tu peux me dire. Allez quoi, tu me fais peur.

— Je le déteste, Maman, je chuchote en anglais, sachant que ces mots t'isolent de moi. Je le déteste. Je le déteste. » Et je me mets à pleurer.

« Allez, je ne sais pas ce que tu dis. Qu'est-ce qui se passe ? »

Je tends la main derrière moi, agrippe deux de tes doigts, et enfouis mon visage dans l'interstice sombre sous le lit. À l'autre bout, près du mur, trop loin pour que qui que ce soit puisse l'atteindre, à côté d'une bouteille d'eau vide, se trouve une chaussette solitaire chiffonnée et couverte d'une pellicule de poussière. Salut.

Chère Maman –

Je recommence.

J'écris parce qu'il est tard.

Parce qu'il est 21 h 52 un mardi et que tu dois être en train de rentrer à pied après avoir fait la fermeture.

Je ne suis pas avec toi parce que je suis en guerre. Ce qui est une façon de dire qu'on est déjà en février et que le président veut expulser mes amis. C'est dur à expliquer.

Pour la première fois depuis longtemps, j'essaie de croire au ciel, à un endroit où on pourra se retrouver quand tout ça se ~~dissipera~~ disloquera.

On dit que chaque flocon de neige est différent – mais le blizzard, lui, recouvre tout le monde de la même manière. Un ami en Norvège m'a raconté l'histoire d'un peintre sorti pendant une tempête, en quête de la juste nuance de vert, et qui n'est jamais rentré.

Je t'écris parce que je ne suis pas celui qui part, mais celui qui revient, les mains vides.

Tu m'as demandé un jour ce que ça veut dire, être écrivain. Alors voilà.

Sept de mes amis sont morts. Quatre d'overdose. Cinq, si on compte Xavier qui a fait un tonneau dans sa Nissan en roulant à cent cinquante après avoir pris une dose de fentanyl trafiqué.

Je ne fête plus mon anniversaire.

Rentre avec moi en faisant le grand tour. Tourne à gauche sur Walnut, où tu verras le fast-food Boston Market où j'ai travaillé pendant un an quand j'en avais dix-sept (après la plantation de tabac). Là où le patron évangéliste – celui qui avait les pores du nez si larges que des miettes de gâteau de son déjeuner s'y logeaient – ne nous accordait jamais de pause. Affamé pendant les sept heures de mon service, je m'enfermais dans le placard à balais et me bourrais de pain de maïs que je planquais dans mon tablier noir réglementaire.

On a prescrit de l'OxyContin à Trevor quand il s'est cassé la cheville en sautant à motocross dans les bois un an avant notre rencontre. Il avait quinze ans.

L'OxyContin, que Purdue Pharma a commencé à produire en masse en 1996, est un opioïde, ce qui en fait ni plus ni moins que de l'héroïne sous forme de comprimés.

Je n'ai jamais voulu bâtir un « corpus d'œuvres », mais préserver ces corps-là, les nôtres, vivants et disparus, à l'intérieur de l'œuvre.

C'est à prendre ou à laisser. Le corps, je veux dire.

Prends à gauche sur Harris Street, où tout ce qui reste de la maison qui a brûlé cet été-là pendant un orage est un terrain vague grillagé.

Les ruines les plus authentiques ne sont jamais écrites. La fille que Grand-mère connaissait là-bas à Go Cong, celle dont les sandales avaient été taillées dans les pneus d'une jeep militaire incendiée, et qu'une frappe aérienne raya de la carte trois semaines avant la fin de la guerre – elle est une ruine dont nul ne sait où elle se trouve. Une ruine sans adresse, comme une langue.

Au bout d'un mois sous Oxy, la cheville de Trevor a guéri, mais il était devenu un véritable toxico.

Dans notre monde aux innombrables facettes, la contemplation est un acte singulier : regarder quelque chose, c'est en remplir sa vie tout entière, ne serait-ce que brièvement. Une fois, après mon quatorzième anniversaire, accroupi entre les sièges d'un bus scolaire abandonné dans les bois, j'ai rempli ma vie d'une ligne de cocaïne. Une lettre « I » blanche luisait sur le cuir écaillé du siège. En moi le « I » est devenu un cran d'arrêt – et quelque chose s'est déchiré. Mon estomac a tenté de rendre mais c'était trop tard. En quelques minutes, je suis devenu davantage moi. Façon de dire que la part monstrueuse en moi est devenue si énorme, si familière, que je pouvais la désirer. Je pouvais l'embrasser.

La vérité c'est qu'aucun de nous n'est suffisamment suffisant. Mais tu le sais déjà.

La vérité c'est que je suis venu ici en espérant trouver une raison de rester.

Parfois ces raisons sont minimes : la façon dont tu prononces le mot spaghetti « bahgeddi ».

La saison est bien avancée – ce qui veut dire que les roses d'hiver, en pleine floraison devant la banque nationale, sont des lettres de suicide.

Écris ceci.

Ils disent que rien ne dure toujours mais ils ont seulement peur que ça dure plus longtemps qu'ils ne sont capables de l'aimer.

Tu es là ? Tu es toujours en train de marcher ?

Ils disent que rien ne dure toujours et je t'écris avec la voix d'une espèce menacée.

La vérité, c'est que je crains qu'ils ne se saisissent de nous avant même de saisir qui nous sommes.

Dis-moi où ça fait mal. Tu as ma parole.

À Hartford, à l'époque, j'avais l'habitude d'errer dans la rue tout seul la nuit. Incapable de dormir, je m'habillais, je passais par la fenêtre... et j'allais simplement marcher.

Certains soirs, j'entendais le bruissement d'un animal invisible derrière des sacs-poubelles, ou le vent qui forcissait sans prévenir au-dessus de ma tête, les craquements d'une dégringolade de feuilles, le frottement des branches d'un érable hors de mon champ de vision. Mais la plupart du temps, il n'y avait que mes pas sur le macadam fumant après la pluie récente, l'odeur du goudron vieux de dix ans, ou la terre d'un terrain de base-ball que contemplaient quelques étoiles, l'herbe qui effleurait délicatement les semelles de mes Vans sur le terre-plein central d'une voie rapide.

Mais un soir, j'ai entendu autre chose.

Par la fenêtre obscure d'un appartement en rez-de-chaussée, la voix d'un homme qui parlait en arabe. J'ai reconnu le mot *Allah*. Je savais que c'était une prière à cause du ton qu'il prenait pour élever ce mot, comme si la langue était le plus minuscule des bras capables d'en faire l'offrande. Je l'ai imaginé flottant au-dessus de sa tête, tandis que je restais assis là sur le bord du trottoir à guetter le léger tintement que je savais sur le point d'arriver. Je voulais que le mot s'abatte, comme une vis dans un couperet, mais il n'en a rien fait. La voix de l'homme, elle montait toujours plus haut, et mes mains, elles rosissaient davantage à chaque modulation. J'ai regardé la couleur de ma peau s'intensifier jusqu'à ce qu'enfin je lève les yeux... et c'était l'aurore. C'était fini. Je m'embrasais dans le sang de la lumière.

Salat Al-fajr : une prière avant le lever du soleil. « Celui qui accomplit la prière de l'aube en congrégation, a dit le prophète Mohammed, c'est comme s'il avait prié toute la nuit durant. »

J'ai envie de croire qu'en marchant toutes ces nuits sans but, je priais. Pour quoi au juste, je ne suis toujours pas certain de le savoir. Mais j'ai toujours senti que c'était juste devant moi. Que si je marchais assez loin, assez longtemps, je trouverais – peut-être même que je pourrais le brandir, comme une langue parvenue au bout de son mot.

D'abord développé comme antidouleur pour les malades du cancer subissant une chimiothérapie, l'Oxy-Contin, ainsi que ses formes génériques, a rapidement été prescrit pour toutes les douleurs du corps : l'arthrite, les spasmes musculaires et les migraines.

Trevor était fan du film *Les évadés* et des bonbons Jolly Rancher, de Call of Duty et de son border collie borgne, Mandy. Trevor qui, un jour, après une crise d'asthme qui l'avait laissé plié en deux et le souffle coupé, m'a lancé : « Je crois que je viens de faire une gorge profonde à une bite invisible. » Et on a tous les deux explosé de rire comme si ce n'était pas le mois de décembre et qu'on n'était pas sous une passerelle d'autoroute à attendre que la pluie cesse, de retour du centre d'échange de seringues. Trevor était un garçon qui avait un nom, qui voulait aller à la fac du coin pour étudier la kiné. Trevor était seul dans sa chambre quand il est mort, entouré de posters de Led Zeppelin. Trevor était âgé de vingt-deux ans. Trevor était.

La cause officielle de la mort, apprendrais-je plus tard, était une overdose d'héroïne additionnée de fentanyl.

Un jour, lors d'une conférence littéraire, un homme blanc m'a demandé si la destruction était nécessaire à l'art. Sa question était sincère. Il s'est penché en avant, ses yeux bleus agités de spasmes sous une casquette sur laquelle était brodé en lettres d'or : *Vétéran du Vietnam*, tandis que le réservoir d'oxygène connecté à son nez sifflait à côté de lui. Je l'ai considéré comme je considère tout vétéran blanc de cette guerre, en me disant qu'il pourrait être mon grand-père, et j'ai répondu que non. « Non, monsieur, la destruction n'est pas nécessaire à l'art. » J'ai dit ça, pas parce que j'en étais sûr, mais parce que j'ai pensé que le dire m'aiderait à y croire.

Mais pourquoi le langage de la créativité ne pourrait-il être celui de la régénération ?

Ton poème est une tuerie, dit-on. T'es un tueur. Tu t'es lancé dans ce roman le couteau entre les dents. J'assène un paragraphe, je les abats l'un après l'autre, dit-on. J'ai dominé cet atelier. J'ai tout défoncé. Je les ai réduits en miettes. On a démoli la concurrence. Je me bagarre avec ma muse. Cet État, où vivent des gens, est un champ de bataille électorale. Le public est un public cible. « Bien joué, mec, m'a dit un jour un homme lors d'une soirée, tu fais un massacre avec ta poésie. Tu les exploses tous. »

Un après-midi, alors qu'on regardait la télé avec Lan, on a vu un troupeau de bisons se précipiter, en file indienne, par-dessus une falaise : toute une ribambelle fumante de bêtes dégringolant de la montagne en Technicolor dans un bruit de tonnerre. « Pourquoi ils se tuent comme ça ? » a-t-elle demandé, bouche bée. Comme d'habitude, j'ai improvisé en direct : « Ils ne font pas exprès, Grand-mère. Ils suivent juste leur famille. C'est tout. Ils ne savent pas que c'est une falaise.
— Faudrait peut-être mettre un panneau stop alors. »

On avait beaucoup de panneaux stop dans notre quartier. Ils n'avaient pas toujours été là. Il y avait cette femme nommée Marsha, plus loin dans la rue. Elle était obèse et avait les cheveux d'une veuve de fermier, une sorte de coupe mulet avec une frange épaisse. Elle faisait du porte-à-porte, clopinant sur sa mauvaise jambe, recueillant des signatures pour une pétition qui réclamait des panneaux stop pour le quartier. Elle-même a deux garçons, vous expliquait-elle à la porte, et souhaite que tous les gosses puissent jouer en sécurité.

Ses fils s'appelaient Kevin et Kyle. Kevin, de deux ans plus âgé que moi, a fait une overdose d'héroïne. Cinq ans plus tard, Kyle, le plus jeune, a aussi fait une overdose. Après ça Marsha a déménagé dans un parc de mobile homes avec sa sœur à Coventry. Les panneaux stop sont restés.

La vérité, c'est qu'on n'est pas obligé de mourir si on n'en a pas envie.

Je blague.

Te souviens-tu de ce matin, après une nuit de neige, où on a trouvé les lettres SALE PD gribouillées à la bombe de peinture rouge en travers de notre porte d'entrée?

Les stalactites captaient la lumière et tout semblait joli et sur le point de se briser.

« Qu'est-ce que ça veut dire? » as-tu demandé, sans manteau et frissonnante. « Ça dit "Joyeux Noël", Maman, ai-je répondu en te montrant le tag du doigt. Tu vois? C'est pour ça que c'est rouge. Ça porte bonheur. »

Ils disent que l'addiction peut avoir un lien avec les troubles bipolaires. C'est à cause des substances chimiques dans notre cerveau, selon eux. Je n'ai pas les bonnes substances chimiques, Maman. Ou plutôt, je n'ai pas assez de l'une ou de l'autre. Ils ont une pilule pour ça. Ils ont une industrie. Ils gagnent des millions. Tu savais que des gens s'enrichissent sur le chagrin ? J'ai envie de rencontrer le millionnaire du chagrin américain. J'ai envie de le regarder dans les yeux, de lui serrer la main et de lui dire : « Ça a été un honneur de servir mon pays. »

Ce qu'il y a, c'est que je refuse qu'on m'aliène mon chagrin, tout comme je refuse qu'on m'aliène mon bonheur. Les deux m'appartiennent. C'est moi qui les ai créés, merde. Et si l'euphorie que je ressens n'était pas un « épisode bipolaire » de plus, mais une chose pour laquelle je me suis durement battu ? Peut-être que je saute dans tous les sens et t'embrasse trop fort dans le cou quand j'apprends, en rentrant à la maison, que c'est soirée pizza, parce que parfois une soirée pizza c'est plus que suffisant, c'est mon phare le plus fidèle et le plus insignifiant. Et si je courais dehors parce que la lune ce soir est aussi grosse que dans un livre pour enfants, *complètement dingue* au-dessus de la rangée de pins, et qu'en la contemplant je voyais dans sa drôle de sphère un remède ?

C'est comme quand vous ne voyez devant vous qu'une falaise, et voilà que soudain un pont lumineux surgit de nulle part, et vous le traversez en courant à toute allure, sachant que tôt ou tard, il y aura encore une autre falaise de l'autre côté. Et si mon chagrin était en réalité le plus brutal de mes professeurs? La leçon est toujours la même : Tu n'es pas obligé d'être comme les bisons. Tu peux dire stop.

Il y a eu une guerre, disait l'homme à la télé, mais maintenant elle est « en recul ».

Youpi, me dis-je en avalant mes comprimés.

La vérité, c'est que ma témérité est à la mesure du corps.

Un jour, la cheville bombée d'un garçon blond sous l'eau.

Il y avait une lueur verdâtre dans cette phrase, et tu l'as vue.

La vérité c'est qu'on peut survivre à nos vies, mais pas à notre peau. Mais tu le sais déjà.

Je n'ai jamais pris d'héroïne parce que j'ai la trouille des aiguilles. Quand j'ai décliné sa proposition de me l'injecter, Trevor, serrant le chargeur de portable autour de son bras avec ses dents, a désigné **mes** pieds du menton. « On dirait que t'as perdu ton tampon. » Puis il a fait un clin d'œil, a souri... et s'est de nouveau fondu dans le rêve qu'il était en train de faire de lui-même.

Grâce à une campagne de publicité à plusieurs millions de dollars, Purdue a vendu l'OxyContin aux médecins comme un moyen sûr et « sans accoutumance » de gérer la douleur. L'entreprise est allée jusqu'à prétendre que moins de un pour cent des usagers devenaient accros, ce qui était un mensonge. En 2002, les prescriptions d'OxyContin pour les douleurs non cancéreuses avaient pratiquement été multipliées par dix, avec un chiffre d'affaires total de plus de trois milliards de dollars.

Et si l'art ne se mesurait pas en quantité mais en ricochets ?

Et si l'art ne se mesurait pas ?

Le seul avantage des hymnes nationaux c'est qu'on est déjà sur nos pieds, et donc prêts à courir.

La vérité est une nation unie, sous drogues, sous drones.

La première fois que j'ai vu un homme nu il semblait éternel.

C'était mon père, qui se déshabillait après le travail. J'essaie de mettre un terme à ce souvenir. Mais le truc avec l'éternité, c'est qu'on ne peut pas revenir dessus.

Laisse-moi rester ici jusqu'à la fin, ai-je dit au Seigneur, et on dira qu'on est quittes.

Laisse-moi attacher mon ombre à tes pieds et dire que c'est de l'amitié, me suis-je dit à moi-même.

J'ai été réveillé par un bruit d'ailes dans la pièce, comme si un pigeon avait volé par la fenêtre ouverte et était en train de se débattre contre le plafond. J'ai allumé la lampe. Mes yeux s'accoutumant, j'ai vu Trevor affalé sur le sol, sa basket qui cognait contre la commode pendant que les convulsions parcouraient son corps. On était dans son sous-sol. On était en guerre. Je lui ai tenu la tête, l'écume de ses lèvres s'est mise à couler le long de mon bras, et j'ai appelé son père en hurlant. Ce soir-là, à l'hôpital, il a survécu. C'était déjà la deuxième fois.

Histoire d'horreur : entendre la voix de Trevor quand je ferme les yeux un soir, quatre ans après sa mort.

Il est encore en train de chanter *This Little Light of Mine*, comme il le faisait autrefois – abruptement, entre deux blancs dans nos conversations, le bras sorti par la fenêtre de la Chevrolet, en marquant le rythme sur la carrosserie rouge passé. Je reste couché là dans le noir à articuler silencieusement les mots jusqu'à ce qu'il réapparaisse – jeune et tiède, et ça suffisait.

Le roitelet noir ce matin sur le rebord de la fenêtre : une poire carbonisée.

Ça ne voulait rien dire mais c'est à toi maintenant.

Prends à droite, Maman. Voilà le parking derrière la bicoque qui vendait des articles de pêche, où un été j'ai regardé Trevor écorcher un raton laveur qu'il avait abattu avec le Smith & Wesson de Buford. Il grimaçait en extirpant la bestiole d'elle-même, les dents verdies par les drogues, comme des étoiles phosphorescentes en plein jour. À l'arrière du pick-up, la fourrure noire ondulait sous la brise. À quelques pas de là, une paire d'yeux grainés de poussière, sidérés par la vision de leurs nouveaux dieux.

Tu l'entends, le vent soufflant sur le fleuve derrière l'église épiscopale sur Wyllys Street?

Je n'ai jamais été si proche de Dieu que dans le calme qui m'envahissait après l'orgasme. Cette nuit-là, tandis que Trevor dormait à mes côtés, je n'arrêtais pas de voir les pupilles du raton laveur, incapables de se fermer sans son crâne. J'aimerais croire que, même privés de nous-mêmes, on pourrait toujours voir. J'aimerais croire qu'on ne se fermerait jamais.

Toi et moi, nous étions des Américains jusqu'au moment où nous avons ouvert les yeux.

Tu as froid? Tu ne trouves pas ça bizarre que se réchauffer revienne essentiellement à mettre son corps en contact avec la température de sa moelle?

Ils voudront que tu réussisses, mais jamais davantage qu'eux. Ils écriront leurs noms sur ta laisse et diront que tu es *nécessaire*, que tu es *important*.

Du vent, j'ai appris une syntaxe de l'audace, une façon d'avancer entre les obstacles en m'enroulant autour d'eux. Ainsi, on parvient jusque chez soi. Crois-moi, on peut faire trembler les blés et rester aussi anonyme que de la poussière de coke sur la peau tendre du poing d'un garçon de ferme.

Comment se fait-il qu'à chaque fois que mes mains me font mal, elles deviennent davantage miennes ?

Passe devant le cimetière sur House Street. Celui aux pierres tombales tellement érodées que les noms ressemblent à des traces de morsures. La tombe la plus ancienne abrite une certaine Mary-Anne Cowder (1784-1784).

Après tout, nous ne sommes ici qu'une seule fois.

Trois semaines après la mort de Trevor un trio de tulipes dans un pot en terre cuite a interrompu le fil de mes pensées. Je m'étais réveillé brutalement et, encore ahuri de sommeil, j'avais pris la lumière de l'aube qui frappait les pétales pour la luminescence émise par les fleurs elles-mêmes. Je me suis traîné vers les calices rougeoyants, croyant voir un miracle, mon buisson ardent à moi. Mais comme je m'approchais, ma tête a fait obstacle aux rayons et les tulipes se sont éteintes. Ça non plus ça ne veut rien dire, je sais. Mais il y a des riens qui changent tout après eux.

En vietnamien, on utilise le même mot pour dire que quelqu'un vous manque ou que vous vous souvenez de lui : nhớ. Parfois, quand tu me demandes au téléphone : *Con nhớ mẹ không?* je tressaille, croyant que tu as voulu dire : *Tu te souviens de moi?*

Tu me manques davantage que je ne me souviens de toi.

Ils te diront qu'être politique c'est être *seulement* en colère, et donc simpliste, superficiel, « brut », et vide. Ils évoqueront le politique avec embarras, comme s'ils parlaient du père Noël ou du lapin de Pâques.

Ils diront que la grande littérature « se libère » du politique, et ainsi « transcende » les barrières de la différence, unissant les gens pour atteindre des vérités universelles. Ils diront que ceci est avant toute chose le résultat d'un *savoir-faire*. Voyons comment c'est fait, diront-ils – comme si la manière dont une chose est assemblée était étrangère à l'impulsion qui l'a créée. Comme si la première chaise avait été générée à coups de marteau sans tenir compte de la forme humaine.

Je sais. Ce n'est pas juste que le mot *mourir* renferme un *rire*.

Il va falloir qu'on l'éventre, toi et moi, comme on arrache un nouveau-né, rouge et tremblant, à la biche tout juste abattue.

La cocaïne, additionnée d'oxycodone, accélère et fige tout à la fois, comme quand vous êtes dans le train et que vous contemplez, par-delà les champs brumeux de la Nouvelle-Angleterre, l'usine en brique Colt où travaille le cousin Victor, et que vous apercevez sa cheminée noircie – parallèle au train, comme si elle vous suivait, comme si l'endroit d'où vous venez refusait de vous laisser vous en tirer. Trop de joie, je te jure, se perd dans nos efforts désespérés pour la conserver.

Après avoir fait deux heures de vélo un soir pour que Trevor puisse se procurer sa came en périphérie de Windsor, on s'est assis sur les balançoires en face du toboggan hippopotame sur l'aire de jeux de l'école primaire, le caoutchouc froid sous nos corps. Il venait de se shooter. Je l'ai regardé passer une flamme sous le patch adhésif en plastique jusqu'à ce que le fentanyl fasse des bulles et s'agglutine au centre sous forme de résine collante. Quand le plastique a commencé à se déformer sur les bords, brunissant, il a arrêté, pris l'aiguille et aspiré le liquide clair au-delà des traits noirs sur le cylindre. Ses baskets effleuraient les copeaux de bois. Dans le noir, l'hippo violet, avec sa gueule ouverte pour qu'on puisse le traverser en rampant, ressemblait à une voiture accidentée. « Hé, Little Dog. » À sa façon de manger ses mots, je savais qu'il avait les yeux fermés.

« Ouais ?

— Mais est-ce que c'est vrai ? » Sa balançoire n'arrêtait pas de grincer. « Tu crois que tu seras vraiment gay, genre, pour toujours ? Je veux dire (la balançoire s'est arrêtée) je crois que moi... dans quelques années ce sera réglé, tu vois ? »

Je ne savais pas si par « vraiment », il voulait dire *super gay* ou *réellement gay*.

« Je crois que oui, ai-je répondu, sans savoir ce que je voulais dire.

— C'est dingue. » Il a ri, ce faux rire qu'on emploie pour éprouver l'épaisseur d'un silence. Ses épaules s'avachissaient, la drogue circulant en lui à un rythme soutenu.

Et puis quelque chose a effleuré ma bouche. Surpris, j'ai quand même serré l'objet entre mes lèvres. Trevor y avait glissé une clope, et l'allumait. La flamme a illuminé ses yeux, vitreux et injectés de sang. J'ai avalé la fumée douceâtre et brûlante, m'efforçant de ravaler mes larmes – avec succès. J'ai observé les étoiles, les bribes de phosphorescence bleutée, et me suis demandé qui pouvait bien trouver la nuit noire.

Tourne à l'angle près du feu tricolore qui clignote en orange. Parce que c'est ce que font les feux dans notre ville après minuit – ils oublient pourquoi ils sont là.

Tu m'as demandé ce que c'est d'être écrivain et je te balance tout en désordre, je sais. Mais c'est le désordre, Maman – je n'en rajoute pas. J'en ai enlevé. C'est ça écrire, après toute cette absurdité, c'est descendre si bas que le monde s'offre à toi sous un nouvel angle plein de miséricorde, une vision plus vaste composée de petits riens, les moutons poussiéreux devenant soudain une vaste nappe de brouillard de la taille exacte de ton globe oculaire. Et tu regardes à travers, et tu vois l'épaisse vapeur des bains publics ouverts toute la nuit à Flushing, où quelqu'un un jour a tendu la main vers moi et fait courir ses doigts sur le sillon prisonnier de ma clavicule. Je n'ai jamais vu le visage de cet homme, seulement les lunettes cerclées d'or qui flottaient dans le brouillard. Et puis la sensation, cette chaleur veloutée, partout en moi.

Est-ce que c'est ça, l'art? Être touché en croyant que ce que l'on ressent nous appartient, alors qu'en fin de compte, c'est quelqu'un d'autre qui, par son désir, nous atteint?

Quand Houdini n'a pas réussi à se libérer de ses menottes à l'hippodrome de Londres, sa femme Bess lui a donné un long et profond baiser. Ce faisant, elle lui a passé la clé qui le sauverait.

S'il existe un paradis, je pense qu'il ressemble à ça.

Sans raison, j'ai tapé le nom de Trevor sur Google l'autre jour. Selon les Pages Blanches il est toujours vivant, il a trente ans et il vit à seulement 5,7 km de chez moi.

La vérité, c'est que la mémoire ne nous a pas oubliés.

Une page qui se tourne, c'est une aile soulevée sans sa jumelle, et donc sans vol possible. Et pourtant nous sommes transportés.

En rangeant mon placard un après-midi, j'ai trouvé un bonbon Jolly Rancher dans la poche d'une vieille veste Carhartt. Ça venait du pick-up de Trevor. Il en mettait toujours dans son porte-gobelet. Je l'ai déballé, pris entre mes doigts. Le souvenir de nos voix est à l'intérieur. « Dis-moi ce que tu sais », ai-je murmuré. Le bonbon a reflété la lumière de la fenêtre comme un joyau ancien. Je suis entré dans le placard, j'ai fermé la porte, je me suis assis dans l'obscurité dense et j'ai placé le bonbon, lisse et froid, dans ma bouche. Pomme verte.

Je ne suis pas avec toi parce que je suis en guerre avec tout sauf toi.

Une personne à côté d'une personne à l'intérieur d'une vie. On appelle ça la parataxe. On appelle ça l'avenir.

On y est presque.

Ce que je te raconte n'est pas tant une histoire qu'un naufrage – des fragments qui flottent, enfin déchiffrables.

Dirige-toi vers le virage, après le deuxième panneau stop avec un « H8 » bombé sur le bas à la peinture blanche. Marche jusqu'à la maison blanche, celle dont le flanc gauche est gris anthracite à cause des gaz d'échappement en provenance de la casse, de l'autre côté de l'autoroute.

Voilà la fenêtre à l'étage où un soir, quand j'étais petit, j'ai été réveillé par le blizzard dehors. J'avais cinq ou six ans et j'ignorais que les choses avaient une fin. Je pensais que la neige allait remplir le ciel jusqu'à ras bord – et puis au-delà, jusqu'à toucher le bout des doigts de Dieu en train de somnoler dans son fauteuil, des équations éparpillées partout sur le sol de son bureau. Et qu'au matin, on serait tous hermétiquement scellés dans un calme bleuté, et que personne ne serait obligé de partir. Plus jamais.

Au bout d'un moment, Lan m'a trouvé, ou plutôt sa voix est apparue près de mon oreille. « Little Dog, a-t-elle dit tandis que je contemplais la neige, tu veux écouter une histoire? Je te raconte une histoire. » J'ai hoché la tête. « D'accord, a-t-elle poursuivi, il y a longtemps. Une femme porte fille, comme ça – elle a serré mes épaules – sur route. Cette fille, son nom c'est Rose, oui, comme fleur. Oui, cette fille, son nom c'est Rose, c'est mon bébé... D'accord, je la tiens, ma fille. Little Dog, dit-elle en secouant la tête, tu connais son nom? C'est Rose, comme fleur. Oui, cette petite fille que je tiens sur route. Gentille fille, mon bébé, cheveux rouges. Son nom c'est... » Et on a continué comme ça, jusqu'à ce que la rue plus bas scintille de blanc, effaçant tout ce qui avait un nom.

Qu'étions-nous avant d'être nous ? On devait être debout sur le bas-côté d'une route pendant que la ville brûlait. On devait être en train de disparaître, comme c'est le cas aujourd'hui.

Peut-être que dans la prochaine vie on se rencontrera pour la première fois – et on croira en tout sauf au mal dont on est capables. Peut-être qu'on sera le contraire des bisons. On se fera pousser des ailes et on déferlera par-dessus la falaise, une génération de monarques rentrant chez eux. Pomme verte.

De même que la neige recouvre les détails de la ville, ils diront que nous n'avons jamais existé, que notre survie était un mythe. Mais ils se trompent. Toi et moi, nous étions réels. On riait en sachant que la joie arracherait les sutures de nos lèvres.

Souviens-toi : Les règles, comme les rues, ne peuvent te mener qu'à des endroits *connus*. Sous le quadrillage se trouve un champ – il a toujours été là – où être perdu ne signifie pas être en tort, mais simplement être davantage.

Règle : sois davantage.

Règle : tu me manques.

Règle : en anglais, « little » est toujours plus petit que « small ». Ne me demande pas pourquoi.

Je suis désolé de ne pas appeler plus souvent.

Pomme verte.

Je suis désolé de toujours dire : *Tu vas bien ?* alors que ce que je veux vraiment dire c'est : *Tu es heureuse ?*

Si tu te retrouves prise au piège dans un monde crépusculaire, rappelle-toi qu'il a toujours fait aussi sombre à l'intérieur du corps. Là où le cœur, comme toutes les lois, ne s'arrête que pour les vivants.

Si tu te trouves, alors félicitations, tes mains sont à toi.

Prends à droite sur Risley. Si tu m'oublies, alors tu es allée trop loin. Fais demi-tour.

Bonne chance.

Bonne nuit.

Bon Dieu, pomme verte.

La pièce est silencieuse comme une photographie. Lan est étendue par terre sur un matelas. Ses filles – Mai et toi – et moi sommes à ses côtés. Une serviette trempée de sueur enveloppe sa tête et son cou, formant une capuche qui encadre son visage squelettique. Sa peau a renoncé, ses yeux ont sombré dans son crâne, comme s'ils nous regardaient de l'intérieur même de son cerveau. Elle ressemble à une sculpture en bois, rabougrie et striée de rides profondes. Le seul signe qu'elle est en vie c'est sa couverture jaune favorite, désormais grise, qui se soulève et retombe sur sa poitrine.

Tu dis son nom pour la quatrième fois et ses yeux s'ouvrent, examinant chacun de nos visages. Sur la table toute proche, un thé qu'on a oublié de boire. Et c'est ce parfum floral et sucré de jasmin qui me fait prendre conscience, par contraste, de l'odeur caustique et âcre dont l'atmosphère est viciée.

Ça fait deux semaines que Lan est couchée au même endroit. Le moindre mouvement provoquant des douleurs lancinantes dans son corps frêle, elle a développé des escarres sous les cuisses et au dos qui se sont infectées. Elle a perdu le contrôle de ses intestins et le bassin en dessous d'elle est en permanence à moitié plein, ses entrailles s'abandonnant littéralement. Mon estomac se crispe tandis que je suis assis là à l'éventer, les mèches de cheveux qui lui restent voletant sur ses tempes. Elle nous regarde l'un après l'autre, encore et encore, comme si elle attendait qu'on change.

« Je brûle, dit-elle, quand elle parle enfin. Je brûle comme une hutte là-dedans. » Ta voix, en réponse, ne m'a jamais semblé si douce. « On va mettre de l'eau dessus, Maman, d'accord ? On va éteindre le feu. »

Le jour où Lan a reçu le diagnostic, j'étais dans le bureau blanc néant du médecin pendant qu'il parlait, d'une voix qui semblait sous-marine, en désignant les diverses parties de ma grand-mère, son squelette placardé sur l'écran rétroéclairé.

Mais ce que je voyais, c'était du vide.

Sur la radio, j'ai fixé l'endroit entre sa jambe et sa hanche où le cancer avait mangé un tiers de la partie supérieure du fémur et une partie de la cavité articulaire, la tête de l'os totalement absente, la hanche droite poreuse et tavelée. Ça me faisait penser à un morceau de tôle dans une casse, rouillé et élimé par la corrosion. Rien n'indiquait où cette part d'elle avait bien pu disparaître. J'ai regardé de plus près. Où étaient passés le cartilage transparent, la moelle, les minéraux, le sel et les tendons, le calcium qui formaient autrefois ses os ?

J'ai ressenti alors, tandis que les infirmières continuaient à bourdonner autour de moi, une colère nouvelle et singulière. Ma mâchoire et mes poings se sont crispés. Je voulais savoir qui avait fait ça. J'avais besoin que cet acte ait un auteur, une conscience contenue dans un espace défini et coupable. Pour une fois, j'avais envie, *besoin* d'un ennemi.

Cancer des os de stade quatre, c'était le diagnostic officiel. Tandis que tu attendais dans le couloir avec Lan dans le fauteuil roulant, le médecin m'a tendu l'enveloppe en papier kraft contenant les radios, et a simplement dit, en évitant de croiser mon regard, ramenez votre grand-mère à la maison et donnez-lui tout ce qu'elle aura envie de manger. Il lui restait deux semaines, peut-être trois.

Nous l'avons ramenée, allongée de nouveau sur un matelas à même le sol carrelé, au frais, nous avons placé des coussins le long de son corps pour maintenir ses jambes en place. Le pire, tu t'en souviens, c'était que Lan n'avait jamais cru une seconde, même à la toute fin, qu'elle avait une maladie en phase terminale. Nous lui avons expliqué le diagnostic, les tumeurs, les cellules, les métastases, des noms si abstraits qu'on aurait aussi bien pu lui parler de sorcellerie.

Nous lui avons dit qu'elle était mourante, qu'il lui restait deux semaines, puis une semaine, que ça pouvait être n'importe quand maintenant. « Prépare-toi. Prépare-toi. Qu'est-ce que tu veux? De quoi as-tu besoin? Qu'est-ce que tu voudrais dire? » la pressait-on. Mais elle refusait d'accepter. Elle disait qu'on n'était que des enfants, qu'on ne savait pas encore tout, et que quand on grandirait, on saurait comme le monde fonctionne vraiment. Et parce que le déni, l'invention – la fiction – étaient sa manière de garder une longueur d'avance sur sa vie, comment un seul d'entre nous aurait-il pu lui dire qu'elle se trompait?

La douleur, elle, n'a pourtant rien de fictif. Et ces tout derniers jours, pendant que tu étais partie organiser l'enterrement et chercher le cercueil, Lan gémissait et hurlait, de longs accès de cris perçants. « Qu'est-ce que j'ai fait? disait-elle, fixant le plafond. Dieu, qu'est-ce que j'ai fait pour que tu me piétines comme ça? » On lui donnait la Vicodin de synthèse et l'OxyContin prescrits par le médecin, puis la morphine, puis encore plus de morphine.

Je l'éventais avec une assiette en papier tandis qu'elle sombrait par intermittence dans l'inconscience. Mai, qui avait roulé toute la nuit depuis la Floride, se traînait d'une pièce à l'autre, préparant de la nourriture et du thé, dans une hébétude proche de celle d'un zombie. Comme Lan était trop faible pour mâcher, ma tante enfournait des cuillerées de porridge dans sa bouche à peine entrouverte. Je l'ai éventée encore pendant que Mai la nourrissait, deux femmes, la mère et la fille, leurs cheveux noirs voletant à l'unisson, leurs fronts se touchant presque. Quelques heures plus tard, Mai et toi avez fait rouler Lan sur le flanc et, d'une main gantée de caoutchouc, vous avez ôté les excréments du corps de votre mère – dont la déchéance ne lui permettait plus d'expulser ses propres déchets. J'ai continué à éventer son visage, orné de perles de sueur, ses paupières closes pendant que vous vous activiez. Quand ça a été fini, elle est simplement restée couchée là à cligner des yeux.

Je lui ai demandé à quoi elle pensait. Comme si elle

sortait d'un rêve insomniaque, elle a répondu d'une voix creuse et monocorde.

« J'étais une fille autrefois, Little Dog. Tu sais ?

— D'accord, Grand-mère, je sais... » Mais elle n'écoutait pas.

« Je mettais une fleur dans mes cheveux et je marchais au soleil. Après les grosses pluies, je marche au soleil. La fleur je la mets sur mon oreille. Si humide, si fraîche. » Ses yeux ont dérivé loin de moi. « C'est nul. » Elle a secoué la tête. « C'est vraiment nul. D'être une fille. » Au bout d'un moment, elle s'est de nouveau tournée vers moi comme si ma présence lui revenait. « T'as mangé quelque chose ? »

Nous essayons de conserver la vie – même quand nous savons qu'elle n'a aucune chance de résister à son corps. Nous alimentons ce dernier, veillons à son confort, le baignons, le traitons avec des médicaments, le caressons, nous chantons, même. Nous soignons ces fonctions élémentaires non parce que nous sommes courageux ou altruistes mais parce que tout comme respirer, c'est l'acte le plus fondamental de notre espèce : entretenir le corps jusqu'à ce que le temps le distance.

Je pense à Duchamp à présent, à sa « sculpture » qui fit scandale. Comment en retournant un urinoir, objet utilitaire stable et permanent, dans l'autre sens, il radicalisa sa réception. En le nommant en outre *Fontaine*, il dépossédait l'objet de son identité voulue, l'interprétant sous une forme nouvelle et méconnaissable.

Je le déteste pour ça.

231

Je le déteste parce qu'il a prouvé que l'existence tout entière d'une chose peut être bouleversée simplement en la retournant, pour révéler ainsi un nouveau regard sur son nom : un geste accompli par la seule gravité, la force même qui nous piège sur cette terre.

Surtout, je le déteste parce qu'il avait raison.

Parce que c'est ce qui arrivait à Lan. Le cancer avait redéfini non seulement ses traits, mais aussi la trajectoire de son être. Lan, retournée, serait poussière tout comme le mot *mourant* lui-même n'a rien de comparable au mot *mort*. Avant la maladie de Lan, je trouvais cet acte de malléabilité magnifique, qu'un objet ou une personne, une fois renversé, devienne davantage que son être autrefois singulier. Cette capacité à évoluer, qui m'avait rendu fier d'être la tapette jaune et queer que j'étais et que je suis, me trahit désormais.

Assis auprès de Lan, mon esprit glisse, sans prévenir, vers Trevor. Trevor qui à l'époque était mort depuis seulement sept mois. Je pense à la première fois où nous avons couché ensemble, pas avec sa queue dans ma paume comme on faisait d'habitude, mais pour de vrai. C'était en septembre après ma deuxième saison à la plantation.

Toute la récolte avait été suspendue, entassée de poutre en poutre jusqu'à la charpente, les feuilles déjà ridées, le vert, autrefois intense et luxuriant dans les champs, désormais terni jusqu'à prendre la teinte des vieux uniformes. Il était temps d'allumer les braises et d'accélérer le processus de séchage. Pour cela il fallait que quelqu'un passe toute la nuit dans la grange et fasse brûler des briquettes empilées sur des plats à tarte en fer-blanc espacés tous les deux mètres cinquante ou trois mètres sur le sol en terre battue. Trevor m'avait demandé de venir passer la nuit avec lui pendant qu'il attisait les braises. Tout autour de nous, les monticules brûlaient, rougeoyant et dansant à chaque fois qu'un souffle de vent se frayait un passage entre les lattes. Une vague d'effluves douceâtres enflait avec les ondes de chaleur qui montaient vers le toit.

Il était minuit passé quand on s'est retrouvés sur le sol de la grange, avec le halo doré de la lampe à huile pour tenir en respect l'obscurité qui nous entourait. Trevor s'est penché vers moi. J'ai écarté les lèvres, en attente, mais il ne les a pas touchées, préférant descendre plus bas cette fois, jusqu'à ce que ses dents égratignent la peau en dessous de mon cou. C'était avant que je ne sache jusqu'où ces incisives allaient mordre cette année-là, avant que je ne connaisse le feu que ce garçon avait dans la moelle, sa rage américaine aux poings serrés, la propension de son père à sangloter sur la véranda après trois Corona, avec les Patriots qui grésillaient à la radio et un exemplaire relié de *Ne crains rien* de Dean Koontz posé à ses côtés, avant que le vieux ne retrouve Trevor inconscient à l'arrière du pick-up en plein orage, et l'eau qui léchait les oreilles de son fils pendant qu'il le traînait dans la boue, avant l'ambulance, la chambre d'hôpital, l'héroïne brûlante dans les veines de Trevor. Avant qu'il ne sorte de l'hôpital, clean pendant trois mois entiers avant de replonger.

L'air, lourd et étouffant sous l'effet des dernières

chaleurs estivales, sifflait tout bas à travers la grange. Je me suis collé à sa peau brûlée par le soleil, encore tiède de la journée passée au champ. Ses dents, ivoire et sans caries, mordillaient ma poitrine, mes tétons, mon ventre. Et je l'ai laissé faire. Parce que rien ne pouvait m'être enlevé, me disais-je, si j'en avais déjà fait don. Nos vêtements sont tombés comme des bandages.

« Allez, on n'a qu'à le faire. » Sur moi, il forçait la voix en se démenant pour ôter son caleçon.

J'ai hoché la tête.

« Je vais y aller lentement, d'accord ? » Sa bouche : une balafre de jeunesse débordante. « Je vais y aller en douceur. »

Je me suis tourné – hésitant, excité – vers le sol de terre battue, j'ai calé mon front sur mon bras, et j'ai attendu.

Mon short baissé sur mes chevilles, Trevor s'est mis en position derrière moi, et ses poils pubiens ont frôlé ma peau. Il a craché plusieurs fois dans sa main, a frotté la salive entre mes jambes jusqu'à ce que tout soit luisant, lubrifié et indéniable.

J'ai reposé ma tête. L'odeur de terre du sol de la grange : des notes de bière renversée et d'humus riche en fer, tandis que j'écoutais les claquements humides de sa queue qu'il frottait de salive sur toute la longueur.

Quand il a poussé je me suis senti hurler – mais je ne hurlais pas. Ma bouche était en fait pleine de peau salée, puis de l'os en dessous comme je mordais dans mon bras. Trevor s'est interrompu, pas encore tout à fait entré, s'est redressé, et m'a demandé si ça allait.

« Sais pas, ai-je lâché dans le sol, pantelant.

— Me refais pas le coup de pleurer. Me fais pas le coup de pleurer maintenant. » Il a lâché un nouveau crachat, l'a laissé tomber sur son membre. « On essaie encore. Si ça va pas on arrête pour de bon.

— D'accord. »

Il a poussé, plus profond cette fois, a pesé de tout son poids – et s'est glissé en moi. Une étincelle blanche de douleur à l'arrière de mon crâne. J'ai continué à mordre, l'os de mon poignet a touché les contours de mes dents. « Je suis dedans. Je suis dedans, mon petit mec. » Sa voix s'est fêlée dans le cri étouffé de terreur d'un garçon qui avait obtenu exactement ce qu'il voulait. « Je suis dedans, a-t-il dit, stupéfait. Je le sens. Putain. Oh putain. »

Je lui ai dit de ne plus bouger tandis que je m'arc-boutais au sol de terre battue et rassemblais mes esprits. La douleur fusait entre mes jambes.

« On continue, a-t-il dit. Faut que je continue. J'veux pas m'arrêter. »

Avant que je puisse répondre il s'y est remis, les bras plantés de chaque côté de ma tête, vibrant de chaleur sous ses efforts. Il portait sa chaîne en or, celle qu'il n'enlève jamais, et elle n'arrêtait pas de cogner contre ma joue. Alors je l'ai prise dans ma bouche pour la maintenir en place. Elle avait le goût de la rouille, du sel, et de Trevor. Des étincelles fleurissaient dans ma tête à chaque coup de boutoir. Au bout d'un moment, la douleur s'est dissoute en une crampe étrange, un engourdissement en apesanteur qui a déferlé sur moi comme une nouvelle saison, plus chaude encore. Le genre de sensation que procure non la tendresse, comme lors d'une caresse, mais le corps qui n'a pas d'autre choix que d'accueillir la douleur en la noyant dans un plaisir impossible, irradiant. Se faire baiser dans le cul était bon, ai-je appris, quand on survit à sa propre douleur.

Simone Weil a dit : *La joie parfaite exclut le sentiment même de joie, car dans l'âme emplie par l'objet, nul coin n'est disponible pour dire « je ».*

Tandis qu'il haletait au-dessus de moi j'ai inconsciemment tendu la main derrière pour me toucher, pour m'assurer que j'étais toujours là, toujours moi-même, mais mes doigts ont trouvé Trevor à la place – comme si en étant en moi, il devenait une nouvelle extension de ma personne. Les Grecs pensaient que le sexe était la tentative de deux corps, séparés il y a bien longtemps, de reprendre une vie unique. Je ne sais pas si j'y crois mais c'est à cela que ça ressemblait : comme si nous étions deux personnes labourant un même corps, et ce faisant, fusionnant jusqu'à ce qu'il n'y ait plus le moindre recoin qui dise *je*.

Et puis, au bout d'environ dix minutes, alors que Trevor accélérait le rythme, notre peau ventousée par la sueur humide, quelque chose s'est produit. Une odeur a flotté jusqu'à ma tête, vive et intense comme de l'humus, mais brûlante de faiblesse. J'ai su tout de suite de quoi il s'agissait, et j'ai paniqué. Dans le feu de l'action, je n'ai pas réfléchi, je ne savais pas encore comment me préparer. Les vidéos pornos que j'avais vues ne montraient jamais ce qu'il en coûtait d'arriver là où nous étions. Ils se contentaient de le faire – un acte rapide, instantané, sûr et propre à souhait. Personne ne nous avait montré comment il fallait s'y prendre. Personne ne nous avait appris comment atteindre de telles profondeurs... comment être si profondément brisé.

Honteux, j'ai plaqué mon front contre mon poignet et l'ai laissé palpiter. Trevor a ralenti, puis s'est interrompu.

Silence total.

Au-dessus de nos têtes, les phalènes papillonnaient au milieu du tabac. Elles étaient venues se nourrir des plantes, mais les restes de pesticides épandus dans les champs les tuaient dès qu'elles posaient leur bouche sur les feuilles. Elles tombaient tout autour de nous, leurs ailes, en pleine agonie, bourdonnaient sur le sol de la grange.

« Putain. » Trevor s'est levé, la mine incrédule.

Je me suis détourné. « Désolé », ai-je dit instinctivement.

Sa queue, teintée au bout du noir qui était en moi, palpitait sous la lumière de la lampe en débandant. J'étais, à cet instant, plus nu encore que sans mes vêtements – j'étais retourné comme un gant. Nous étions devenus ce que nous redoutions le plus.

Il respirait bruyamment au-dessus de moi. Parce que Trevor était celui qu'il était, élevé dans l'étoffe et le muscle de la masculinité américaine, j'ai eu peur de ce qui allait suivre. C'était ma faute. Je l'avais souillé avec ma pédérastie, l'impureté de notre acte dévoilée au grand jour par l'incapacité de mon corps à se contenir.

Il a fait un pas vers moi. Je me suis hissé à genoux, me suis couvert le visage à moitié, me préparant.

« Lèche ça. »

J'ai tressailli.

De la sueur brillait sur son front.

Une phalène en train de suffoquer se débattait contre mon genou droit. Sa mort immense et définitive n'était guère qu'un frémissement sur ma peau. Dehors, une brise a fait bouger l'obscurité. Une voiture descendait la route à travers champs dans un vrombissement.

Il m'a agrippé l'épaule. Comment est-ce que je savais déjà qu'il réagirait comme ça ?

J'ai contorsionné mon visage pour lui faire face.

« J'ai dit lève-toi.

— Quoi ? » J'ai sondé ses yeux.

J'avais mal entendu.

« Allez quoi, a-t-il répété, lève-toi, merde. »

Trevor m'a tiré par le bras et remis sur pied. Nous avons quitté le cercle d'or de la lampe à huile, le laissant à nouveau vide et parfait. Il m'entraînait, longeant la grange, d'une poigne ferme. Les phalènes plongeaient et disparaissaient entre nous. Quand l'une d'elles a heurté mon front et que je me suis arrêté, il a tiré sèchement et j'ai trébuché derrière lui. Nous avons atteint l'autre bout du bâtiment, puis passé la porte pour pénétrer dans la nuit. L'atmosphère était fraîche, sans étoiles. Dans l'obscurité soudaine, je ne distinguais que son dos pâle, gris-bleu dans la lumière enfuie. Au bout de quelques mètres, j'ai entendu l'eau. Le courant de la rivière, bien que faible, enveloppait ses cuisses de mousse blanche. Les criquets sont devenus plus bruyants, exubérants. Les arbres bruissaient, invisibles, dans les ombres massées de l'autre côté de la rivière. Puis Trevor a lâché prise, il a plongé, avant de refaire promptement surface.

Des gouttelettes dégoulinaient le long de sa mâchoire, une pluie fine autour de lui.

«Lave-toi», a-t-il dit d'une voix bizarrement tendre, presque fragile. Je me suis pincé le nez et j'ai plongé, le souffle coupé par le froid. Dans une heure, je serai dans la pénombre de notre cuisine, la rivière encore humide dans mes cheveux, et Lan entrera d'un pas traînant dans le halo de lumière de la veilleuse au-dessus du four. *Je ne dirai à personne que t'étais en mer, Little Dog.* Elle posera le doigt sur ses lèvres en hochant la tête. *Comme ça, les esprits pirates ne te suivront pas.* Elle prendra un torchon et me séchera les cheveux, le cou, marquant une pause devant le suçon qui, à ce moment-là, aura pris la teinte du sang séché sous ma mâchoire. *T'es parti loin. Maintenant t'es rentré. Maintenant t'es sec,* dira-t-elle tandis que les lames du plancher grinceront sous le déplacement de notre poids.

Dans la rivière jusqu'à la poitrine à présent, j'ai battu des bras pour garder l'équilibre. Trevor a posé sa main sur mon cou et on est restés là, silencieux un moment, nos têtes penchées sur le miroir noir de la rivière.

Il a dit : « T'en fais pas pour ça. T'entends ? »

L'eau se déplaçait autour de moi, entre mes jambes.

« Hé. » Il a fait ce truc où il plaçait son poing serré sous mon menton et me relevait la tête pour que je croise son regard, un geste qui me faisait généralement sourire. « T'as entendu ? »

J'ai simplement hoché la tête, puis me suis dirigé vers la rive. Je ne l'avais devancé que de quelques pas quand j'ai senti sa paume me pousser brutalement entre les épaules, me courbant vers l'avant, et mes mains se sont arc-boutées d'instinct à mes genoux. Avant d'avoir le temps de me retourner, j'ai senti sa barbe naissante, d'abord entre mes cuisses, puis plus haut. Il s'était agenouillé dans l'eau peu profonde, les genoux enfoncés dans la vase. J'ai tremblé – sa langue dont la chaleur inouïe contrastait avec l'eau froide, cet acte soudain, muet, qui se voulait un apaisement après ma défaillance dans la grange. Cela ressemblait à une effarante deuxième chance : être désiré encore, de cette façon-là.

Loin de l'autre côté des champs, juste au-delà d'une rangée de sycomores, à l'étage d'une vieille ferme, la fenêtre éclairée solitaire d'une chambre dansait dans le noir. Plus haut, une poignée d'étoiles à la traîne rongeaient la brume laiteuse du ciel. Il a agrippé mes cuisses des deux mains, m'a attiré en lui en guise de preuve supplémentaire. J'ai fixé les formes convulsées de l'eau en reprenant mon souffle. J'ai regardé entre mes jambes et vu son menton qui s'attelait à faire de cet acte ce qu'il était, ce qu'il a toujours été : un geste de clémence. Être à nouveau pur. Être à nouveau bon. Que sommes-nous *devenus* l'un pour l'autre sinon ce que nous nous sommes *fait* l'un à l'autre ? Même si ce n'était pas la première fois qu'il s'y adonnait, c'est la seule fois où cet acte a acquis une puissance nouvelle, celle d'une commotion. J'étais dévoré, semblait-il, non tant par une personne, un Trevor, que par le désir lui-même. Être régénéré par ce désir, être baptisé par son envie pure. Voilà ce qui m'arrivait.

Quand il a eu fini, il s'est essuyé la bouche du revers du bras, puis m'a ébouriffé les cheveux avant de patauger jusqu'à la rive. « Toujours aussi bon, a-t-il dit par-dessus son épaule.

— Toujours », ai-je répété, comme si je répondais à une question, et puis j'ai pris le chemin de la grange où, sous la lueur déclinante de la lampe à huile, les phalènes continuaient à mourir.

Après le petit déjeuner, vers 10 heures, alors que je lis sur la véranda, Mai m'agrippe le bras. « C'est le moment », dit-elle. Je cligne des yeux. « Elle s'en va. » Nous nous précipitons dans le salon où tu es déjà agenouillée aux côtés de Lan. Elle est consciente et marmonne, ses yeux divaguent sous leurs paupières à demi closes. Tu cours chercher des flacons d'aspirine et d'Advil dans les placards. Comme si l'ibuprofène pouvait nous être du moindre secours à présent. Mais pour toi, tout ça c'est de la médecine – des remèdes qui avaient déjà fonctionné autrefois ; pourquoi ça ne marcherait pas maintenant ?

Tu t'assieds à côté de ta mère, et tes mains, enfin vides, gisent sur tes genoux. Mai désigne les orteils de Lan. « Ils virent au violet, dit-elle avec un calme inquiétant. Les pieds sont les premiers à y passer – et ils sont violets. Plus qu'une demi-heure maintenant, maximum. » Je regarde la vie de Lan commencer à se retirer d'elle-même. *Violet*, avait dit Mai, mais les pieds de Lan ne m'apparaissent pas violets à moi. Ils sont couleur charbon, avec des reflets bruns au bout des orteils, noirs comme la pierre partout ailleurs, à part les ongles de pied qui ont pris une teinte jaunâtre et opaque – celle de l'os lui-même. Mais c'est le mot *violet*, et avec lui cette couleur somptueuse et intense, qui me submerge. C'est ce que je vois en regardant le sang se retirer des pieds noirs de Lan, du vert cerné de grappes violettes apparaît dans mon esprit, et je me rends compte que le mot m'entraîne dans un souvenir. Il y a des années, quand j'avais six ou sept ans, alors que je marchais avec Lan sur un chemin de terre qui longeait la voie rapide du côté de Church Street, elle s'est arrêtée brusquement et s'est mise à crier. Je ne l'entendais pas avec la circulation. Elle a désigné la clôture grillagée qui séparait l'autoroute du trottoir, les pupilles dilatées. « Regarde, Little Dog ! » Je me suis baissé, j'ai examiné la clôture.

« Je ne comprends pas, Grand-mère. Qu'est-ce qui ne va pas ?

— Non, a-t-elle dit, agacée, debout ! Regarde derrière la clôture – là – ces fleurs violettes. »

Juste derrière le grillage, au bord de l'autoroute, s'étalait une nappe de fleurs sauvages violettes, chaque bouton pas plus gros que l'ongle du pouce, avec un minuscule cœur blanc-jaune. Lan s'est accroupie, m'a pris par les épaules pour me regarder en face, sérieuse. « Tu veux bien escalader, Little Dog ? » Les yeux étrécis par un scepticisme feint, elle attendait. Bien sûr, j'ai hoché la tête avec empressement. Comme elle s'en doutait.

« Je te fais la courte échelle et tu vas juste les attraper vite fait, d'accord ? » Je me suis accroché à la clôture tandis qu'elle soulevait mes hanches. J'ai vacillé un peu, puis je suis parvenu au sommet et je l'ai enfourchée. J'ai baissé les yeux et me suis immédiatement senti mal, les fleurs soudain minuscules, de vagues touches de peinture sur un tourbillon de vert. Le souffle des voitures faisait voler mes cheveux. « Je ne sais pas si je vais y arriver ! » ai-je crié, au bord des larmes. Lan a attrapé mon mollet. « Je suis là. Pas question qu'il t'arrive quelque chose, a-t-elle dit par-dessus le bruit de la circulation. Si tu tombes, je découpe la clôture à coups de dents et je viens te sauver. »

Je l'ai crue et j'ai sauté, j'ai atterri en roulade, me suis relevé et épousseté. « Prends-les par les racines, à deux mains. » Elle grimaçait en s'agrippant à la clôture. « Faut que tu fasses vite ou on va avoir des ennuis. » J'ai tiré sur les touffes de fleurs une par une, les racines crevaient la terre dans des nuages cendreux. Je les ai lancées par-dessus la clôture, chaque voiture qui passait produisait une bourrasque si puissante que je manquais de tomber à la renverse. J'ai tiré encore et encore et Lan a tout fourré dans un sac en plastique 7-Eleven.

« O.K. O.K. ! Ça suffit. » Elle m'a fait signe de revenir. J'ai bondi vers le sommet de la clôture. Lan a tendu les mains et m'a attiré dans ses bras, m'a serré fort. Elle s'est mise à frissonner et c'est seulement quand elle m'a posé que j'ai compris qu'elle était en train de glousser. « Tu l'as fait, Little Dog ! Tu es mon chasseur de fleurs. Le meilleur chasseur de fleurs des États-Unis ! » Elle a brandi une des touffes de fleurs dans la lumière ocre et crayeuse. « Elles seront parfaites sur notre rebord de fenêtre. »

C'est pour la beauté, ai-je appris, que nous nous mettons en danger. Ce soir-là, quand tu es rentrée, tu as désigné notre récolte mousseuse sur le rebord de fenêtre tout marron de poussière de pollution, avec les vrilles qui s'entrelaçaient le long de la table à manger, et tu as demandé, impressionnée, où on avait déniché ça. Lan a secoué la main d'un geste vague, elle a dit qu'on les avait trouvées, balancées sur le trottoir devant la boutique d'un fleuriste. J'ai levé le nez de mes petits soldats pour la regarder poser un doigt sur ses lèvres et m'adresser un clin d'œil pendant que tu nous tournais le dos pour enlever ton manteau. Ses yeux souriaient.

Je serais bien incapable de citer le nom de ces fleurs. Parce que Lan ne leur en a jamais donné. Encore maintenant, à chaque fois que je vois des petites fleurs violettes, je jurerais que ce sont celles que j'ai cueillies ce jour-là. Mais sans nom, les choses se perdent. L'image, pourtant, est très claire. Claire et violette, la couleur qui grimpe à présent vers les tibias de Lan pendant que nous restons assis là, à attendre qu'elle se répande en elle. Tu restes près de ta mère et chasses les cheveux emmêlés de son visage émacié, semblable à un crâne.

« Qu'est-ce que tu veux, Maman ? demandes-tu, la bouche contre son oreille. Qu'est-ce qu'on peut faire ? Demande tout ce que tu veux. »

Par la fenêtre, le ciel est d'un bleu moqueur.

« Du riz », je me souviens de Lan prononçant ces mots, d'une voix enfouie quelque part tout au fond d'elle. « Une cuillerée de riz. » Elle déglutit, prend une nouvelle inspiration. « De Go Cong. »

Nos regards se croisent – la requête est impossible. Pourtant, Mai se lève et disparaît derrière le rideau en perles de la cuisine.

Une demi-heure plus tard elle s'agenouille près de sa

mère, un bol de riz fumant à la main. Elle porte la cuillère à la bouche édentée de Lan. « Voilà, Maman, dit-elle, stoïque, c'est du riz de Go Cong, tout juste récolté la semaine dernière. »

Lan mâche, avale, et quelque chose de l'ordre du soulagement se répand sur ses lèvres. « C'est si bon, dit-elle, après sa seule et unique bouchée. Si doux. C'est notre riz – si doux. » Elle désigne quelque chose dans le lointain d'un geste du menton, puis s'assoupit.

Deux heures plus tard, elle s'extirpe de son sommeil. Nous nous pressons autour d'elle, entendons l'unique inspiration profonde qui traverse ses poumons, comme si elle s'apprêtait à plonger sous l'eau, et puis, c'est tout – pas d'expiration. Elle se fige simplement, comme si quelqu'un avait appuyé sur pause pendant un film.

Je reste assis là tandis que Mai et toi, sans hésitation, vous affairez, vos bras volant au-dessus de la silhouette raide de votre mère. Je fais la seule chose que je sais faire. Les genoux contre ma poitrine, je commence à compter ses orteils violets. 1 2 3 4 5 1 2 3 4 5 1 2 3 4 5. Je me balance au rythme des chiffres tandis que vos mains flottent sur le corps, aussi méthodiques que des infirmières accomplissant leurs visites. Malgré mon vocabulaire, mes livres, mon savoir, me voilà replié contre le mur opposé, démuni. Je regarde deux filles s'occuper de leur parente avec une inertie égale à la gravité. Je reste assis, avec toutes mes théories, mes métaphores et mes équations, Shakespeare et Milton, Barthes, Du Fu et Homère, les maîtres de la mort incapables, en fin de compte, de m'apprendre à toucher ma propre défunte.

Une fois Lan lavée et changée, une fois les draps

enlevés, le sol et le cadavre nettoyés de leurs fluides corporels – parce que c'est ce que dicte à présent la langue : cadavre à la place d'elle –, nous nous rassemblons à nouveau autour de Lan. Te servant de tous tes doigts, tu forces sa mâchoire bloquée, tandis que, de l'autre côté, Mai glisse le dentier de Lan à l'intérieur. Mais parce que la rigidité cadavérique s'est déjà installée, les mâchoires se referment avant que le jeu d'incisives ne soit en place et le dentier jaillit, tombe par terre dans un claquement brutal. Tu laisses échapper un cri, que tu réprimes promptement en posant la main sur ta bouche. « Merde, dis-tu dans un anglais rare, merde merde merde. » À la deuxième tentative, les dents s'emboîtent avec un clic, et tu t'affales à nouveau contre le mur aux côtés de ta mère disparue.

Dehors, un camion-poubelle parcourt le pâté de maisons avec force bips et bruits de ferraille. Quelques pigeons gargouillent parmi les arbres épars. Et noyée dans tout ça, tu es assise, la tête de Mai reposant sur tes épaules, le corps de ta mère en train de refroidir à quelques pas de là. Alors, ton menton se changeant en noyau de pêche, tu viens poser ton visage entre tes mains.

Lan est morte depuis maintenant cinq mois, et pendant cinq mois elle est restée dans une urne sur ta table de chevet. Mais aujourd'hui nous sommes au Vietnam. Dans la province de Tiền Giang, pays du district de Go Cong. C'est l'été. Les rizières s'étalent autour de nous, aussi vertes et infinies que la mer elle-même.

Après l'enterrement, après les psalmodies et les chants

des moines en robe safran autour de sa pierre tombale en granit poli, les voisins du village chargés de plateaux de nourriture qu'ils portent au-dessus de leur tête, ces gens aux cheveux blancs qui se souviennent de la vie que Lan a vécue ici il y a près de trente ans, viennent apporter leurs anecdotes et leurs condoléances. Quand le soleil a plongé sous les champs de riz et qu'il ne reste plus que la sépulture, la terre encore fraîche et humide sur les bords, jonchée de chrysanthèmes blancs, j'appelle Paul en Virginie.

Il formule une requête à laquelle je ne m'attends pas, et demande à la voir. Je prends mon ordinateur portable et parcours les quelques mètres qui nous séparent des tombes, assez près de la maison pour obtenir trois barres de wi-fi.

Debout, l'ordinateur portable brandi devant moi, j'oriente le visage de Paul vers la tombe de Lan, ornée d'une photo en relief d'elle à vingt-huit ans, à peu près l'âge qu'elle avait lors de leur première rencontre. J'attends derrière l'écran tandis que ce vétéran américain converse sur Skype avec l'ex-femme vietnamienne dont il s'est séparé, et qu'on vient d'enterrer. À un moment, je crois que la connexion s'est interrompue, mais j'entends alors Paul qui se mouche, et ses phrases amputées tandis qu'il s'efforce avec difficulté de faire ses adieux. Il est désolé, dit-il au visage souriant sur la tombe. Désolé d'être retourné en Virginie en 1971 après avoir appris que sa mère était malade. Tout ça n'était qu'un stratagème pour le faire rentrer, sa mère avait simulé sa tuberculose jusqu'à ce que les semaines se transforment en mois, jusqu'à ce que la guerre touche à sa fin, que Nixon arrête de déployer des troupes et que les Américains commencent à se retirer. Toutes les lettres envoyées par Lan avaient été interceptées par le frère de Paul. Et c'est seulement quelques mois avant la chute de Saïgon qu'un soldat tout juste de retour avait toqué un jour à sa porte, et lui avait remis une lettre de Lan. Ses filles et elles allaient devoir quitter la capitale quand celle-ci tomberait. Elles lui écriraient à nouveau. Il a dit qu'il était désolé que ça ait pris si longtemps. Qu'au moment où l'Armée du Salut avait appelé pour l'informer qu'une femme avec un certificat de mariage portant son nom le recherchait dans un camp de réfugiés aux Philippines, on était déjà en 1990. Il était alors marié à une autre depuis plus de huit ans. Il a dit tout cela dans un torrent de vietnamien bégayant – qu'il avait commencé à apprendre pendant son service et continué à pratiquer tout au long de leur mariage – jusqu'à ce que ses mots soient presque incompréhensibles entre ses sanglots.

Quelques enfants du village se sont rassemblés à la lisière du cimetière, ils traînent en périphérie leurs regards curieux et perplexes. Je dois leur paraître étrange, à tenir ainsi la tête pixélisée d'un homme blanc devant une rangée de tombes.

En contemplant le visage de Paul sur l'écran, cet homme à la voix douce, cet étranger devenu grand-père devenu famille, je prends conscience du peu que je sais de nous, de mon pays, de n'importe quel pays. Debout au bord de cette route, semblable à celle sur laquelle s'est tenue un jour Lan près de quarante ans plus tôt, un M16 braqué sous son nez tandis qu'elle te serrait dans ses bras, j'attends que la voix de mon grand-père, ce professeur à la retraite, végan et cultivateur de marijuana, cet amoureux de la cartographie et de Camus, termine les dernières paroles qu'il adresse à son premier amour, et puis je ferme l'ordinateur portable.

Dans le Hartford où j'ai grandi et celui où tu vieillis, on se salue non par « Bonjour » ou « Comment ça va ? » mais en demandant, avec un petit coup de menton dans le vide : « Quoi de beau ? » J'ai entendu ça dans d'autres coins du pays, mais à Hartford, c'était omniprésent. Au milieu de ces bâtiments éventrés et condamnés, de ces terrains de jeu aux clôtures en fil de fer barbelé tellement rouillées et déformées qu'on aurait dit que c'était la nature qui les avait fabriquées, aussi organiques que des plantes grimpantes, nous nous sommes fabriqué un lexique. Expression utilisée par les perdants de l'économie, cette phrase s'entend aussi à East Hartford et New Britain, où des familles blanches tout entières, les gens qu'on appelle parfois les *trailer trash*, s'entassaient sur des vérandas à moitié défoncées dans des parcs de mobile homes et logements HLM, leurs visages émaciés par l'OxyContin sous un voile de fumée de cigarette, illuminés par les lampes torches suspendues à des fils de pêche en guise d'éclairage extérieur, en braillant « Quoi de beau ? » quand vous passiez.

Mon Hartford, où les pères étaient des fantômes, surgissant et disparaissant de la vie de leurs enfants, comme le mien. Où les grands-mères, les abuelas, les abas, les nanas, les babas et les bà ngoại étaient nos rois, avec pour unique couronne la fierté qu'elles parvenaient à

249

sauver et improviser, et le témoignage obstiné de leur langue quand elles patientaient sur leurs genoux qui craquent et leurs pieds gonflés devant les services sociaux pour l'aide au chauffage et au fioul, avec leur odeur mêlant parfum de supermarché et pastilles de menthe, et leurs manteaux marron trop grands de chez Goodwill saupoudrés de neige fraîche. Elles se pressaient les unes contre les autres, et la vapeur qu'elles dégageaient envahissait le pâté de maisons glacial – leurs fils et leurs filles étaient au travail ou en prison ou victimes d'overdose ou simplement partis, pour traverser le pays en stop à bord de bus Greyhound en rêvant de décrocher, de recommencer à zéro... et finir par disparaître et se changer en fantômes des légendes familiales.

Mon Hartford, où les compagnies d'assurances qui avaient fait de nous une grande cité avaient toutes déménagé à l'arrivée d'Internet, tandis que New York ou Boston nous pompaient nos meilleurs cerveaux. Où tout le monde avait un petit-cousin membre du gang des Latin Kings. Où on vendait encore des maillots des Whalers à la station de bus vingt ans après que les Whalers avaient plaqué ce trou pour devenir les Hurricanes de la Caroline. Le Hartford de Mark Twain, de Wallace Stevens et de Harriet Beecher Stowe, des écrivains dont les vastes imaginaires étaient incapables d'embrasser, que ce soit en chair ou en encre, des corps comme les nôtres. Où le théâtre de Bushnell et le Wadsworth Atheneum (qui accueillit la première rétrospective consacrée à Picasso en Amérique) étaient visités principalement par des gens qui venaient d'ailleurs, des banlieues, ceux qui confient leur véhicule au voiturier et se hâtent de rejoindre la chaleur des halogènes de l'auditorium avant de rentrer chez eux dans ces villes endormies où s'alignent les Pier Import et les supermarchés bio Whole Foods. Hartford, où nous sommes restés quand d'autres immigrés vietnamiens fuyaient vers la Californie ou Houston. Où nous nous sommes bâti une espèce de vie, nous sommes creusé un chemin à travers les hivers brutaux, l'un après l'autre, où les tempêtes du nordet engloutissaient nos voitures du jour au lendemain. Les coups de feu à 2 heures du matin, les coups de feu à 2 heures de l'après-midi, les femmes et les petites copines à la caisse du C-Town avec des yeux au beurre noir et des lèvres fendues, qui vous rendaient votre regard le menton haut, comme pour dire : *Occupez-vous de vos oignons.*

Parce que se faire démolir était déjà assimilé, déjà une *évidence,* c'était la peau que vous portiez. Demander *Quoi de beau?* c'était passer, sans transition, à la joie. C'était écarter l'inévitable pour atteindre l'exceptionnel. Pas super, ou bien, ou merveilleux, mais juste *beau.* Parce que beau suffisait la plupart du temps, était une précieuse étincelle qu'on recherchait et récoltait les uns chez les autres, les uns pour les autres.

Ici, ce qui est beau c'est trouver un dollar coincé dans une bouche d'égout, c'est quand ta mère a assez d'argent le jour de ton anniversaire pour louer un film, et en plus acheter une pizza à cinq dollars chez Easy Frank et coller huit bougies sur le fromage fondu et le pepperoni. Ce qui est beau, c'est savoir qu'il y a eu une fusillade et que c'est ton frère qui est rentré, ou qu'il était déjà à tes côtés, le nez dans son bol de macaronis au fromage.

C'est ce que Trevor m'a dit ce soir-là en grimpant sur la rive, les gouttes d'eau noires dégoulinant de nos cheveux et du bout de nos doigts. Un bras passé sur mon épaule frissonnante, il a posé sa bouche sur mon oreille et m'a dit : « T'es beau. T'entends, Little Dog ? T'es beau, je te jure. T'es beau. »

Après avoir mis en terre l'urne de Lan et lustré sa tombe une dernière fois avec des chiffons trempés dans la cire et l'huile de castor, nous rentrons à notre hôtel à Saïgon, toi et moi. Dès que nous pénétrons dans la chambre miteuse avec sa climatisation étouffante, tu éteins toutes les lumières. Je suspends mon pas, ne sachant trop que faire de l'obscurité soudaine. C'est le début de l'après-midi et on entend encore les motos klaxonner et pétarader dans la rue plus bas. Le lit grince, tu t'es assise.

« Où est-ce que je suis ? demandes-tu. On est où ? »

Ne sachant que dire d'autre, je dis ton nom.

« Rose », dis-je. La fleur, la couleur, la nuance. « Hong » je répète. Les fleurs ne sont vues qu'à la fin de leur vie, à peine écloses et déjà en voie de se changer en papier kraft. Et peut-être que tous les noms sont des illusions. Ne nommons-nous pas souvent les choses d'après leur forme la plus brève ? Rosier, pluie, papillon, tortue serpentine, peloton d'exécution, enfance, mort, langue maternelle, moi, toi.

C'est seulement en prononçant le mot que je prends conscience que les roses sont aussi l'anagramme, presque le palindrome du mot essor. Qu'en appelant ton nom, je t'invite en miroir à te dresser. Je le dis comme si c'était la seule réponse à ta question – comme si un nom était aussi un son dans lequel on peut nous trouver. Où suis-je ? Où suis-je ? Tu es Rose, Maman. Tu as pris ton essor. Je te touche l'épaule avec la douceur dont Trevor a fait preuve envers moi là-bas dans la rivière. Trevor qui, malgré toute sa férocité, refusait de manger du veau, refusait de manger les enfants des vaches. Je pense désormais à ces enfants, enlevés à leur mère et placés dans des boîtes de la taille de leur vie, pour être nourris et engraissés jusqu'à se changer en viande tendre. Je repense à la liberté, et que le moment où le veau est le plus libre est celui où la cage s'ouvre, et où on le conduit au camion pour l'abattre. Toute liberté est relative – tu le sais trop bien – et parfois ce n'est pas de la liberté du tout, mais simplement la cage qui s'élargit et s'éloigne de toi, les barreaux rendus abstraits par la distance mais toujours présents, comme quand on « libère » des animaux sauvages dans des réserves naturelles juste pour les confiner une fois de plus derrière des frontières plus vastes. Mais j'étais quand même preneur de cet élargissement. Parce que, parfois, ne pas voir les barreaux suffit.

Pendant quelques instants de joie intense dans la grange, tandis qu'on baisait Trevor et moi, la cage autour de moi est devenue invisible, même si je savais qu'elle n'avait jamais cessé d'exister. Et mon euphorie a viré au piège quand j'ai perdu le contrôle de mon moi intérieur. Car les déchets, la merde, l'excès, c'est ce qui lie les vivants, mais demeure néanmoins toujours présent et vivace dans la mort. Quand les veaux finissent par être abattus, l'abandon de leurs entrailles est souvent leur ultime geste, leurs intestins choqués par la célérité brutale de la fin.

J'étreins ton poignet et prononce ton nom.

Je te regarde et je vois, dans le noir total, les yeux de Trevor – Trevor dont le visage a déjà, à l'heure qu'il est, commencé à se brouiller dans mon esprit – comme ils brûlaient sous la lampe de la grange tandis qu'on se rhabillait, frissonnant en silence d'être mouillés. Je vois les yeux de Lan dans ses dernières heures, telles des gouttes d'eau avides, quand c'était tout ce qu'elle pouvait encore bouger. Comme les pupilles dilatées du veau au moment où le verrou s'ouvre et qu'il jaillit de sa prison pour charger l'homme qui tient un harnais prêt à se resserrer sur son cou.

«Où est-ce que je suis, Little Dog?» Tu es Rose. Tu es Lan. Tu es Trevor. Comme si un nom pouvait être plus d'une chose à la fois, profond et vaste comme une nuit à l'orée de laquelle est garé un pick-up, et que tu pouvais sortir de ta cage, tout droit où je t'attends. Là où, sous les étoiles, nous voyons enfin ce que nous avons fait l'un de l'autre à la lumière de choses mortes depuis longtemps – et considérons que c'est beau.

Je me souviens de la table. Je me souviens de la table faite de mots offerts par ta bouche. Je me souviens de la pièce en train de brûler. La pièce brûlait parce que Lan parlait d'incendie. Je me souviens de l'incendie tel qu'il m'était raconté dans l'appartement de Hartford, nous tous endormis sur le plancher, enveloppés dans des couvertures de l'Armée du Salut. Je me souviens du type de l'Armée du Salut qui tendait à mon père un tas de coupons pour le fast-food Kentucky Fried Chicken, qu'on appelait entre nous Old-Man Chicken (le visage du colonel Sanders s'étalait sur tous les « buckets » rouges). Je me souviens d'avoir attaqué la croustillante viande frite à l'huile comme si c'était un don des saints. Je me souviens d'avoir appris que les saints n'étaient que des gens dont la douleur était remarquable, remarquée. Je me souviens d'avoir pensé que toi et Lan devriez être des saintes.

« Souviens-toi, disais-tu chaque matin avant qu'on ne sorte dans l'air froid du Connecticut, n'attire pas l'attention sur toi. Tu es déjà vietnamien. »

C'est le 1er août et le ciel est dégagé dans le centre de la Virginie, à présent couverte d'une épaisse végétation estivale. Nous rendons visite à Grand-père Paul pour fêter mon diplôme d'université obtenu le printemps précédent. Nous sommes au jardin. Les premières couleurs du soir descendent sur la clôture en bois et tout prend une teinte ambrée, comme si nous étions dans une boule à neige pleine de thé. Tu es devant moi, tu t'éloignes vers la clôture du fond, ton tee-shirt rose passe du couvert des arbres à la lumière. Il accroche les ombres qui s'étirent sous les chênes, puis les perd.

Je me souviens de mon père, ce qui veut dire que je le recompose. Je le recompose dans une pièce parce qu'il y en avait forcément une. Il y avait forcément un carré dans lequel une vie allait exister, brièvement, avec ou sans joie. Je me souviens de la joie. C'était le bruit des pièces dans un sac en papier marron : son salaire au bout d'une journée à écailler des poissons au marché chinois sur Cortland. Je me souviens des sous qui s'éparpillaient par terre, de nos doigts plongés dans les pièces froides, tandis qu'on respirait leur promesse cuivrée. Et qu'on se croyait riches. Et l'idée d'être riche était une forme de bonheur.

Je me souviens de la table. Qui devait forcément être en bois.

Le jardin est si luxuriant qu'il semble palpiter dans la lumière faiblissante. La végétation investit le moindre centimètre de terre, des pieds de tomates assez robustes pour cacher le grillage à poules qui leur sert de tuteur, du blé tendre et des choux kales massés dans des bacs galvanisés grands comme des canoës. Les fleurs que je connais désormais par leurs noms : des magnolias, des asters, des coquelicots, des soucis, des gypsophiles – et la nuit tombante qui uniformise tout, écrase les moindres nuances.

Que sommes-nous sinon ce que la lumière dit que nous sommes ?

Ton tee-shirt rose s'enflamme devant moi. Accroupie, le dos en suspens pour étudier quelque chose par terre entre tes pieds. Tu ramènes tes cheveux derrière tes oreilles, marques une pause, l'examines de plus près. Seules les secondes se déplacent entre nous.

Une nuée de moucherons : un voile suspendu sur le visage de personne. On dirait que tout ici vient seulement de finir de déborder, reposant enfin, épuisé et vidé par le bouillonnement de l'été. Je marche vers toi.

Je me souviens de t'avoir accompagnée à l'épicerie à pied, le salaire de mon père dans tes mains. Et qu'à cette époque-là, il ne t'avait battue que deux fois – ce qui voulait dire qu'il y avait encore de l'espoir que ce soit la dernière. Je me souviens de nos bras pleins de Wonder Bread et de pots de sauce mayo, que tu prenais pour du beurre, et qu'à Saïgon, le beurre et le pain blanc n'étaient consommés que dans les villas gardées par des majordomes et des portails en acier. Je me souviens que tout le monde souriait de retour à l'appartement, des sandwichs à la mayonnaise qu'on portait à nos lèvres gercées. Je me souviens d'avoir pensé qu'on vivait dans une sorte de villa.

Je me souviens d'avoir pensé que c'était ça le Rêve américain, tandis que la neige crépitait sur les vitres et que la nuit tombait, et qu'on s'allongeait pour dormir, côte à côte, nos membres enchevêtrés, au son des mugissements des sirènes dans les rues, le ventre rempli de pain et de « beurre ».

À l'intérieur de la maison, Paul est dans la cuisine et se penche sur un bol de pesto : d'épaisses feuilles luisantes de basilic, des gousses d'ail écrasées au hachoir, des pignons de pin, des oignons rôtis jusqu'à ce que leurs contours dorés noircissent, et l'odeur vive du zeste de citron. Ses lunettes s'embuent comme il se penche, luttant pour stabiliser sa main percluse d'arthrite en versant les pâtes fumantes sur le mélange. Quelques coups en douceur pour touiller avec deux cuillères en bois, et les farfalles baignent dans une sauce vert mousse.

Les fenêtres de la cuisine se couvrent de condensation, remplaçant la vue sur le jardin par un écran de cinéma vide. Il est temps d'appeler le garçon et sa mère à rentrer. Mais Paul s'attarde un instant, contemple la toile vide. Un homme qui, au bout du compte, n'a rien entre les mains, et attend que tout commence.

Je me souviens de la table, ce qui veut dire que je la recompose. Parce que quelqu'un a ouvert la bouche et bâti une structure avec des mots, et que maintenant je fais la même chose à chaque fois que je vois mes mains et pense *table*, pense *commencement*. Je me souviens d'avoir suivi ses contours avec mes doigts, étudiant les boulons et les rondelles que je créais dans ma tête. Je me souviens d'avoir rampé dessous, à la recherche de vieux chewing-gums, de prénoms d'amoureux, pour ne trouver que des miettes de sang séché, des échardes. Je me souviens de cette bête à quatre pattes assemblée par les coups de marteau d'une langue qui ne m'appartenait pas encore.

Un papillon, rosi par l'heure tardive, atterrit sur un brin d'herbe odorante, puis s'enfuit en voletant. Le brin tressaille une fois, puis s'immobilise. Le papillon fait des cabrioles jusqu'au fond du jardin, ses ailes semblables à cette page du *Sula* de Toni Morrison que j'ai cornée tant de fois que le minuscule coin de papier s'est détaché un matin, à New York, pour partir voleter dans l'avenue liquéfiée par l'hiver. C'était la partie où Eva arrose d'essence son fils perdu par la drogue et craque l'allumette dans un geste d'amour et de compassion que j'espère à la fois être capable d'accomplir... et ne jamais connaître.

Je plisse les yeux. Ce n'est pas un monarque – juste une tache floue, blanche et faible, prête à mourir au premier gel. Mais je sais que les monarques sont tout proches, leurs ailes orange et noir repliées, poussiéreuses et cuites par la chaleur, prêts à fuir vers le sud. Fil après fil, le crépuscule brode nos contours d'un rouge profond.

Une nuit, là-bas à Saïgon, deux jours après l'enterrement de Lan, j'ai entendu le son d'une musique métallique et les voix haut perchées d'enfants par le balcon de l'hôtel. Il était presque 2 heures du matin. Tu dormais encore sur le matelas à côté de moi. Je me suis levé, j'ai passé mes sandales, et je suis sorti. L'hôtel était dans une ruelle. Mes yeux s'accoutumant aux néons fixés le long du mur, j'ai progressé vers la musique.

La nuit s'est embrasée sous mes yeux. Soudain les gens étaient partout, un kaléidoscope de couleurs, vêtements, bras et jambes, l'éclat des bijoux et des paillettes. Des marchands vendaient des noix de coco fraîches, des mangues coupées, des gâteaux de riz écrasés en masses gluantes enveloppées dans des feuilles de bananier et cuits à la vapeur dans de grosses cuves en métal, du jus de canne à sucre conditionné dans des emballages pour sandwichs aux coins coupés, dont l'un venait d'atterrir entre les mains d'un garçon qui suçait le contenu du plastique, radieux. Un homme, les bras presque noirs de soleil, était accroupi dans la rue. Se servant d'une planche à découper pas plus grande que sa paume, il a adroitement fendu un poulet rôti en deux d'un seul coup de hachoir, avant de distribuer les morceaux gras et visqueux à un troupeau de gamins qui attendaient.

Entre les guirlandes lumineuses qui pendaient des balcons de part et d'autre de la rue, j'ai entraperçu une estrade de fortune. Dessus, un groupe de femmes aux tenues sophistiquées tournoyaient, leurs bras semblables à des banderoles colorées au vent, et chantaient en karaoké. Leurs voix se brisaient et flottaient le long de la rue. Tout près, une petite télé installée sur une table à manger en plastique blanc affichait les paroles d'une chanson pop vietnamienne des années 1980.

Tu es déjà vietnamien.

Je me suis approché d'un pas hésitant, encore ahuri par le sommeil. On aurait dit que la ville avait oublié l'heure – ou plutôt, oublié le temps lui-même. À ma connaissance il n'y avait pas de fête, pas de motif de liesse. En fait, juste après cette rue, là où s'ouvrait l'artère principale, les routes étaient vides, silencieuses comme il était normal à cette heure. Toute l'agitation était circonscrite à un unique pâté de maisons. Où les gens riaient maintenant, et chantaient. Des enfants, certains pas plus vieux que cinq ans, couraient entre les adultes qui tanguaient. Au seuil des portes, des grand-mères en pyjamas à motif cachemire ou floral mâchonnaient des cure-dents, assises sur des tabourets en plastique, leurs têtes n'interrompant leurs balancements rythmés que pour crier sur les gosses alentour.

En terre, Lan est *déjà vietnamienne.*

C'est seulement une fois suffisamment près pour distinguer leurs traits, les mentons épais et saillants, les sourcils bas et obliques, que je me suis rendu compte que les chanteuses étaient des drag-queens. Leurs tenues à paillettes aux coupes variées et aux couleurs primaires scintillaient avec une telle intensité qu'on les aurait crues vêtues de véritables étoiles miniatures.

Je me souviens de mon père, ce qui veut dire qu'avec ces quelques mots je lui passe les menottes. Je te le livre les mains dans le dos, la tête courbée pour monter dans la voiture de police, parce que comme la table, c'est ainsi que je l'ai reçu : de bouches qui n'ont jamais prononcé les sons contenus dans un livre.

À droite de la scène, quatre personnes tournaient le dos à toutes les autres. Courbant l'échine, elles étaient les seules à ne pas bouger – comme cernées par des murs invisibles. Elles contemplaient quelque chose sur une longue table en plastique devant elles, la tête si basse qu'elles paraissaient décapitées. Au bout d'un moment, l'une d'elles, une femme aux cheveux argentés, a posé la tête sur l'épaule d'un jeune homme à sa droite – et s'est mise à sangloter.

Je me souviens d'avoir reçu une lettre de mon père quand il était en prison, l'enveloppe froissée, les bords déchirés. Je me souviens d'en avoir sorti un morceau de papier couvert d'une longue suite de lignes effacées au blanco là où les gardiens de prison avaient censuré ses mots. Je me souviens d'avoir gratté le film crayeux qui nous séparait mon père et moi. Ces mots. Écrous et boulons d'une table. Une table dans une pièce où il n'y a personne.

Je me suis rapproché, et c'est là que j'ai vu sur la table, d'une immobilité impossible, la forme reconnaissable d'un corps couvert d'un drap blanc. À présent les quatre veilleurs sanglotaient ouvertement tandis que, sur scène, la voix de fausset de la chanteuse entrecoupait leurs sanglots douloureux.

Pris de nausée, j'ai scruté le ciel sans étoiles. Un avion a clignoté en rouge, puis en blanc, avant de s'effacer derrière un ruban de nuages.

Je me souviens d'avoir examiné la lettre de mon père et vu les minuscules pointillés noirs qui la parsemaient :

les points, laissés intacts. Un dialecte du silence. Je me souviens d'avoir pensé que chacune des personnes que j'avais aimées représentait un seul point noir sur une page claire. Je me souviens d'avoir tracé une ligne entre les points avec un nom pour chacun d'eux, jusqu'à obtenir un arbre généalogique qui ressemblait plutôt à du fil de fer barbelé. Je me souviens de l'avoir déchiré en mille morceaux.

Plus tard, j'apprendrais que c'était une scène courante dans les nuits de Saïgon. Les médecins légistes de la ville, qui manquent de budget, ne travaillent pas toujours vingt-quatre heures sur vingt-quatre. Quand quelqu'un meurt au milieu de la nuit, il se retrouve coincé dans des limbes municipaux où le cadavre demeure dans l'instant de sa mort. En réponse, un mouvement populaire s'est créé pour apporter un peu de baume au cœur à la communauté. Les voisins, apprenant un décès soudain, réunissent de l'argent en moins d'une heure et embauchent une troupe de drag-queens pour « retarder la tristesse », comme ils disent.

À Saïgon, le son de la musique et des enfants qui jouent tard le soir est signe de mort – ou plutôt, le signe d'une communauté qui s'efforce de panser ses plaies.

C'est grâce aux tenues et aux gestes détonnants des artistes travestis, à leurs visages et à leurs voix outrées, à leur transgression taboue des identités sexuelles, que ce soulagement s'exprime dans un spectacle extravagant. Si elles sont donc utiles, payées et valorisées en tant que service vital dans une société où être queer demeure un péché, les drag-queens, aussi longtemps que les morts gisent en plein air, donnent le spectacle de l'altérité.

La supercherie manifeste et reconnue qu'elles représentent est ce qui, aux yeux des personnes endeuillées, rend leur présence nécessaire. Parce que le chagrin, à son paroxysme, est irréel. Et qu'il appelle une réponse surréelle. Les drag-queens – vues sous cet angle – sont des licornes.

Des licornes qui caracolent dans un cimetière.

Je me souviens de la table. Et des flammes qui commençaient à lécher ses bords.

Je me souviens de mon premier Thanksgiving. J'étais chez Junior. Lan m'avait préparé une assiette de nems à apporter. Je me souviens d'une maison remplie de gens, plus de vingt personnes. Des gens qui tapaient sur la table quand ils riaient. Je me souviens de la nourriture qu'on empilait sur mon assiette : purée, dinde, pain de maïs, tripes, légumes verts, tourte à la patate douce, et... nems. Tout le monde louait les nems de Lan en les trempant dans le jus de viande. Et moi aussi, je les trempais dans le jus de viande.

Je me souviens que la mère de Junior a posé un cercle de plastique noir sur une machine en bois. Et qu'il a tournoyé encore et encore jusqu'à ce que vienne de la musique. Et la musique, c'était le son des lamentations d'une femme. Et tout le monde fermait les yeux en inclinant la tête, comme pour écouter un message secret. Je me souviens d'avoir pensé que j'avais déjà entendu ça, chanté par ma mère et ma grand-mère. Oui. Je l'entendais même de l'intérieur de l'utérus. C'était la berceuse vietnamienne. Et toute berceuse commençait par des lamentations, comme si la douleur ne pouvait quitter le corps autrement. Je me souviens que je me balançais en écoutant la voix de ma grand-mère fredonner à travers la machine. Et du père de Junior, qui m'avait asséné une claque sur l'épaule. « Qu'est-ce t'y connais à Etta James ? » Je me souviens du bonheur.

Je me souviens de ma première année dans une école américaine, la sortie à la ferme, et comment, après, M. Zappadia avait donné à chaque élève une reproduction d'une vache en noir et blanc. « Coloriez ce que vous avez vu aujourd'hui », a-t-il dit. Je me souviens d'avoir vu la tristesse des vaches à la ferme, leurs grosses têtes apathiques derrière des clôtures électriques. Et parce que j'avais six ans, je me souviens que je croyais que la couleur était une forme de bonheur : alors j'ai pris les nuances les plus vives de la boîte de crayons, et j'ai rempli ma malheureuse vache de violet, d'orange, de rouge, d'auburn, de magenta, de bronze, de fuchsia, de gris pailleté, de vert citron.

Je me souviens de M. Zappadia qui criait, sa barbe tremblotant au-dessus de moi tandis qu'une main poilue attrapait ma vache arc-en-ciel et la froissait entre ses doigts. « J'ai dit coloriez ce que vous avez *vu*. » Je me souviens d'avoir recommencé à zéro. Je me souviens d'avoir laissé ma vache en blanc et d'avoir regardé fixement par la fenêtre. Et du ciel qui était bleu et sans pitié. Et moi, assis au milieu de mes camarades – irréel.

Dans cette rue, aux côtés de la personne inerte qui était d'une certaine façon plus animée dans son immobilité que les vivants, avec la puanteur perpétuelle des eaux usées et des trop-pleins qui remplissaient les caniveaux, ma vision s'est brouillée, les couleurs se sont accumulées sous mes paupières. Des passants m'ont adressé des hochements de tête pleins de compassion, croyant que je faisais partie de la famille. Tandis que je me frottais le visage, un homme d'âge mûr m'a agrippé le cou, comme le font souvent les pères ou les oncles vietnamiens dans le but de vous insuffler leur vigueur. « Tu la reverras. Voyons, voyons, m'a-t-il dit d'une voix rauque abîmée par l'alcool, tu la reverras. » Il m'a asséné une claque sur la nuque. « Ne pleure pas. Ne pleure pas. »

Cet homme. Cet homme blanc. Ce Paul qui ouvre en grand le portail en bois du jardin, faisant claquer le loquet de métal derrière lui, cet homme n'est pas mon grand-père par le sang – mais par les actes.

Pourquoi s'est-il engagé volontairement au Vietnam alors que tant de garçons prenaient la route du Canada pour échapper à la conscription ? Je sais qu'il ne te l'a jamais dit – parce qu'il aurait fallu qu'il explique son amour abstrait et inextinguible de la trompette dans une langue qui lui faisait défaut. Et son envie affichée de devenir un « Miles Davis blanc » issu de la cambrousse et des champs de maïs de la Virginie rurale. Et les notes grasses de la trompette qui résonnaient dans la ferme à étage de son enfance. Celle dont les portes avaient été arrachées tout net par un père qui déchaînait sa rage à travers les pièces, terrorisant sa famille. Ce père dont le seul lien avec Paul était le métal : la cartouche logée dans le cerveau du vieux depuis le jour où il avait pris d'assaut Omaha Beach; le cuivre que Paul portait à sa bouche pour faire de la musique.

Je me souviens de la table. Et que j'ai essayé de te la rendre. Et tu m'as pris dans tes bras pour repousser mes cheveux, en disant : « Allons, allons. Tout va bien. Tout va bien. » Mais c'est un mensonge.

Ça ressemblait plutôt à ça : je t'ai donné la table, Maman – c'est-à-dire que je t'ai tendu ma vache arc-en-ciel, extirpée de la corbeille quand M. Zappadia ne regardait pas. Et les couleurs qui s'animaient et ondoyaient entre tes mains. Et moi qui essayais de te le dire mais n'avais pas les mots que tu aurais pu comprendre. Est-ce que tu comprends ? J'étais une plaie béante au beau milieu de l'Amérique et tu étais à l'intérieur de moi, tu demandais : *Où sommes-nous ? Où sommes-nous, mon bébé ?*

Je me souviens de t'avoir regardée longtemps et, parce que j'avais six ans, j'ai cru que je pourrais simplement *transmettre* mes pensées dans ta tête si je te fixais assez fort. Je me souviens d'avoir pleuré de rage. Et que tu n'y comprenais rien. Tu as passé ta main sous mon tee-shirt pour me gratter le dos, quand même. Je me souviens de m'être endormi comme ça, apaisé – ma vache chiffonnée se déployant sur la table de nuit comme une bombe de couleurs au ralenti.

Paul jouait de la musique pour s'évader – et quand son père a déchiré sa lettre de candidature pour une école de musique, Paul est allé encore plus loin, jusqu'au bureau de recrutement, et il s'est retrouvé, à dix-neuf ans, en Asie du Sud-Est.

On dit qu'il y a une raison à tout – mais je suis incapable

267

de vous dire pourquoi les morts sont toujours plus nombreux que les vivants.

Je suis incapable de vous dire pourquoi certains monarques, sur le chemin du sud, s'arrêtent simplement de voler, leurs ailes brusquement trop lourdes, plus tout à fait à eux – et s'abîment dans le vide, s'effaçant eux-mêmes du récit.

Je suis incapable de vous dire pourquoi, dans cette rue de Saïgon, alors que le cadavre gisait sous le drap, je n'arrêtais pas d'entendre non pas la chanson qui résonnait dans la gorge de la drag-queen, mais celle dans ma propre gorge. « *Many men, many, many, many, many men. Wish death 'pon me.* » La rue palpitait et m'enveloppait de son tourbillon de lambeaux de couleurs.

Dans l'agitation, j'ai remarqué que le corps avait bougé. La tête penchait d'un côté, entraînant le drap et dévoilant une nuque – déjà pâle. Et là, juste sous l'oreille, pas plus grosse qu'un ongle, une boucle d'oreille en jade a oscillé, avant de s'immobiliser. « *Lord I don't cry no more, don't look to the sky no more. Have mercy on me. Blood in my eye dawg and I can't see.* »

Je me souviens de toi qui m'attrapes par les épaules. Et qu'il pleuvait à verse ou qu'il neigeait ou que les rues étaient inondées ou que le ciel était de la couleur des ecchymoses. Et tu étais agenouillée sur le trottoir en train de nouer les lacets de mes chaussures bleu pastel en disant : « Souviens-toi. Souviens-toi. Tu es déjà vietnamien. » Tu es déjà. Déjà paré.

Déjà parti.

Je me souviens du trottoir, de nous qui poussions le caddie rouillé vers l'église et la soupe populaire sur New Britain Avenue. Je me souviens du trottoir. Et qu'il s'est mis à saigner : de petites gouttes de rouge apparaissant sous le caddie. Et il y avait une traînée de sang devant nous. Et derrière nous. Quelqu'un avait dû se faire descendre ou poignarder la nuit précédente. Et nous qui continuions à marcher. Tu as dit : « Ne regarde pas par terre mon bébé. Ne regarde pas par terre. » L'église si lointaine. Le clocher comme un point de suture dans le ciel. « Ne regarde pas par terre. Ne regarde pas par terre. »

Je me souviens du Rouge. Rouge. Rouge. Rouge. Tes mains moites sur les miennes. Rouge. Rouge. Rouge. Rouge. Ta main si brûlante. Ta main devenue mienne. Je me souviens que tu as dit : « Little Dog, regarde en l'air. Regarde en l'air. Tu vois ? Tu vois les oiseaux dans les arbres ? » Je me souviens qu'on était en février. Les arbres se détachaient sur un ciel nuageux, noirs et nus. Mais tu continuais à parler : « Regarde ! Les oiseaux. Toutes ces couleurs. Des oiseaux bleus. Des oiseaux rouges. Des oiseaux magenta. Des oiseaux à paillettes. » Ton doigt pointé vers les branches tordues. « Tu le vois, hein, le nid des oisillons jaunes, la mère toute verte qui leur donne des vers à manger ? »

Je me souviens de tes yeux qui s'écarquillaient. Je me souviens d'avoir fixé encore et encore le bout de ton doigt, jusqu'à ce qu'enfin une tache émeraude mûrisse et devienne réalité. Et je les ai vus. Les oiseaux. Tous les oiseaux. Comme ils s'épanouissaient tels des fruits au rythme de ta bouche qui s'ouvrait et se fermait et des mots qui n'en finissaient plus de colorier les arbres. Je me souviens que j'ai oublié le sang. Je me souviens que je n'ai jamais regardé par terre.

Oui, il y a eu une guerre. Oui, nous sommes venus de son épicentre. Dans cette guerre, une femme s'est offert un nouveau nom – Lan –, a revendiqué sa beauté par ce baptême, puis a fait de cette beauté une chose qui vaille la peine d'être conservée. De là, une fille est née, et de cette fille, un fils.

Depuis tout ce temps je me disais que nous étions nés de la guerre – mais je me trompais, Maman. Nous sommes nés de la beauté.

Que nul ne nous confonde avec le fruit de la violence – mais cette violence a beau avoir traversé le fruit, elle n'a pas réussi à le gâter.

Paul est derrière moi au niveau du portail, il coupe un gros bouquet de feuilles de menthe pour garnir le pesto. Ses ciseaux claquent sur les tiges. Un écureuil descend précipitamment d'un sycomore tout proche, s'arrête au pied de l'arbre, renifle l'air, puis rebrousse chemin, s'évanouissant entre les branches. Tu es juste devant moi quand je m'approche; mon ombre effleure tes talons.

« Little Dog, dis-tu sans te retourner, alors que le soleil a quitté le jardin depuis longtemps, viens ici et regarde ça. » Tu désignes le sol à tes pieds. Ta voix : un cri étouffé. « C'est dingue, non ? »

Je me souviens de la pièce. Comme elle brûlait parce que Lan chantait l'incendie, entourée de ses deux filles.

La fumée montait et s'accumulait dans les coins. La table au milieu : un brasier lumineux. Les femmes aux paupières closes et les mots implacables. Les murs étaient un écran mouvant d'images qui surgissaient tandis que chaque couplet conduisait au suivant : un carrefour ensoleillé dans une ville qui n'est plus là. Une ville sans nom. Un homme blanc debout près d'un tank avec sa fille aux cheveux noirs dans les bras. Une famille qui dort dans un cratère de bombe. Une famille qui se cache sous une table. Est-ce que tu comprends ? Tout ce qui m'a été donné, c'est une table. Une table à la place d'une maison. Une table à la place d'une histoire.

« Il y a eu une maison à Saïgon, m'as-tu raconté. Un soir, ton père est rentré, saoul, et m'a frappée pour la première fois, à la table de la cuisine. Tu n'étais pas encore né. »

Mais je me souviens quand même de la table. Elle existe et elle n'existe pas. Un héritage assemblé par des bouches nues. Et des noms. Et des cendres. Je me souviens de la table comme d'un éclat incrusté dans le cerveau. Certains appelleront ça un éclat d'obus. D'autres appelleront ça de l'art.

Je suis à tes côtés maintenant alors que tu désignes le sol où, juste devant tes orteils, une colonie de fourmis se déverse sur le carré de terre, un torrent noir et animé si épais qu'il ressemble à l'ombre d'une personne qui refuserait de se matérialiser. Je ne parviens pas à distinguer les individus – leurs corps sont reliés les uns aux autres dans une onde ininterrompue de contact, chaque lettre à six pattes est bleu foncé dans la nuit tombante – telles les fractales d'un alphabet éculé. Non, ce ne sont pas des monarques. Ce sont ceux qui, à l'arrivée de l'hiver, resteront, changeront leur chair en graines et s'enfouiront plus profond – pour mieux revenir percer le terreau tiède du printemps, affamés.

Je me souviens que les murs s'enroulaient comme une toile tandis que l'incendie faisait rage. Le plafond : un flot de fumée noire. Je me souviens d'avoir rampé vers la table, qu'elle était devenue un tas de suie, et d'avoir enfoncé mes doigts dedans. Mes ongles noircis par mon pays. Mon pays en train de se dissoudre sur ma langue. Je me souviens que j'ai recueilli les cendres au creux de ma main et écrit les mots *vivre vivre vivre* sur les fronts de trois femmes assises dans la pièce. Et la cendre a fini par durcir, formant de l'encre sur une page blanche. Et il y a de la cendre sur cette page même. Et il y en a assez pour tout le monde.

Tu te redresses, tu époussettes ton pantalon. La nuit boit toutes les couleurs du jardin. Nous marchons, privés d'ombres, vers la maison. À l'intérieur, à la lueur des abat-jour, nous retroussons nos manches, nous nous lavons les mains. Nous parlons, veillant à ne pas nous regarder trop longtemps les uns les autres – et puis, alors qu'il ne reste plus de mots entre nous, nous mettons la table.

Je l'entends dans mon rêve. Puis, les yeux ouverts, je l'entends à nouveau – la plainte grave qui balaie les champs rasés. Un animal. C'est toujours un animal quand la douleur est aussi distinctement articulée, aussi nette. Je suis allongé dans la grange sur le sol frais en terre battue. Au-dessus de moi pendent des rangées de tabac, leurs limbes se frôlent sous l'effet d'un rare courant d'air – ce qui signifie que c'est la troisième semaine d'août. À travers les claires-voies, une nouvelle journée, déjà gorgée de chaleur estivale. Le bruit recommence et cette fois je me redresse. C'est seulement en le découvrant que je comprends que j'ai à nouveau quinze ans. Trevor est endormi à mes côtés. Sur le flanc, avec son bras comme oreiller, il semble davantage perdu dans ses pensées que dans le sommeil. Son souffle est lent et régulier, mêlé de relents des bières Pabst qu'on a bues il y a quelques heures; les canettes vides sont alignées sur le banc au-dessus de sa tête. À quelques pas de là gît le casque militaire en métal, renversé, sa calotte recueillant la lumière bleu pastel du matin.

Encore en caleçon, je sors dans le brouillard immense.

Le hurlement revient, un son grave plein de vacuité, comme s'il avait des murs et qu'on pouvait s'y cacher. La bête doit être blessée. Seule une créature qui souffre est capable de produire un son que l'on peut pénétrer. Je scrute les champs aplanis ; de la rosée flotte sur la terre brune et ternie. Rien. Ça doit venir de la ferme d'à côté. Je marche, l'humidité grimpe, mes tempes me démangent sous l'effet de la sueur fraîche.

Dans le champ voisin, les derniers plants de tabac se dressent de toute part, gras et vert foncé, à une semaine d'être récoltés – un peu plus hauts que d'habitude d'ailleurs, leur sommet dépassant tout juste ma tête. Voici le chêne contre lequel nous allons démolir la Chevrolet dans deux semaines. Les criquets ne se sont pas encore déboîté les pattes et scient à présent l'air dense tandis que je m'enfonce plus avant, m'arrêtant à chaque fois que fuse le mugissement, plus fort, plus près.

La nuit dernière, sous la charpente, nos lèvres usées et à vif à force de servir, on était allongés, reprenant notre souffle. L'obscurité silencieuse entre nous, j'ai posé à Trevor la question que m'avait adressée Lan la semaine précédente.

« T'as déjà pensé à ces bisons sur Discovery Channel ? Je veux dire, pourquoi ils s'obstinent à courir se jeter de ces falaises ? »

Il s'est tourné vers moi, le duvet sur sa lèvre a frôlé mon bras. « Les bisons ?

— Ouais, comment ça se fait qu'ils continuent à courir comme ça, même une fois que ceux de devant sont tombés ? On se dit qu'il y en a un qui va finir par s'arrêter, par faire demi-tour. »

Sa main, hâlée par le travail, était étonnamment noire sur son ventre. « Ouais. J'en ai déjà vu dans des docu animaliers. Ils dégringolent tous, comme un tas de briques. Droit dans le trou. » Il a émis un claquement de langue dégoûté mais sa voix a baissé d'un cran. « Les cons. »

On est restés silencieux, laissant les bisons poursuivre leur chute, des centaines de bisons dans nos têtes qui se jetaient silencieusement des falaises, au petit trot. Quelque part dans le champ d'à côté, un pick-up s'est garé dans une allée : du gravier sous des pneus, un faisceau de lumière qui danse sur la grange et illumine la poussière au-dessus de nos nez, ses yeux clos – des yeux dont je savais qu'à ce moment-là, ils n'étaient plus gris – et pourtant Trevor. La porte a claqué, quelqu'un est rentré chez lui et on entendait des voix basses, l'unique inflexion d'une question qui monte : « C'était comment ? » ou « Tu as faim ? » Simple et nécessaire, mais tout de même quelque chose en plus, une attention, une voix semblable à ces minuscules toits qui protègent les cabines téléphoniques le long des voies ferrées, ceux qui sont faits des mêmes bardeaux qu'on utilise pour les maisons, mais sur quatre rangs seulement – juste assez pour que le téléphone reste au sec. Et peut-être que c'est tout ce que je voulais – qu'on me pose une question et qu'elle me recouvre, comme un toit à ma taille.

« C'est pas eux qui décident, a dit Trevor.

— De quoi ?

— Ces foutus bisons. » Il jouait avec la boucle métallique de sa ceinture. « C'est pas eux qui décident où ils vont. C'est Mère Nature. Elle leur dit de sauter et ils

y vont, ils le font. Ils ont pas le choix. C'est la loi de la nature, c'est tout.
— La loi, ai-je répété tout bas. Genre ils suivent simplement ceux qu'ils aiment, genre c'est juste que leur famille avance et qu'ils la suivent?
— Ouais, un truc du genre, a-t-il répondu d'une voix endormie. Comme une famille. Une famille de tordus.» J'ai tout de suite ressenti un afflux soudain de tendresse à son égard, un sentiment si rare pour moi à l'époque que je me suis senti presque déplacé sous son effet. Jusqu'à ce que Trevor me rattrape.
«Hé, a-t-il dit, à moitié endormi, t'étais quoi avant de me rencontrer?
— Je crois que j'étais en train de me noyer.»
Une pause.
«Et t'es quoi maintenant?» a-t-il murmuré en sombrant.
J'ai réfléchi une seconde. «De l'eau.
— Va chier.» Il m'a donné un coup de poing dans le bras. «Allez dors, Little Dog.» Et puis il est devenu silencieux.
Et puis ses cils. On les entendait réfléchir.

Je ne sais pas ce qui m'a poussé à suivre la voix de la créature blessée, mais j'étais attiré, comme si on me promettait une réponse à une question que je ne possédais pas encore. On dit que si on désire quelque chose assez fort on finit par en faire un dieu. Mais si tout ce que j'ai jamais voulu, c'était ma vie, Maman?
Je repense à la beauté, à ces choses qu'on chasse parce

qu'on a décidé qu'elles étaient belles. Si la vie d'un individu, comparée à l'histoire de notre planète, est infiniment courte, un battement de cils, comme on dit, alors être magnifique, même du jour de votre naissance au jour de votre mort, c'est ne connaître qu'un bref instant de splendeur. Exactement comme en ce moment, alors que le soleil pointe, bas entre les ormes, et que je ne fais plus la différence entre lever et coucher de soleil. Le monde, rougeoyant, m'apparaît identique – et je perds toute notion d'est et d'ouest. Les couleurs ce matin ont la teinte élimée de ce qui est déjà sur le départ. Je pense à la fois où Trev et moi étions assis sur le toit de la remise, à regarder le soleil sombrer. Ce n'était pas tant son effet qui me surprenait – cette façon de changer, en quelques instants compressés, la perception qu'on a des choses, y compris de nous-mêmes –, c'était le fait même qu'il me soit donné de le voir. Parce que le coucher de soleil, comme la survie, n'existe qu'à l'orée de sa propre disparition. Pour être magnifique, il faut d'abord être vu, mais être vu permet que l'on vous chasse.

Je l'entends à nouveau, convaincu maintenant que c'est une vache. Les fermiers vendent souvent les veaux la nuit, les emportant au loin à l'arrière des camions pendant que les mères dorment dans leurs stalles, pour éviter qu'elles se réveillent et hurlent après leurs bébés. Certaines gémissaient si fort que leur gorge enflait jusqu'à se fermer, et qu'il fallait placer un ballon à l'intérieur et le gonfler pour dilater les muscles du cou.

Je me rapproche. Le tabac se dresse haut. Quand elle

pousse à nouveau sa plainte, le son écarte les tiges, et les feuilles frissonnent. J'approche de la petite clairière où elle se trouve. La lumière fait mousser de bleu la cime des plantes. J'entends ses poumons massifs chercher de l'air, doucement mais aussi distinctement que le vent. J'écarte la masse compacte des végétaux et fais un pas en avant.

« Maman ? Raconte-moi encore l'histoire.

— Je suis trop fatiguée, mon bébé. Demain. Retourne dormir.

— Je dormais pas. »

Il est plus de 10 heures et tu viens de rentrer du salon. Tu as une serviette enroulée autour des cheveux, ta peau est encore tiède de la douche.

« Allez, pas longtemps. Celle avec le singe. »

Tu soupires en te glissant sous la couverture. « Bon, d'accord. Mais va me chercher une cigarette. »

J'en prends une dans la cartouche qui est sur la table de chevet, la place entre tes lèvres et l'allume. Tu tires une, deux bouffées. Je la reprends, te regarde.

« O.K., voyons voir. Il était une fois un roi Singe qui...

— Non, Maman. La vraie. Allez quoi. Raconte l'histoire vraie. »

Je remets la cigarette dans ta bouche, te laisse tirer dessus.

« O.K. » Tes yeux examinent la pièce. « Il était une fois – amène-toi plus près, tu veux l'entendre ou quoi ? Il était une fois, au pays natal, des hommes qui mangeaient le cerveau des singes.

— Tu es née l'année du Singe. Donc t'es un singe.

— Ouais, je suppose, as-tu murmuré, le regard dans le lointain. Je suis un singe.»

La cigarette se consume entre mes doigts.

Une brume monte de la terre tiède tandis que je traverse la moisson. Le ciel s'élargit, le tabac s'efface, révélant un cercle pas plus large que l'empreinte du pouce de Dieu.

Mais il n'y a rien ici. Pas de vache, pas de son, seulement les derniers criquets, distants à présent, et le tabac immobile dans l'air matinal. Je reste là, attendant que le son me prête réalité.

Rien.

La vache, la plantation, le garçon, l'accident, la guerre – est-ce que j'avais tout inventé, fait un rêve, juste pour le retrouver fondu dans ma peau au réveil ?

Maman, je ne sais pas si tu es parvenue aussi loin dans cette lettre – ni si tu es parvenue ici tout court. Tu me dis toujours que pour toi c'est trop tard pour lire, avec ton foie fragile, tes os fatigués, et qu'après tout ce que tu as traversé, tu voudrais juste te reposer à présent. Que lire est un privilège dont tu m'as offert la possibilité avec ce que tu as perdu. Je sais que tu crois en la réincarnation. Je ne sais pas si c'est mon cas, mais j'espère que ça existe. Parce qu'alors peut-être que tu reviendras ici la prochaine fois. Peut-être que tu seras une fille et peut-être que ton nom sera à nouveau Rose, et que tu auras une chambre pleine de livres avec des parents qui te liront des histoires pour t'endormir dans un pays épargné par la guerre. Peut-être qu'alors, dans cette vie et cet avenir, tu trouveras ce livre et tu sauras ce qui nous est arrivé. Et tu te souviendras de moi. Peut-être.

Sans raison, je me mets à courir, par-delà la clairière, retrouvant l'ombre rigide du tabac. Un souffle de vent brouille mes pas, et je cours. Même si personne que je connaisse n'est encore mort, ni Trevor, ni Lan, ni mes amis, même si le speed et l'héroïne sont à mille lieues de leurs veines sans une trace de cicatrice. Même si la plantation n'a pas encore été vendue pour laisser place à des résidences de luxe, même si la grange n'est pas encore démantelée, ni son bois reconverti en meubles artisanaux ou en parement mural pour les cafés branchés de Brooklyn, je cours.

Je cours en me disant que je vais prendre tout ça de vitesse, puisque ma volonté de changer est plus forte que ma peur de vivre. La poitrine humide et labourée par les feuilles, alors que les contours du jour se consument, je me fraie un passage, si vite que j'ai l'impression d'avoir enfin échappé à mon corps, de l'avoir laissé derrière moi. Mais quand je me retourne pour voir le garçon pantelant, pour lui pardonner, enfin, d'avoir essayé de bien faire et d'avoir échoué, il n'y a personne – seulement les ormes denses, sans un souffle, à l'orée du champ. Et puis, sans raison, je continue. Je pense aux bisons, quelque part, peut-être dans le Dakota du Nord ou le Montana, à leurs épaules qui ondulent au ralenti tandis qu'ils foncent vers la falaise, leurs corps bruns pris dans un goulet d'étranglement au bord de l'étroit précipice. Avec leurs yeux noir pétrole, les os veloutés de leurs cornes poussiéreuses, ils courent, tête baissée, ensemble – jusqu'à ce qu'ils se changent en élans, immenses, avec des bois, des naseaux humides mugissants, puis en chiens, avec des pattes qui lancent leurs griffes vers le bord, des langues qui lapent la lumière, et puis qu'enfin ils deviennent macaques, toute une troupe de macaques. Le sommet du crâne découpé, le cerveau évidé, ils flottent, les poils de leurs membres aussi fins et doux que des plumes. Et juste au moment où le premier quitte la falaise et fait un pas dans le vide, le néant éternel sous ses pieds, ils s'embrasent en étincelles ocrerouge : les monarques. Des milliers de monarques se déversent par-dessus bord, se déploient dans l'air blanc, comme une giclée de sang heurtant l'eau. Je fonce à travers champs comme si ma falaise n'avait jamais été écrite dans cette histoire, comme si je n'étais pas plus lourd que les mots qui composent mon nom. Et comme un mot, je ne pèse rien dans ce monde et pourtant je porte ma propre vie. Et je la jette devant moi jusqu'au moment où ce que j'ai laissé derrière moi devient exactement ce vers quoi je cours – comme si je faisais partie d'une famille.

« Comment ça se fait qu'ils ne t'ont pas attrapée alors ? » Je remets la Marlboro dans ta bouche.

Gardant ma main là un instant, tu inspires, puis tu prends la cigarette entre tes doigts. « Oh, Little Dog, soupires-tu. Little Dog, Little Dog. »

Des singes, des élans, des vaches, des chiens, des papillons, des bisons. Que ne donnerions-nous pour que la vie massacrée des animaux raconte une histoire humaine – alors que nos vies sont en soi des histoires d'animaux.

« Comment ça se fait qu'ils m'ont pas attrapée ? Eh bah, parce que j'étais rapide, mon bébé. Certains singes sont si rapides qu'ils ressemblent plus à des fantômes, tu sais ? Ils font juste... *pouf* – tu ouvres la paume pour mimer une petite explosion – disparus. » Sans bouger la tête, tu me regardes, comme une mère regarde toute chose : trop longtemps.

Et puis, sans raison, tu te mets à rire.

« Le passé de chanter n'est pas hanté »

Hoa Nguyen

REMERCIEMENTS

Page 14, la phrase « la liberté [...] n'est rien d'autre que la distance entre le chasseur et sa proie » est empruntée au poème « Accomplices » de Bei Dao (publié en anglais dans *The August Sleepwalker*, et en français dans la traduction de Chantal Chen-Andro, sous le titre « Conspiration » dans le recueil *Au bord du ciel*, Éditions Circé, 1994).

Page 48, la phrase « Deux langues [...] ce qui en appelle une troisième » paraphrase un passage de *Roland Barthes par Roland Barthes* (Éditions du Seuil, 1975).

Page 220, la phrase « Trop de joie, je te jure, se perd dans nos efforts désespérés pour la conserver » est influencée par la théorie zen bouddhiste sur la joie et l'impermanence, telle que l'évoquait Max Ritvo dans son interview de 2016 sur Divedapper.com.

J'aimerais remercier quelques personnes, sans ordre particulier, qui nous ont permis d'exister dans ce monde, moi et mon travail.

Je dois beaucoup à l'excellence journalistique de Tom Callahan, dont les enquêtes approfondies pour *ESPN the Magazine* et *Golf Digest* ont élargi, enrichi et nourri ma connaissance de Tiger Woods et de son héritage indélébile dans le golf et la culture américaine. Merci à Elaine Scarry et son essai *On Beauty and Being Just*, pour avoir complexifié le sujet de façon intelligente, rigoureuse et lumineuse.

À mes professeurs, pour avoir toujours su déterminer (et maintenir) le cap : Roni Natov et Gerry DeLuca (Brooklyn College), Jen Bervin (Poets House), Sharon Olds (NYU), et mon professeur de poésie au lycée, Timothy Sanderson (comté de Hartford).

À Ben Lerner, sans qui une si grande part de mes idées et de mon existence en tant qu'écrivain ne se seraient jamais réalisées. Merci de m'avoir toujours rappelé que les règles ne sont que des tendances, pas des vérités, et que les frontières entre genres littéraires n'ont d'autre réalité que celle de l'étroitesse de nos imaginaires. Je dois beaucoup à ta grande bienveillance, de même qu'au département d'anglais du Brooklyn College, pour m'avoir accordé un financement d'urgence quand j'ai perdu mon logement l'hiver 2009.

À Yusef Komunyakaa, merci de m'avoir montré comment briser la phrase et voir le monde plus clairement à travers ses jointures abruptes et noires d'encre. Et d'avoir toléré le fan transi que j'étais quand je me suis retrouvé par chance assis à vos côtés dans ce cinéma du West Village un soir de pluie de l'automne 2008, et n'ai cessé de jacasser sur tout et n'importe quoi. Je ne me souviens pas du film mais je n'oublierai jamais votre rire. Merci d'avoir été mon professeur.

Un salut appuyé aux artistes et musiciens qui suivent, sur lesquels j'ai compté régulièrement pendant l'écriture de ce livre : James Baldwin, Roland Barthes, Charles Bradley, Thi Bui, Anne Carson, Theresa Hak Kyung Cha, Alexander Chee, Gus Dapperton, Miles Davis, Natalie Diaz, Joan Didion, Marguerite Duras, Perfume Genius, Thich Nhat Hanh, Whitney Houston, Kim Hyesoon, Etta James, Maxine Hong Kingston, King Krule, Lyoto Machida, MGMT, Qiu

Miaojin, Mitski, Viet Thanh Nguyen, Frank Ocean, Jenny Offill, Frank O'Hara, Rex Orange County, Richard Siken, Nina Simone, Sufjan Stevens, et C. D. Wright. À tous les artistes américains d'origine asiatique qui m'ont précédé, merci.

Pour avoir lu ce livre sous forme de manuscrit, pour vos commentaires et idées bienveillantes et éclairantes, merci à Peter Bienkowski, Laura Cresté, Ben Lerner (encore), Sally Wen Mao, et Tanya Olson.

Pour votre amitié, parce que vous partagez cet art et cet oxygène avec moi : Mahogany Browne, Sivan Butler-Rotholz, Eduardo C. Corral, Shira Erlichman, Peter Gizzi, Tiffanie Hoang, Mari L'Esperance, Loma (alias Christopher Soto), Lawrence Minh-Bùi Davis, Angel Nafis, Jihyun Yun.

À Doug Argue, ta franchise pleine d'énergie et ton courage m'ont aidé à affronter plus vaillamment nos vérités, et ont rendu ce livre possible, bien plus encore que tu ne l'imagines.

Merci à ma magnifique et intrépide agente, Frances Coady (Capitaine Coady !), pour ton œil aiguisé, ta foi infatigable et ta patience, pour m'avoir avant tout respecté en tant qu'artiste. Pour m'avoir trouvé et avoir cru en moi avant que tout commence.

Une profonde gratitude à mon éditrice, Ann Godoff, pour le pur enthousiasme que tu as montré pour ce petit livre, pour l'avoir compris si totalement, si profondément, et t'être dévouée à lui corps et âme. Pour avoir défendu la vision de son auteur de toutes les façons possibles. Et à la magnifique équipe de Penguin Press : Matt Boyd, Casey Denis, Brian Etling, Juliana Kiyan, Shina Patel et Sona Vogel.

Je dois beaucoup à Dana Prescott et Diego Mencaroni de la fondation Civitella Ranieri où pendant une coupure de courant provoquée par un de ces fameux orages d'Ombrie, ce livre a été commencé, à la main. Et à Leslie Williamson et la fondation Saltonstall pour les Arts, où ce livre a été achevé.

La fondation Lannan, la fondation Whiting et l'université du Massachusetts-Amherst m'ont également apporté un précieux soutien.

Merci Peter, toujours, parce que Peter.

Maman, cảm ơn.

SOURCES DES TEXTES CITÉS

Page 9   Qiu Miaojin, *Dernières lettres de Montmartre*.
              © Éditions Noir sur Blanc, 2018, pour la traduction fran-
              çaise du mandarin par Emmanuelle Péchenart.

Page 9   Joan Didion, *L'Amérique 1965-1990 : chroniques*.
              © Éditions Grasset & Fasquelle, 2009, pour la traduction
              française de l'anglais par Pierre Demarty.

Page 17   Roland Barthes, *Journal de deuil*.
              « Fiction et Cie », © Éditions du Seuil, 2009, « Points
              Essais », sous le titre *Journal de deuil. 26 octobre 1977-
              15 septembre 1979*, 2016.

Pages 46   Roland Barthes, *Le plaisir du texte*.
et 106   « Tel Quel », © Éditions du Seuil, 1973, n.e., sous le titre
              Le plaisir du texte. Précédé de : Variations sur l'écriture, 2000,
              « Points Essais », 2014.

Page 236   Simone Weil, *La pesanteur et la grâce*.
              © Plon, un département de Place des éditeurs, 1947.

Pages 136,   *Many Men (Wish Death)*.
154 et 268   Paroles et musique de Curtis Jackson, Luis Resto, Keni
              St. Lewis, Frederick Perren, et Darrell Branch. Copyright
              © 2003 by Kobalt Music Copyrights SARL, Resto World
              Music, Universal – Songs of PolyGram International, Inc.,
              Bull Pen Music, Inc., Universal – PolyGram International
              Publishing, Inc., Perren-Vibes Music, Inc., Figga Six
              Music and Unknown Publisher. All rights for Kobalt
              Music Copyrights SARL and Resto World Music admi-
              nistered worldwide by Kobalt Songs Music Publishing. All

rights for Bull Pen Music, Inc., administered by Universal – Songs of PolyGram International, Inc. All rights for Perren – Vibes Music, Inc., administered by Universal – PolyGram International Publishing, Inc. All rights for Figga Six Music administered by Downtown DMP Songs. All rights reserved. Used by permission. Reprinted by permission of Hal Leonard LLC and Kobalt Music Services America Inc. (KMSA) obo Resto World Music [ASCAP] Kobalt Music Services Ltd (KMS) obo Kobalt Music Copyrights SARL.

Composition : PCA/CMB Graphic
Achevé d'imprimer
par CPI Firmin-Didot
à Mesnil-sur-l'Estrée, en juillet 2021
Dépôt légal : juillet 2021
Premier dépôt légal : octobre 2020
Numéro d'imprimeur : 165522

ISBN : 978-2-07-283596-4/Imprimé en France

403221